U0647039

注定在桃花绽放的季节

遇见你

顾七兮——著

文匯出版社

图书在版编目（CIP）数据

注定在桃花绽放的季节遇见你 / 顾七兮著. —上海：文汇出版社，2014.9

ISBN 978-7-5496-1248-2

Ⅰ.①注… Ⅱ.①顾… Ⅲ.①长篇小说-中国-当代

Ⅳ.①I247.5

中国版本图书馆CIP数据核字（2014）第188103号

注定在桃花绽放的季节遇见你

出 版 人 / 桂国强

作　　者 / 顾七兮

责任编辑 / 戴　铮

封面装帧 / 嫁衣工舍

出版发行 / 文汇出版社

　　　　　上海市威海路755号

　　　　　（邮政编码200041）

经　　销 / 全国新华书店

印刷装订 / 北京凯达印务有限公司

版　　次 / 2014年10月第1版

印　　次 / 2014年10月第1次印刷

开　　本 / 880×1230　1/32

字　　数 / 201千字

印　　张 / 8

ISBN　978-7-5496-1248-2

定　价：29.80元

前言

　　只不过是一场游戏而已，谁会把谁当真！可是，顾茜茜却偏偏认真了，正因为认真了，她才会输得一败涂地！

　　一场网游，两年的时间，由小虾米练成大神。可是，现实里的男友却跟闺密双宿双飞。伤心之余，她告别了游戏，从此，踏上了码字这条不归路。

　　一别三年，再次打开游戏，原来的虾米成天神。三年，游戏在不断更新，大神瞬间又变成菜鸟。可这次菜鸟不想疯狂练级，也不想打架斗殴，只是想一个人安安静静地找寻玩游戏的感觉。不料，进入游戏的第一天，竟遇到自己原来的大号，追着前男友的号，满世界追杀……

　　她不过是看看热闹，却被秒杀了。

　　人在江湖漂，哪能不挨刀！

注 定 在 桃 花 绽 放 的 季 节 遇 见 你

目　录

下载客户端，安装游戏，修正补丁，跳出登录界面，顾茜茜输入账号和密码，终于进入角色页面。小囡一袭白衣飘飘，玉树临风，他拿着吉他，对着顾茜茜微微含笑。

这个 100 级的男神算，是当初陪小囡、小乖、拾荒组稳定队伍，做男保姆，给加 GF 才顺手带起来的。没想到，却成了今天顾茜茜重回游戏的主号。

顾茜茜只是怔了一秒，忙点登录，又输入验证码，界面开始跳转。熟悉而又陌生的画面，一页一页地在她眼前翻过，《桃花奇缘》这个游戏，她已经告别了三年，再次登录，顿时百感交集。

进入游戏后，画面停留在七侠镇，也就是传说中的新手村，小囡站在仓库的 NPC 前，那是顾茜茜三年前下线的地方。这时右上角系统邮件提示有信息，她便挪动鼠标，AD 转向，走到邮箱边，打开一看，是系统 GM 发来的：欢迎你回归江湖。

顾茜茜最小化了游戏窗口，打开百度，搜索了《桃花奇缘》的新手攻略。三年的时间，游戏的功能确实改变许多，已经由原来的四大职业——枪系、剑系、法系、医系，又新增了魔族四大职业——变身系、召唤系、帝江、地藏。当然，新开的任务以及地图也很多，多到让她有些发蒙。

原来100级羽化，涅　后100的号，排行榜前四百的，绝对算是大神号。还别说，她曾是排行榜前十的。而且当初四个职业——远攻法系、近程剑系、奶妈医系、肉盾枪系，简单易懂，也方便操作，可眼下这开150级，又分人魔系之后，100的号，绝对是虾米的号。

不过，这些跟顾茜茜并没有多大的关系。她重归这个游戏，并不想疯狂升级，也不想做PK大神，只不过是想找寻当初玩游戏的感觉，想看看自己是不是真的已经将某些事、某些人放下了。

随手打开"I"键，在江湖排行榜上瞄看了几眼，《桃花奇缘》羽化、涅槃100满级之后，重新又开了150级封顶，现在区里最高的是130级。

顶着排行榜第五、区里第一法系的竟然是小囡，第六的是剑系拾荒。顾茜茜生怕自己看错了似的，揉了揉眼睛，可是千真万确！

当初，顾茜茜跟王子华、叶菲菲确实是这个区排行榜前十的高手，可是，自从他们决定不玩，顾茜茜恼羞成怒地把号卖掉后，她压根就没想过自己的号还能够维持在前五的位置！

在PK榜上的前五，意味着除了高等级、装备强之外，还有高水准的操作。

看来，小囡的买家是个有实力的家伙，顾茜茜心里暗自赞叹了一声。当然，第六的剑系拾荒也让顾茜茜的心震惊不浅！

没等顾茜茜回神，世界上又丢一个消息，把她顿时给雷得里嫩外焦。

【世界】小囡：拾荒，起来，继续打！

【世界】小乖：你明知道我老公在挂机，你还故意杀他，你什么意思啊？

【世界】筱柒：世界又是怎么了？

【世界】垃圾1号：围观看戏的。

【世界】小乖：小囡是疯狗。

【世界】财主1号：姐妹俩又吵架了？

【世界】小乖：谁跟她姐妹！

【世界】商人1号：世界如此美好，你们不要那么暴躁，淡定，淡定！

【世界】小囡：开帮战！

【世界】：【战歌】向【荣耀】发起帮战，荣耀选择了避让。

【世界】：【战歌】向【荣耀】发起帮战，荣耀选择了避让。

【世界】：【战歌】向【荣耀】发起帮战，荣耀选择了避让。

连续发了三次，都是避让的，世界顿时骂声一片。

【世界】惊云：荣耀不敢接吗？

【世界】红豆：不敢接啊不敢接！

【世界】兜兜有糖：惊云，单挑。

【世界】绵绵是菜鸟：荣耀帮战都不敢接，还有人出来单挑？

【世界】老子天下第一：战歌了不起吗？有种出来，见一次，杀一次！

【世界】打酱油的丢丢：荣耀要找虐？走，战歌的兄弟们，开虐去！

【世界】拾荒：小囡，5X沙漠，单挑！

【世界】筱柒：大神复活了？

【世界】小囡：等着，马上到。

【世界】红豆：看我家亲爱的小囡怎么虐拾荒！

顿时，世界频道各种刷屏，叫好的，凑热闹的，各帮粉丝漫骂的，叫嚣挑战的……两大高手对决，个个争先恐后地飞去5X沙漠看热闹。

顾茜茜看着画面，犹豫了一下，但好奇心还是让她忍不住点了传送，到了5X沙漠。高手对决，围观者众多，人山人海，名字密密麻麻的一片。不料她刚出城，头顶上一道金光闪过，系统刷了句"好快的刀"，她那白衣飘飘、俊朗的小囝就直挺挺地躺在冰凉的地上，接着，跳出一个小方框，回到附近城市？

《桃花奇缘》这个游戏，被怪杀会掉百分之五的经验，被人杀掉则不会掉经验，而复活点是附近城市，也就是受保护的安全区。当然，死者也能接受医系的救助，就地复活，就算被怪杀，也不会掉经验。

这个游戏是用善恶值来区分玩家，普通的叫作白名玩家，如果白名玩家杀人了，善恶值就会 −1，杀一个，−1 的叠加；杀蓝名玩家就 −2 的叠加，颜色也会由粉红变成大红，深红；白名玩家如果杀了红名玩家，善恶值就会 +1，名字变成蓝色，杀的红名玩家越多，颜色越蓝。

除了以善恶值、颜色区分外，最重要的一点，玩家被杀的话，随机会爆包裹里的东西。但是，如果被杀的是红名玩家，那除了包裹里的东西，身上的装备也会高概率地爆出来。

顾茜茜本是抱着好奇的心理才来围观的，谁料刚到，就被人秒杀了，而且那个叫作老子天下第一的家伙，还踩在小团的尸体上，兴奋地跳跃着，头顶上冒着一行白字……

【普通】老子天下第一：老子一招就秒了疯丫头小团，哈哈哈，大神也不过如此。

【普通】老子天下第一：老子一招就秒了疯丫头小团，哈哈哈，大神也不过如此。

【普通】老子天下第一：老子一招就秒了疯丫头小团，哈哈哈，大神也不过如此。

连刷了三遍，顾茜茜无语地翻了翻白眼，手指忍不住在普通频道里打了："……"

【普通】红豆：老子你不要脸，自己开个小团的号，秒杀了，就说我家亲爱的！鄙视你们！

【普通】筱柒：还真是小团，大神的小号吗？

【普通】绵绵是菜鸟：我家大神没小号，肯定是不要脸的荣耀故意的，战歌的兄弟们，咱们不干那么无聊的事，要虐，就虐拾荒本尊。

【普通】红豆：赞同，荣耀，来跟我打。

【普通】打酱油的丢丢：就是，荣耀，来开打。

普通频道飞快地刷着，顾茜茜根本来不及看，但大概也猜出来了。拾荒隶属荣耀帮派的，而小囡则是战歌帮派的，看着两帮人的对骂，不难猜出，两个帮派应该是敌对的。

顾茜茜没有点回城复活，而是继续躺在地上，直到普通频道刷着大神小囡来了，她才把鼠标点到了小囡的身上。她骑着一条银光闪闪的天龙，飘浮在半空中，倨傲地望着杂乱的人群，手里的武器闪烁着金灿灿的橙光，明亮得使人移不开眼。

【世界】小囡：今天是我跟拾荒的事，战歌的兄弟，先安静。

世界频道安静了会儿，普通频道却白字飘飘，叽叽喳喳地吵个不停，战歌的兄弟似乎听大神的话，安静了，围观的无非在想拾荒怎么还没到。

顾茜茜点着小囡，看她穿着三年前她离开时的那套时装，白色衬衫，黑色的小牛仔裤，一双白色的护士短靴，背上还背了个小猪猪，眼睛不知不觉酸涩起来。三年了，一千个日夜转眼飞逝，这个她曾经一点一点练起来的号，看着是那样熟悉，此刻却又无比陌生。因为，当她隐去时装，看到那一身极品装备时，不禁咋舌！

法系本来就是个攻高防低的职业，要靠精良的装备不断弥补。此时的法系号已经补成"血牛"了，令顾茜茜不得不傻眼，这得下多大的血本？

【密语】红豆：宝宝，是你回来了吗？

顾茜茜犹豫了一下，最终还是没回密语。看了看自己头顶上，有医系的正在救她，应该是红豆。本来她还不想起来，但是看着那个在她尸体上跳来跳去嚣张得很的老子天下第一，她还是决定接受复活站起来。可还没站稳，身子再一次倒了下去，伴随系统一句"它说风雨中，这点痛，算什么，擦干泪，不要怕"。系统：你被玩家小乖杀死。

【世界】小乖：小囡，贱人，你开小号来害我干吗？

【世界】绵绵是菜鸟：你是神经病还是疯狗，出门就咬人？

顾茜茜嘴角抽搐了一下，看着小乖的头顶飘着粉色，接着一片刀光剑影闪过，她便倒在了小囡旁，红豆踩在她的身上，捡起爆出来的武器和几瓶药。

【普通】红豆：哈哈哈，小乖，起来，我救你。

【普通】小乖：贱人，你等着。

【普通】红豆：我是在等你啊，有种你起来。

如果顾茜茜没有猜错的话，红豆肯定救小乖了，不过，红豆救起小乖，只是为了更方便杀她。

【世界】小乖：老公，红豆欺负我，呜呜。

【世界】蓝色℃天空：小乖不怕，哥帮你报仇。

【世界】红豆：哎哟，人家老公还没说话呢，这情哥哥倒是响应积极啊！

【世界】筱柒：瞬间又发生什么剧情是我不知道的？

世界频道跟普通频道顿时骂声一片，小乖在拾荒没来到之前，也不敢起来了，因为她顶着粉红的名，起来就等于被人秒杀。

顾茜茜点开她的人物属性栏看了看，她是个医生，穿的是110级的装备，从发光的颜色看来，+12紫色祥光，应该是不错的，只是武器那栏少了，毫无疑问，刚才被红豆杀死的时候，爆了。

《桃花奇缘》的装备由白装精炼+1+2+3以此类推，数字越高，精炼难度越大，武器相对越牛，由白装的无光，到+7以上是蓝光，+10是紫光，+13大红，+15以上金橙色，那属于极少数。

小囡浑身装备是全套+15，武器是+16的，拾荒敢下战书单挑，那应该也是不差的。

　　顾茜茜心里隐约对这样的高手过招有些期待，她的小囡号买家，是不是真的是实至名归的大神？拾荒跟小乖的号，到底是卖给了什么玩家？如果他们是情侣买的，一起升级做任务的话，那为什么等级差别会那么大？还是玩了游戏之后，兜兜转转地才成了情侣？

　　拾荒一直都没出现，许久之后，荣耀的副帮主上世界喊话，拾荒断电，今天的 PK 战，改到明晚八点。

　　【世界】小囡：好，那今天你们先陪我们练练手吧。

　　因为帮战一天只能发三次，荣耀是铁了心不想跟战歌打，所以不能再开帮战。大神的话一落，让战歌那些碍于她要求退在安全区的人，忙加好状态，进入战斗，猛地冲出去打群架。

　　顾茜茜看着眼前一片刀光剑影，各种技能五光十色地在画面上闪过，当然，也不断有人踩过她的尸体，上下蹦跶，她不由得满脸黑线，点了回到附近城市的复活点。画面刚切回来，便遇到小囡，她依旧倨傲地坐着闪闪发光的天龙，飘在半空中，俏脸上，带着疏远的冷漠。

　　顾茜茜操作着小团的号，忍不住多看了一眼自己曾经的号——小囡，但是，她也只是看看而已，怀念下自己在游戏里曾经的大神角色。

　　【系统消息】小囡邀请您组队。

　　顾茜茜顿时傻眼了，心蓦然激动起来，她不知道小囡的买家会跟她说些什么，为什么要邀请她组队？但是，她真心激动了，犹豫了一秒，手颤抖地点着鼠标，接受了组队邀请。

　　【队伍】小囡：你是谁？

　　顾茜茜把鼠标放在队伍信息，回了句："只是个小号。"

　　【队伍】小囡：确实挺小的。

　　顾茜茜："……"

【系统】玩家小囡请求添加您为好友，是否接受？

【系统】您已同意加【小囡】为好友。

【系统】玩家【小囡】同意加您为好友。

【系统】您已经成为【小囡】的好友。

看着好友上线提示，顾茜茜点开好友栏，曾经一起玩的朋友名单，都黑乎乎的，只有小囡在线，心里说不出来到底是什么滋味。

【队伍】小囡：陪我玩。

【队伍】小囡：什么？

顾茜茜以为自己眼花了，怔怔地盯了那三个字看了半晌。

【队伍】小囡：你既然是小囡的小囡，那就陪我玩。

【队伍】小囡：……

【队伍】小囡：……就是同意了，走吧。

顾茜茜满头的黑线，握着鼠标的手都不稳了。

【系统】小囡邀请您坐多人坐骑，是否接受？

左边接受，右边拒绝，手指怎么都没有办法按下拒绝。当小囡一袭白衣跨上那银光闪闪的天龙坐骑，心里忐忑起来，既兴奋，又紧张，更多的是新奇。

《桃花奇缘》竟然开启了双人坐骑、多人坐骑，顾茜茜跟小囡并排坐在天龙身上，天龙飞天而起，威风凛凛地摇曳着尾巴，在蔚蓝色的天空下飞旋。顾茜茜的视角，看下打得正火热的沙漠，各种技能，各种五光十色，刀光剑影地在眼底展现。果然，飞天的坐骑，不但帅气，而且居高临下地看着下面的人群，能给人一种傲视的自豪感！

虽然现在小囡只能算是个虾米号，但是，坐着大神小囡的专属天龙，也算是狐假虎威了！

【队伍】小囡：小囡，做我老公吧。

顾茜茜瞬间石化了，面对曾经是自己的号，突然冒出这句话来，她不知所措了。且不说她没有打算重新再来玩这个游戏，就算要玩，她也总不能真玩这么一个男小号吧？

【世界】小囡：小团，做我老公吧。

【世界】筱柒：什么情况？大神在求婚？

【世界】惊云：老大，是我看错了吗？还是又有不要脸的冒充你？

【世界】小囡：小团，我嫁你！

【世界】小囡：小团，我嫁你！

【世界】小囡：小团，我嫁你！

顾茜茜目瞪口呆地看着世界上的三条信息，今天，是她精神错乱了，还是大神的精神出了问题？

【世界】财主1号：大神被求婚了吗？答应嫁啊！

【世界】红豆：我家亲爱的小囡当然不是下嫁，是入赘，快把妹夫拉帮里来。

【世界】商人1号：我只是想知道，小团是何人啊？

【世界】飞羽：大神，你嫁给我吧！

【世界】落落：大神，求包养，我做你情夫行不行？

【世界】滑滑的内裤：大神，算我一个，你开后宫，我们都服侍你。

世界越刷越乱，顾茜茜的俏脸顿时唰地一下红了。她以前跟王子华——也就是拾荒，玩了两年，一直以情侣的姿态出现，所以并没有上过世界求婚的。后来，等她跟拾荒准备结婚时，王子华却说不想再玩游戏了，还有好友叶菲菲，也就是小乖也同时说不玩了。等顾茜茜问清楚他们两个不玩的原因后，却犹如晴天霹雳，他们两个竟然背着顾茜茜好上了，告别游戏，只为了更好地回归现实。

顾茜茜恼怒之下准备删号，但终究是自己从菜鸟一点一点练起来的，对这个号非常有感情，舍不得删号。可自己不玩，号就糟蹋了，她犹豫了几天，还是卖了出去。至于，下一个买家怎么对待她的号，就不是她考虑的范围了，而游戏那个世界里，小囡、小乖跟拾荒之间的爱恨情仇，也全部丢在虚拟世界里了。

只不过是一场游戏而已，谁会把谁当真！可是，顾茜茜却偏偏认真了，正因为认真了，她才会输得一败涂地！

阔别三年，再上游戏，竟然会遇到突如其来的求婚，而且面对的是曾经的自己的号，她到底该说什么呢？犹豫了一下，还是在队伍里打了几个问号："大神，你什么意思？？？"

【队伍】小囡：求婚。

顾茜茜的小心肝再一次被震得颤了颤，深呼吸了一口气才回："我知道你在求婚，可我只是个小号。"

【队伍】小囡：以后我带你升级。

顾茜茜彻底无语了，她不要升级，不要回来玩游戏，她不过是路过上来打个酱油，随便看看！

【队伍】小囡：为什么是我？

大神小囡很淡定地回了句："看你顺眼。"

顾茜茜无语地嘴角抽搐了一下，惊恐地回："大神，难道就因为我是小囡的小囝，你才看着顺眼？"

【队伍】小囡：嗯。

顾茜茜深呼吸了一口气，忍不住道："大神，这样的小号有很多。"

大神不为所动，淡定地问："所以？"

【队伍】小囡：所以，你可以找个门当户对的嫁，不要找我。

【队伍】小囡：懒得找。

【队伍】小囡：你随便喊一个，会有人屁颠屁颠送上门的。

【队伍】小囡：不想，有你就够了。

顾茜茜再一次被大神的话给雷到了，犹豫了一下，手指飞快地在键盘上回："我不玩游戏了，只是偶然上来看看。"

小囡沉默了半晌，终于道："这游戏我玩腻了，等结婚了，删号不玩了。"

什么？顾茜茜的手一抖，心情便跟着紧张起来："你不想玩，可以卖号，为什么要删呢？"

如果号一旦删掉了，数据清空了，这些属于顾茜茜的独家记忆，就彻底没了。

【队伍】小囡：留着没意思。

【队伍】小囡：能不删吗？

【队伍】小囡：为什么不删？

【队伍】小囡：这是大神号啊，删掉了多可惜。

【队伍】小囡：反正以后不会再玩，可惜就可惜吧。

顾茜茜听着大神那风轻云淡的口气，真恨不得往她身上抽去！这个人怎么能那样糟蹋她的心血呢。深呼吸了一口气，她尽可能语气平缓道："就算不玩，偶尔上来看看朋友，聊聊天什么也好的，何必一定要删号呢！"

大神沉默了半晌，反问道："你会在线等我上来聊天吗？"

这下再次轮到顾茜茜无语了，她也是偶然路过的好不好？她又不想再回这个游戏了。

【队伍】小囡：你看，你都不会在线，我的其他朋友也都不在，我回来聊天都没人，删了算了。

【队伍】小囡：我在的，我会一直在，你别删号。

顾茜茜头脑一热，忍不住打出这么句话来。

【队伍】小囡：那好，我们去结婚。

顾茜茜顿时有种被雷劈了的感觉，先是被浪漫霸道地求婚，接着又威逼利诱，大神，你是怎么了？

【队伍】小囡：你要反悔也没事，我就删号走了。

【队伍】小囡：不反悔，我们结婚。

【队伍】小囡：走，去七侠镇月老那儿。

小囡将顾茜茜在传送那儿放下，然后一阵金光闪耀，飞走了。小团只能点七侠镇传送，刚到，小囡就再一次发了个共同坐骑的消息来，顾茜茜点了接受，再次爬上她那闪闪发光的天龙，一路直飞七侠镇的月老那儿。

小囡将顾茜茜放下，点了个交易。

顾茜茜犹豫了一下，接受，见她传了个结婚大礼包过来锁定交易，她只能硬着头皮锁定，交易完成，心里不住感慨："大神，你都是带着结婚礼包强抢民男的吗？"

【队伍】小囡：接任务。

【队伍】小囡：知道了。

两个人接了任务，跟月老的 NPC 交换完礼包，系统就刷了：恭喜小团跟小囡结为夫妻，永结同心，恩爱白头。

世界频道停顿了三秒，便像炸开锅似的。

【世界】人在江湖漂：我眼花了吗？

【世界】筱柒：嗷嗷嗷，大神真的结婚了！

【世界】惊云：老大，红包！

【世界】小乖：小囡真不要脸，没人要了，开小号跟自己结婚！

【世界】红豆：小乖，有种出来单挑，小乖。

【世界】蓝色℃天空：又欺负我妹，有种出来跟我打。

【世界】红豆：打就打，我怕你啊！

世界上再一次掀起一场由口水引发的战斗，顾茜茜无语地满脸黑线。看来战歌跟荣耀帮派之间的恩怨，积得很深了。

【队伍】小囡：进帮。

【队伍】小囡：哦。

顾茜茜点了接受小囡的帮派邀请，刚进帮，帮里顿时再一次炸开锅。

【帮派】惊云：大嫂。

【帮派】小小妹：大你……大姐的老公，是大姐夫。

【帮派】红豆：大姐夫，你好，欢迎你入赘。

【帮派】我是打酱油的：大姐夫，你怎么勾搭上我们老大的？

【帮派】花花：大姐夫，来说句话嘛。

【帮派】小囡：我是新来的。

【帮派】小小妹：哎哎哎，大姐夫说话了。

【帮派】花花：哎哎哎哎哎啊！

【帮派】一刀切：花花老婆，你淡定。

顾茜茜看着小囡头顶上顶着战歌的标记，又看了看帮里七嘴八舌的人，顺手点开了帮派信息。毫无疑问，她是最低等级垫底的。帮里只有三十个人，在线的大概就十来个，等级却都是130的，跟顾茜茜看的江湖榜上一对，排名前十的，有七个在战歌。除了大神第一天师外，第一爆医、红豆、花花、小小妹、惊云、残月舞会、一刀切都是。

【队伍】小囡：我有事，先下了，你跟他们玩吧。

顾茜茜看着炸开锅的世界跟帮派，这大神倒是两手一甩，准备什么都不管了，她才不要一个人面对这么多张嘴呢，忙狗腿地说："时间不早了，我也要下了，改天再聊。"

至于这个改天，顾茜茜自己也不知道具体哪天会心血来潮继续上游戏，或许以后都不会上了，毕竟离开了三年多，她真的没什么心思想要再去玩了。今天发生的事，实在太意外了。

【队伍】小囡：明晚八点之前上。

【队伍】小囡：可能有事，上不了。

【队伍】小囡：明天跟拾荒打完，你不来陪我聊天，我就删号。

顾茜茜的嘴角抽搐了，大神，有你这样赤裸裸地威胁吗？你要删号就删呗，我才不陪聊呢！可是，小囡你为什么偏偏玩的是小囡的号，那是顾茜茜曾经的爱号啊！

顾茜茜有种泪流满面的冲动，手指还是忍不住地给大神回了句："我会早些上，帮你GF。"

顾茜茜这个男神算号，小归小，但是给人加血、加状态，还是满级专业的。

【队伍】小囡：我下了。

大神说完，立马下线。顾茜茜看了一眼好友名单里黑乎乎的一片，忙移动鼠标，点了退出游戏画面，然后下线。

第二章
闺密男友齐奔现实

　　看着电脑屏幕，顾茜茜傻傻地发了会儿呆，最终关了电脑，躺在床上准备睡觉。可却没有丝毫的睡意，更多因为兴奋无比雀跃着。

　　第一次接触《武林外传》3D 网游的时候，是在 2007 年初，顾茜茜刚上大三，她是被好友叶菲菲带入游戏的。不得不说，那时候跟叶菲菲的关系算是最要好的。虽然高中毕业之后，两个人考了不同大学，她在 S 城，叶菲菲在 N 城，但是，便捷的网络，让这对曾经的好姐妹依旧保持着亲密的联络，只要叶菲菲周末回到 S 城，俩人必定会在一起聚会。

　　顾茜茜清楚地记得，她第一次打开这个 Q 版画面的 3D 游戏，就被萌住了，她选择了一个可爱的女娃，取名"娃娃 @ 爱"，就义无反顾地进了这个游戏。AD 转向操作界面，她把人卡在墙角之后，摸索了一个晚上，愣是不会做任务，也不会升级，只能一直新手村转悠。但是，这一点也不损她对这个游戏的好奇心，因为，新手村的画面很 Q，也很可爱，她就当作逛风景。

　　叶菲菲 30 级转职完之后，才顾得上顾茜茜，她问："茜茜，你多少级了？"那时候，她练的是法系，术士。

　　"8 级。"顾茜茜那会儿操作着"娃娃 @ 爱"，正在新手村附近打淡绿色的抱抱兔，她之前也就只会玩玩 QQ 游戏，第一次接触网游，当然不懂去官网研究 3D 游戏的套路。

"什么？你一个星期了才玩到 8 级？"叶菲菲不淡定了，"你怎么比我还菜！"

顾茜茜嘴角抽搐了一下："我第一次玩嘛！"她已经觉得自己很厉害了，以前打兔子还会死呢，今天，能一下子砍死一只兔子了！

"你都在干吗？"叶菲菲开着她的术士号，头顶着"姒女"的名字，一身大红色祥衣，飘然走到了顾茜茜的"娃娃 @ 爱"面前，见她举着大萝卜，对着兔子一阵猛砍，忍不住问。

"打兔子！"

"你都 8 级了，还打什么兔子？兔子都绿了！"叶菲菲无语，沉默了会儿，便问，"你该不会是不知道怎么做任务吧？"

"做任务？什么叫做任务？"顾茜茜忙不耻下问。

"你杀了我吧！"叶菲菲头疼地看着顾茜茜，"顾茜茜，接电话，我给你补补网游的知识。"

这一天晚上，经过叶菲菲的补习，顾茜茜终于知道玩网游升级游戏就得按照系统 NPC 指示，跟着指示做任务，有时候是跑路送信，有时候是做趣味的答题，有时候才是除暴安良的打怪，而不是单纯傻乎乎地打怪。

当然，打怪也有讲究，白色的是同等级的怪，绿色的低等级，红色的比自己等级高，要升级，打高级怪会挂掉，低级怪经验少，打同等级才是王道。

经叶菲菲指导之后，顾茜茜开始找 NPC 接任务做，果然一晚上就升级了。叶菲菲因为那几天要考试，没上游戏，顾茜茜就一个人摸索着升到了 15 级，系统 NPC 要她送信去五霸岗，她研究了半天的地图，在七侠镇最上角，点着鼠标就奔跑了过去。界面传送到五霸岗，她又点着 NPC 要她找的人就跑，结果，路过的怪，都是大红色的，随便一秒杀，就把她给挂地上了，掉了百分之五的经验。她复活回了安全村五霸岗，交了任务，又想傻乎乎地跑回七侠镇，结果，半路再一次被怪秒杀了，再一次掉了百分之五的经验，又复活回到五霸岗的安全村。

重复了好几次，无论她再怎么小心跑，都会被怪秒杀，没一会儿，她百分之九十五的经验就掉完了，也不会掉级了。但是，她却回不去七侠镇交任务，任务因为时间限制，自动失败了。

顾茜茜顿时欲哭无泪，她在五霸岗什么都做不了，怪的等级都比她高，她又回不去七侠镇，逛五霸岗，发现地图也没七侠镇好看，顿时郁闷了。

这时男朋友王子华正好来学校看她，见她愁眉苦脸地对着电脑，不由得好奇探头："哎哟，茜茜，你还会玩网游呢？"

"别提了，我什么都不懂。"顾茜茜郁闷了，"本来菲菲带着我玩的，可她最近考试，没上游戏，现在，我被困在这个该死的村子里，出不去了！"

"我看看啊！"王子华坐在电脑前，先点开"娃娃@爱"的任务列表，再看看她的人物属性，随即无语地摇头，"茜茜，你怎么玩的这个游戏？你10级的转职都没做呢！"边说，边点了五霸岗的传送，回到了七侠镇，"这是传送点，以后你想去哪里，花点游戏金币就可以了，不用乱跑！"

回到NPC知县面前，王子华继续说道："你想玩什么职业？"手指灵活地在键盘上操作起来，"有游侠跟散人，你想玩什么？"

"游侠是做什么的，散人又是做什么的？"顾茜茜好奇地问，她是真的不懂。

王子华研究了一下技能，随口道："游侠以后能转成枪或剑系，散人的话，是术士跟医系。"又简单地介绍了一下枪系、剑系、医系之间的大概功能跟利弊。

"哦，我知道了，菲菲就是术士，她的技能很好看！"顾茜茜随口道，

"我要转成游侠。"

"你不是说术士技能好看嘛，怎么又要转成游侠了？"王子华不解地望着顾茜茜。

"菲菲已经是术士了，我再玩一个游侠，她就能跟我一起做任务了。"顾茜茜想得很简单，两个人玩互补的职业，以后也好有个照顾。

"就你这么差，能玩好吗？"王子华打趣着顾茜茜，但还是迅速地帮她做好了转职任务，顺便帮她把身上的装备换成10级以上的配套装备。换的时候，不忘记给顾茜茜上课，"你看，这个装备是可以精炼提升等级的，精炼越高，你的攻击也会越大，砍怪就越省事！"

"哦，那你快点往上加啊！"打怪省事，一刀一个多好，顾茜茜一听，不停地催促王子华，"快点，多加几个！"

"会爆的，爆了就没了！"王子华看了看给顾茜茜所做装备，将她包裹里叶菲菲给的金币全部花完了，"今天先砸到这儿，改天，充了钱，我再帮你好好弄弄！"

"什么，这个游戏还要花钱？"顾茜茜傻眼了，"菲菲不是说免费的吗？"之前王子华叫她玩《梦幻西游》的时候，她就嫌充点卡费事、费钱，所以，当叶菲菲说这个游戏是免费的，又很卡哇伊，她才心动来玩的。

"玩游戏当然要花钱啊。"王子华笑吟吟地看着顾茜茜，"你这小菜鸟，什么都不懂，也敢玩网游。"

顾茜茜沉默了一会儿，才说道："玩游戏花钱我是可以接受，可是，我花钱了，玩得那么差，我就觉得不值得！"

"你那么差是因为没人带你，没人教你，好好研究一下官网攻略吧，很容易玩好的。"王子华安抚着顾茜茜，见她本来雀跃的心情有点低落，不由得多嘴道，"要不然，我也陪你玩好了！"

"真的？"顾茜茜欢喜地看着王子华，他第一次玩，就能玩得这么好，由他带着自己，肯定不会那么菜了。以后在游戏里，她有叶菲菲、王子华的陪伴，肯定会玩得非常好的。

"当然是真的。"王子华亲昵地捏了一把顾茜茜的鼻头，"难得遇到你感兴趣的游戏，我舍命也陪你！"

然后，王子华告别了《梦幻西游》，陪着顾茜茜进入了《武林外传》，这个区等级高的50多级，快接近60满级了，玩家不升级，就开始找碴、打架、杀人或者欺负新手。王子华、顾茜茜跟叶菲菲三个人组队出去做任务，经常被高等级的玩家欺负，就算砸钱把装备提升得再好，等级上依旧吃亏，于是，王子华便提议三个人换个新区重新开始。

新区开始的第一天，王子华、顾茜茜和叶菲菲便非常有默契地组队在一起疯狂升级了，那时候的固定队伍，除了他们三个，还有红豆、惊云和幕夜幽灵。

在众多工作室跟菜鸟的厮杀中，顾茜茜的小图、叶菲菲的小乖、王子华的拾荒荣登江湖排行榜前三，红豆、惊云和幕夜幽灵也紧随其后，在排行榜前十位都占有一席之地。

顾茜茜本来就喜欢法系的技能，所以，这次小图，她转成了散人，术士，最后，变成了天师。王子华一如既往地喜欢剑客，叶菲菲倒是成了跟在他们身后的贴心保姆，不费心地练了个医生。这样的组合，高攻、肉盾，加救死扶伤的医生，不论是打架还是PK，或者下副本殴BOSS，都配合得非常完美，于是，三个人形影不离地在游戏江湖里笑傲着。顾茜茜也从一个什么都不懂的小菜鸟，渐渐摸索练习着，成了一个PK高手。

60满级之后的一段时间，叶菲菲忙着考试极少上游戏，顾茜茜除了打架、PK之外，就开始涉猎学习生活技能，砸装备。原来，他们三个人的极品装备，都是花RMB买的，她闲着无聊，就砸着玩，在游戏里她不指望赚钱，但能省则省。砸着砸着，无数次的失败之后，渐渐也摸索出一些经验来。当时的服务区里，第一把 +8 的武器，就是她砸出来送给王子华的生日礼物。

当很多人都 60 满级之后，《武林外传》又开始了 100 级的修炼大门，顾茜茜跟王子华一如既往地冲进了疯狂升级的大军。叶菲菲不在的时候，就由王子华双开，抱着她的号来回跑着交接任务，蹭经验升级。

当时，顾茜茜跟王子华的装备和等级都是数一数二的，砍怪效率颇高，所以，队伍里的其他成员，对带着个奶妈号，也都没有什么异议。王子华玩游戏，有着男性特有的偏执跟雄心，所以，再一次达到 100 满级后，他开创了荣耀这个帮派，攻城掠寨，拿下来八里庄这个城。

除了帮战、打架 PK、砸装备外，顾茜茜这个游戏玩得很顺手。考虑到王子华的拾荒经常跟人打架，游戏里，别的老公打架，老婆是医系的就会屁颠屁颠地跟在后面，打 GF（攻跟防），拾荒却没有享受过顾茜茜的贴心服务，就算偶尔有，也是开了叶菲菲的号。但是，随着叶菲菲玩的时间越来越长，她也认识了不少别的异性朋友，有时候，顾茜茜上她的号，不免有些误会跟尴尬，所以，她咬牙，又带了一个男号——小团出来。有了之前练级的经验，加上她砸钱买了双倍经验道具，自己的小图号天师有群攻刷怪技能，小团的等级升得飞快，100 级，没多久也到了。叶菲菲是医生，顾茜茜同样选择了医系，但是神算，除了救死扶伤，装备配备得好的话，也能成为爆医。

游戏不断地更新，100 级再一次到顶之后，又开启了羽化、涅　的新任务，让 100 级的号，羽化成 0 级的菜鸟，再重新开始练起来。重新修炼的号，有更强的攻击力跟生命力，并且开放了新的副本地图，让游戏玩家有了更多的体验跟新奇。

王子华的拾荒是第一个选择涅　的。游戏出新招，他们有对招，涅成菜鸟也不怕，因为有大号带着。顾茜茜那时候每天的任务就是开着小囡跟小团两个号，跟叶菲菲的小乖带王子华拾荒的号。虽然队伍里有两个医生，但幸亏装备好，砍怪也算效率，没几天，王子华的拾荒号就再次荣登90级。以此类推，顾茜茜的小囡、小团，跟叶菲菲的小乖也都一个一个涅　，到了90级之后，大家组队在一起升级。这时候，又出现了两个老朋友——红豆和惊云，他们六个人，就成了铁铁的稳定队伍，不管是挂机砍怪升级，还是下副本打BOSS。

顾茜茜跟王子华两个人现实里感情稳定，网络游戏里，更是打出了坚定的革命同志情意。那两年，是顾茜茜过得最惬意的时光，哪怕那时候，毕业论文跟招聘会忙得她晕头转向，有时候都没时间去看王子华。王子华比顾茜茜早一年毕业，并且回到了N城，他跟叶菲菲在一个城市。

但是，她依旧觉得生活很充实，每天，忙里偷闲地上会儿游戏，跟王子华聊会儿天，但做任务、刷BOSS什么的是真没什么时间了。她不像王子华，毕业之后，就接手了家里的几家餐饮店，每天晚上对账就行，其余大把时间可以玩游戏。叶菲菲毕业后找了几个工作都不满意，又回学校读研，忙里偷闲，依旧大把时间游戏。

这一年，是2009年，玩了两年游戏，从一个什么都不懂的小菜鸟，完成一个PK技术超强的大神，顾茜茜是花了时间跟心思的。但是，游戏始终只是游戏，她更期待的是现实，因为她曾经跟王子华说好，等毕业工作稳定了，就见家长，然后谈婚论嫁。

在顾茜茜明示暗示下，王子华就是不为所动，反过来劝慰顾茜茜："茜茜，你刚毕业，还小，这么急见家长，结婚了，就得生娃，你带着孩子，肯定不能再玩游戏的，我们再多玩几年好不好？"

王子华都这样说了，顾茜茜还能说什么？她白天工作，晚上偶尔上游戏跟王子华说话，从开始两个人能聊很久，到慢慢地，他回的话就只有一句："茜茜，我在 FB，等会儿说。"

往往这一轮副本要刷四五个小时，外带抢 BOSS 跟别的帮派打架，那一等，顾茜茜时常等到十二点，王子华都没时间跟她说话。而且更悲摧的是，王子华下副本，他的专职奶妈是叶菲菲，所以叶菲菲也没时间跟顾茜茜聊天。

曾经稳定的铁三角，到最后，顾茜茜却连个说话的人都没有，她也想开着号下副本跟他们一起去刷 BOSS，但实在没有那个精力，只能挂机跟红豆、惊云聊天，看风景。

偶尔周末，她开了小团的神算号跟着下 FB，但总归不及叶菲菲熟门熟路，外加玩医系不是她的专长，免不了拖队伍的后腿。敌对帮派捣乱、打架，拾荒的医生不专业，就会被挂很多次，补救不及时，他难免有怨言，顾茜茜心里也不好受，只能开着自己的天师号，继续做彪悍的攻击手，拾荒专职奶妈这个职位，只能给叶菲菲。

如果不是那次周末出差去 N 城，或许结局，又会是另外一种结局了。

顾茜茜提前处理好公事，想给王子华一个惊喜，突然奔去他家。当顾茜茜敲着王子华的门，迎来开门的是穿着睡衣、打着哈欠的叶菲菲时，她的脑袋"轰"地一下炸开了。

叶菲菲也愣住了："茜茜！"

顾茜茜深呼吸了一口气，强忍着怒火，问："你怎么在这里？"

"我……"叶菲菲的俏脸顿时红了起来，神色犹豫。

"王子华呢？"顾茜茜一把推开叶菲菲，径直走到王子华房间里，见他正呼呼大睡，而他一米八的大床上凌乱不堪，她猛地一把掀开了他的被子，冷冷地盯着睡眼蒙眬的他，"你想不想解释？"

"茜茜，你怎么来了？"

"她怎么在这儿？"顾茜茜伸手指着叶菲菲，"你别告诉我，你们昨晚刷 FB 太晚，就刷到一个被窝里去了！"

"茜茜,既然你都知道了,那我们就实说了吧！"王子华深呼了一口气,看着顾茜茜,"我跟菲菲在一起了,我们分手吧。"

"什么时候的事？"顾茜茜很努力让自己淡定,但是说出来的话,声音都是发抖的。

"这不重要了。"叶菲菲接话,"茜茜,我们对不起你。"

"你以为你的一句对不起能换来我的没关系吗？"顾茜茜冷笑,随即转身就走,"我不会祝福你们的！以后,我们再也不见！"

顾茜茜忘记自己是怎么回的 S 城,也忘记自己到底哭了多少次,那几天的意识是朦胧的、黑暗的。

等她再一次习惯性地上游戏时,看着小囡孤零零地站在沙漠的怪中间。她一次次跑过去,看着怪把自己砍死,一次次地自杀。100 级了,不会掉经验,只想感受一下死亡的感觉,原来死得多了,会麻木,就好像心痛一样,痛得麻木了,就不会再有感觉了。

红豆跟惊云路过的时候,是顾茜茜再一次跑过去自杀。

【普通】红豆：亲爱的,你玩什么不好,玩自杀？

顾茜茜的嘴角勾着冷笑,是啊,她真的很想死,男朋友跟好朋友玩游戏玩到一起去了,她头顶着莹莹发光的绿帽,还满世界地跑,她要这个大神号有什么用？现实里,她再痛也不能想不开去自杀,她有爸妈,有责任,有义务,不就失恋一次,不就是被好朋友跟男朋友背叛,不就是被挖墙脚了嘛！她再痛,再难过,也必须扛住。

那么就在游戏里多死几次吧！

【普通】红豆：亲爱的,你到底怎么了？

【普通】惊云：小囡,你怎么了？

连一向话少沉默的惊云都忍不住开口问顾茜茜了。

顾茜茜接受了红豆的原地复活，爬起身子，拍了拍身上的灰尘，轻描淡写地在普通频道飘了行白字出来："如果现实里，你们被你的好朋友跟男朋友背叛了，会怎样？"

【普通】红豆：我会很伤心，但伤心过后，会重新开始。

【普通】惊云：我会放弃，找个更好的。

【普通】小囡：如果，游戏里呢？

【普通】红豆：全世界追杀。

【普通】惊云：见一次，杀一次。

顾茜茜的鼠标，操作着小囡的号，脑子里，也是疯狂想要去杀那对奸夫淫妇！现实里杀人犯法，游戏里，她见一次杀一次，也算弥补自己受伤的心灵。

【世界】小乖：我跟拾荒从今天开始，告别武林，朋友们再见。

【世界】小乖：我跟拾荒从今天开始，告别武林，朋友们再见。

【世界】小乖：我跟拾荒从今天开始，告别武林，朋友们再见。

【世界】拾荒：我跟小乖今天离开游戏，朋友们再见。

【世界】拾荒：我跟小乖今天离开游戏，朋友们再见。

【世界】拾荒：我跟小乖今天离开游戏，朋友们再见。

【世界】商人1号：拾荒不是跟小囡一对吗？怎么跟小乖私奔了？

【世界】垃圾小号：小囡呢，还玩不玩呢？

【世界】小乖：我跟拾荒从今天开始，告别武林，朋友们再见。

【世界】拾荒：我跟小乖今天离开游戏，朋友们再见。

世界频道混乱一片，顾茜茜干脆点了关闭，眼不见为净。

该死的，她还想在游戏里虐杀这两个人呢，谁知道他们不玩了。可是他们不玩了，顾茜茜又该何去何从？她的心里，突然就变得空落落起来。

【普通】红豆：亲爱的，你还好吧？

【普通】小囡：我没事。

然后，顾茜茜点了退出游戏，接着在人物删除界面毫不犹豫地点了删除角色。

三天后，顾茜茜接到红豆给她打的电话，网络那头陌生的姑娘安慰她，让她的眼泪忍不住唰唰地掉，最后，还是点开了游戏界面，将删除的角色给恢复。游戏里，删除的角色，一周之内可以反悔，复原。这个号，顾茜茜是真心舍不得删掉，但要她继续玩下去，她也做不到。犹豫了一晚，她第二天爬起来，就挂在游戏网上，直接卖了出去。

没有残忍地删号，至少她的数据还存在，也至少让小囡这个号得以延续，最重要的是念想还在吧。

只是，顾茜茜把电脑里的《武林外传》给删掉了。这一场游戏，一场爱情，就好像是做了一场梦似的，离她远去了。

三年的时间，一晃而过，顾茜茜再也没有上过游戏。直到那一天，红豆在QQ上发了一个帖子的地址来，她随手点开，是某一位多愁善感的姑娘写的，帖子被加精跟置顶了，标题是：桃花，你虐我千万遍，我待你还是如初恋。

帖子的内容无非是写，她从一开始玩游戏，到跟游戏老公奔了现实。可等跟游戏中的老公现实了，却又意外分手了。于是她又买号回到游戏，重新找老公，继续上演一段恩爱的恋情，再不怕死地奔现实，等分手了，又再一次回到游戏，然后……

简单来说，轮回地在游戏里找老公，奔现实，分手，再回游戏找老公，现实了，再分手……当然，每一段爱情，都被她描写得惊天动地、荡气回肠，让人在吐槽的同时，也忍不住被她勾起了曾经对游戏的偏执与热爱。

网游的世界，你说它假，偏偏又那么真，你若说真，可偏偏只是网络两端的一款游戏，几组服务器的数据而已。

看完这个帖子，顾茜茜不难看出，这姑娘也是《武林外传》的一位老资格的人，在这六年的时间里，断断续续地奔了四五场网恋，然而每一场都没什么好结果，真的应了她那句话：武林，你虐我千万遍，我待你还是如初恋。帖子的最后，她说她还是回了武林，在某区，叫××某的名字，欢迎大家勾搭！

顾茜茜想想自己也有三年没上这游戏了，心念一动，就在电脑上下了客户端，已经改名《桃花奇缘》的武林，画面一如既往的萌跟Q，上了她的小团号，却发生了被自己曾经拥有的小囡号逼婚的事件，接着被迫结婚。然后，顾茜茜发现，她仿佛有瘾似的，第二天甚至没到晚上八点，她早早地就上线了，帮里一派热闹。

【帮派】红豆：大姐夫上线了。

【帮派】小小妹：大姐夫，大姐呢，她什么时候上？我们等她虐拾荒呢。

【帮派】残月舞会：老婆，你陪我做任务。

【帮派】小小妹：做什么任务啊，看到小乖那贱人刷了一下午世界，我就烦躁！

【帮派】花花：小妹，小乖那贱人在8X沙漠，来虐她。

【帮派】小小妹：我倒是想啊，她那112级的小号，我碰了，还不被她上世界喷死！

顾茜茜嘴角抽搐了一下，小乖，112级的小号，那应该是说小乖了，可叶菲菲之前玩的时候，虽然跟人也有过口水，但是，人品没有差到这地步！看来，那个买小乖号的买家，是个相当的极品。

这样一来，顾茜茜不得不庆幸，小囡买家的人品不错。可转念一想，这买家大神却说玩腻了，想要删号，顾茜茜的心里，不由得一阵抽搐。还好，昨天她娶了大神，暂时将大神给留住了，以后她一定要想办法不让大神删号才好。

其实想想大神也挺可怜的,练这样彪悍的号,一般的男人,哪里敢娶?

【密语】红豆:你是宝宝吗?

【密语】红豆:你是宝宝吗?

【密语】红豆:你是宝宝吗?

顾茜茜看着红豆发来的密语,心里纠结了一下,阔别三年,红豆依旧在游戏里玩,并且还记得自己的小名宝宝。可是,顾茜茜最终还是硬着头皮回了句:"不好意思,不是。"

顾茜茜并不想告诉红豆,她回游戏了,并且还被小囝这个现任大神逼着娶了自己原来的小囝号当老婆。

【密语】红豆:你真的不是宝宝?

【密语】小囝:真不是。

【密语】红豆:好吧,那请你善待宝宝的号。

【密语】小囝:我会的。

第三章
好了伤疤也不忘疼

"繁华声 遁入空门 折杀了世人 梦偏冷 辗转一生 情债又几本 如你默认 生死枯等 枯等一圈 又一圈的年轮……"一阵铃声传来，顾茜茜看了一眼手机来电，是林浩打来的，犹豫了一下，还是接了："喂，你好。"

"学姐，S大五十周年校庆会，你会去吧？"林浩温润的声音，透过话筒传了过来。

"看情况吧。"顾茜茜漫不经心地回答。

"别看情况了，山路文学社指名要你这个学姐到场。"

"哦。"顾茜茜应了一声，随即问，"具体几号？"学校班主任是在群里发过邀请函，只是，顾茜茜不知道丢哪里去了，她对这些事根本不上心。

所谓校庆，其实也就是众人找个理由集体去母校看看，找寻一点曾经的回忆，晚上的聚餐，更是很没意思的老同学聚会。

为什么说老同学聚会没意思呢？因为聚会去的，不是炫富，就是炫工作，要不然，就是炫老公，炫媳妇，炫孩子，再不济的就是成双成对卿卿我我地秀恩爱，像顾茜茜这种二十七的大龄剩女，没有老公，没有男朋友，没有"好基友"，唯一能拿得出手的还算有个"特殊"的职业：作家。其实说白了，也就是宅在家码字的写手，不过是运气好出过几本书。每逢这样的老同学聚会，总会被各种虚伪的、讨好的轮番夸张地敬酒，不喝到胃抽，他们是不会放过顾茜茜的。

"5月13号，你生日那天。"林浩欢快地说着，"我会顺便帮你订蛋糕过生日的。"

"不用那么麻烦了！"顾茜茜急忙拒绝，自从三年前跟王子华分手后，就没再过生日了。而且随着年龄越来越大，她更是害怕过生日，因为过了就意味着又老了一岁！

"不麻烦，我只是顺手。"林浩果断地说，随即笑笑，话题一转，"学姐，你最近有写什么新书吗？"

"嗯，最近没写。"

"那你上次写的那些，到底什么时候上市？"林浩问。

"就这几个月吧！"顾茜茜不确定地说。

"新书上市了，记得给我留样书啊！"林浩忙道，"我要你签名的，还要特别标注，你送给亲爱的学弟林浩的。"

顾茜茜嘴角抽搐了一下："亲爱的学弟就不用了吧！"

"要的，要的，必须要的。"林浩强调，"你要不写，别人哪知道，你是送给你亲爱的学弟林浩我的！"

"好吧！"顾茜茜说不过强词夺理的林浩，投降道，"我会写送给学弟林浩的。"

"亲爱的学弟！"林浩强调，"茜茜学姐，你觉得我跟你不亲吗？"

"我们亲吗？"顾茜茜茫然地反问。

"亲，当然亲。"林浩忙不迭地接话，"没有比我们更亲的人了！"

顾茜茜嘴角抽搐了一下，不动声色地转移话题："你今天很空吗？不用做实验了？"

"做啊，刚做完的。"林浩说到做实验这个话题，立马就蔫了，诉苦道，

"学姐，你知道吗，为了研究那个破实验，我都快成为职业变态杀手了！"

"怎么说？"顾茜茜随口问。

"每天都养小白鼠灌药，然后养肥了，还得要一只一只地杀。"林浩无奈道，"这个养肥就杀，真的很变态。"

"好吧，是有点。"

"学姐，你不会觉得我是个变态吧？"林浩压低了声音问。

"目前还没有。"顾茜茜中肯地说，"以后就不确定了。"

"学姐，我不想变态啊！"

"谁叫你好好的电子工程专业要转到医学去的？"顾茜茜漫不经心道，"你那脑子是做黑客的脑子，非得自己折腾，要做白衣天使，那你就继续给小白鼠灌药吧！我有电话进来了，拜拜！"顾茜茜说完，切断了林浩的电话，接起来一个陌生号码，"喂，您好！"

"茜茜，是我！"

顾茜茜的大脑空白地愣了几秒，熟悉而又陌生的声音，三年没有听到，她以为自己已经忘记了，却没想到，就这四个字，她还是能听出是叶菲菲的声音。

三年前，就那样决裂了，叶菲菲怎么还好意思给顾茜茜打电话呢？

"茜茜，是我，叶菲菲。"生怕顾茜茜忘记，叶菲菲主动地再一次自报名字。

"嗯，我知道。"顾茜茜的声音明显地冷了下来。

"茜茜……"叶菲菲讨好地叫了一声顾茜茜，但是，欲言又止，似乎有难言之隐。

顾茜茜不想去猜测，也没什么话跟叶菲菲说，电话里，两个人都沉默了一会儿。

"茜茜，"叶菲菲深呼吸了一口气，终于鼓起勇气，"我知道，当年是我对不起你。"

"不用说了。"顾茜茜打断,"过去的事,我不想再听。"曾经被伤得那么深,就算经过了时间的疗养,伤痛淡了,不记得那么痛了,一旦揭开,疤痕还是在的。

"虽然,你不想听,但我还是想说,对不起。"叶菲菲坚持道,"顾茜茜,我叶菲菲对不起你。"

顾茜茜深呼吸了一口气,不耐烦道:"如果,你想说对不起的话,那好了,我知道了。"

"我要结婚了。"叶菲菲干脆地丢了句。

顾茜茜的脑袋里"轰"的一声,就好像是被炸雷炸了似的,晕晕的,木然地问:"你不会是想请我去参加婚礼吧?"三年了,这张请帖,终于还是要给她发来了吗?

前男友跟曾经最好的死党的婚礼,她真的一点也不想去参加。

"是的,顾茜茜,我叶菲菲真诚地邀请你来参加我的婚礼!"叶菲菲一字一句,清晰地重复道。

"什么时候?"顾茜茜再一次深呼吸,稳住自己的情绪。

"5月15号。"叶菲菲说完又小心翼翼地补充道,"不过5月13号我想开个婚前告别单身的派对,你可以来吗?"

"不好意思,那天校庆,我可能没时间去。"顾茜茜听到这儿,心里顿时松了口气,"你结婚那天我看情况,有空就去,没时间的话,红包我会请人带去的。"

"校庆是中午,你晚上能抽空来吗?"叶菲菲问得小心翼翼,最后补充了句,"晚上我想跟你聚聚。"

"晚上我还有事。"顾茜茜委婉地拒绝,"不好意思。"

"是要过生日吗?"叶菲菲知道5月13号是顾茜茜的生日,嘴快地说。

"呵呵，我真要过生日。"顾茜茜一本正经地接话，"林浩都帮我安排好了。"

顾茜茜本来不想接受林浩的善意安排，但是，在前男友和前闺密的单身派对跟自己生日宴会之间，她毫不犹豫地选择自己，她没那么大度的心胸，可以若无其事地去参加他们的婚前单身派对，还送上祝福。

说顾茜茜小心眼也好，说她任性也罢，她就是做不到，因为她当初是那么在乎他们两个，所以无法轻易释怀他们两个突如其来的背叛。话又说回来，就算是背叛了，他们想在一起，那也不能背着顾茜茜偷偷摸摸呀！全世界都知道他们在一起了，就顾茜茜头顶着莹莹的绿帽，傻乎乎地守着自己的爱情，以为她的付出，就能换来天长地久！

"林浩？"叶菲菲疑惑地问了句，"茜茜，是你男朋友吗？"

"嗯，不确定。"顾茜茜含糊其词地回答，她并不想过多地跟叶菲菲讨论林浩的事，毕竟叶菲菲已经不再是顾茜茜最好的闺密，这些情感八卦的事，就没有必要跟她聊了。

"那就是有戏！"叶菲菲轻快地接话，"也好，茜茜，你也不小了，如果适合，就早一点定下来吧。"

"呵呵！"顾茜茜只是干笑了两声，这句话，从叶菲菲嘴里说出来，怎么听都觉得怪。

顾茜茜抬眼看了一下墙壁上的时钟，八点了，她答应大神小图要准时上游戏，也就不想跟叶菲菲继续这样干涩的谈话，正想着说句什么结束语，不料叶菲菲却丢了这么句话出来："茜茜，我老公并不是王子华。"

顾茜茜的心里怔了一下："啊？"随即收回惊诧的情绪，装作若无其事地问，"那是谁啊？"

"你可能认识！"叶菲菲有些不确定地回，"也是你们S大的，跟你同届。"随即想到了什么似的，又补充了一句，"还跟你是一个文学社的，叫朱俊彦。"

"朱俊彦？"顾茜茜歪着脑袋想了想，瘦瘦干干，戴着一副金丝边眼镜的男生形象，便在脑海里闪了一下，"好像有点印象。"

"他对你可崇拜了。"叶菲菲笑着接话，"所以特别要求，一定要我把你给请到。"

"呵呵，那真是不凑巧了。"顾茜茜抱歉地说，她其实并不是真的没时间，而是她不知道该怎么面对叶菲菲。三年了，对这个曾经最好，却背叛她的闺密，真的是爱恨交织，无所适从，不过顾茜茜口气和善了一些，"我祝福你们。"

"你要是实在没时间，那也没办法了。"叶菲菲悠悠地叹了口气，"茜茜，我真的很希望你能来的。"

"对不起啊！"顾茜茜抱歉地说道。

"嗯，要不然你看这样行不？"叶菲菲犹豫了一下，语调一转，"单身派对不能来参加的话，我跟他去游戏里举办一场婚礼，一场狂欢，你到时候上游戏来参加好不好？"

"啊？"顾茜茜傻眼了，"这样都行？"

"茜茜，现实里你没时间来，游戏里我举行婚礼，开狂欢派对，就是为了弥补你不能来的遗憾，你可千万不要再拒绝我了！"叶菲菲一本正经地说着，"拜托你来好吗？"

"什么游戏啊？"叶菲菲把话都说到这份上了，顾茜茜真不好开口拒绝了，只能硬着头皮问。

"《桃花奇缘》。"

"噗——"顾茜茜刚抓着水杯喝水，就被呛着了。

"茜茜，你没事吧？"叶菲菲关切地问，随即又补充了一句，"哦，《桃花奇缘》就是《武林外传》。"生怕顾茜茜几年不玩，不知道。

"嗯。"顾茜茜顺过气，稳了稳心神，"你怎么还在玩这个游戏？"

"是啊，一直在玩。不过，我换了别的区。"叶菲菲接话，"除了这个，好像别的什么游戏都不会了。"随即笑了笑，不等顾茜茜接话，又开口感慨了一句，"从 2007 年到现在 2013 年，一晃都这么多年过去了。"

"是啊，时间过得很快的。"顾茜茜客套了一句，她其实想八卦地问问，叶菲菲当初不是跟王子华告别网络游戏奔现实了吗，为什么分道扬镳了？而现在这个老公，是在游戏里认识的，还是认识之后，一起陪同打游戏的？但是，她转念一想，这些都是叶菲菲的事，跟她顾茜茜已经没有任何关系了。不管是叶菲菲，还是王子华，他们都离顾茜茜的生活很远很远了。

"茜茜，那我们说定了，13 号晚上，你上游戏，我们等你。"

"嗯，你现在在什么区？到时候，我怎么找你？"顾茜茜答应了下来。

"在电四，黑木崖，你 13 号晚上上线了，Q 我，我会告诉你去哪里的。"

"好，那 13 号再联系。"顾茜茜委婉地说，"你还有别的事吗？我现在有点忙！"

"嗯，你先忙吧。"叶菲菲客套了一句，挂了电话，"拜拜。"

顾茜茜挂了叶菲菲的电话，心里有种说不出来的沉闷，就好像是胸口塞了一团沾水棉花似的，又沉又闷，呼吸不顺。她稳了稳心神，倒了一杯水，猛地喝了好几口，这气，才似乎顺了点下去。

三年，一千多个日夜，果然能够改变的太多，不变的实在太少。

时间的流逝，不管是生活还是游戏，都已是物是人非，每个人，都有属于自己的交集，也有属于自己的分离，以前的点点滴滴就只能成为一幕幕的回忆，再也回不到过去了。

这么几年，虽然刻意不去提及，但是并不代表顾茜茜没有怀念过，曾经一起闯荡武林时的美好时光，那时候是那样天真、张狂，却没有想到，结局会是满身的伤痕，就算时间过去很久，就算能够自我疗伤，但是，心里始终存在了那么一根刺，按下去，隐隐作痛，拔出来，依旧鲜血淋漓。

顾茜茜深深地叹了口气，决定不去想那些乱七八糟的事，稳了稳心神，坐回电脑前，世界频道又一次被小乖刷频而引起两帮人的口水漫骂。

【世界】小乖：小囡贱人，不要脸，欺负小号。

【世界】小乖：小囡贱人，不要脸，欺负小号。

【世界】小乖：小囡贱人，不要脸，欺负小号。

【世界】小囡：就是欺负你了，怎么样？

【世界】小囡：就是欺负你了，怎么样？

大神嚣张地连刷了两遍，接着帮派里绝对的拥护者们便开始力挺大神。

【世界】红豆：欺负你叫作替天行道。

【世界】小小妹：就是，欺负你就是替天行道，谁叫你有个 × 无能的老公，保护不了你。

【世界】小乖：你们都一群贱人！

【世界】把苹果咬哭了：战歌的，你们嚣张什么，大神欺负小号，本来就是不要脸。

【世界】美美：战歌，男的贱，女的淫，绝配。

【世界】一刀切：美美有种再说一次，我不把你虐到删号，跟你姓！

【世界】筱柒：世界为何又要如此混乱？我要收装备啊！

……

顾茜茜无语地抽了一下嘴角，移动鼠标，点开好友对话框。十分钟前，大神小囡给她发来的消息："你不是说要帮我 GF 的吗？人呢？"

顾茜茜犹豫了一下，回了条信息去："刚才有点事，你在哪儿？"

小囡发了一个组队的消息来，顾茜茜点着进了队伍。

【队伍】小囡：5X 沙漠。

顾茜茜点了传送，到了 5X 沙漠，忙跑到小囡身边，敬业地帮她打上各种状态。

【队伍】小囡：我都打完了，你给我加状态干吗？

顾茜茜嘴角抽了抽，好吧，她自作多情了。随即，看到大神小囡的头顶上飘着粉红，弱弱地在队伍里问："你杀人了？"

【队伍】小囡：嗯，杀了拾荒跟小乖。

【队伍】小囡：杀拾荒可以理解，可是，小乖那号挺小的呀！

【队伍】小囡：确实很小，都没用技能就被我秒杀了。

【队伍】小囡：大神，你这算欺负小号吗？

【队伍】小囡：算。

大神坦然地承认，就算是故意欺负小号又怎么了，一副理所当然的样子，倒是让顾茜茜想说教的话，生生地憋在了喉咙口。

【队伍】小囡：……

【队伍】小囡：你别担心，我不欺负你。

顾茜茜嘴角抽了抽，大神昨天威逼利诱让自己娶她，难道就不是欺负自己？顾茜茜要不是看着小囡是自己曾经的号，她才不会这样无奈。

【队伍】小囡：我带你去升级。

【队伍】小囡：不要了，明天有事早起，我玩一会儿就睡了。

顾茜茜心里道，要不是怕你今天打完架，没陪你聊天要删号，她今天真不想上游戏的。

【队伍】小囡：那陪我看风景。

【队伍】小囡：好。

【队伍】小囡：你抱我。

顾茜茜的嘴角再一次抽了抽，无语地看着小囡发过来的相依相偎，只能硬着头皮点了接受。

接下来一幕，更是让她彻底目瞪口呆，因为游戏的设置，除了男号能抱着女号，夫妻之间，还能亲亲密密。小囡被紧紧地靠在小团的怀里，勾着他的脖子，两个人正在忘情地打 KISS……

就算只是在游戏里，但顾茜茜的俏脸还是唰地一下子红了起来，她在队伍信息里问大神："你想去哪里看风景？"

【队伍】小囡：随便。

顾茜茜嘴角抽了抽，在队伍里说了句："就在沙漠好不好？"

【队伍】小囡：你说好就好。

顾茜茜对着电脑鄙视了一下，沙漠一堆黄土有什么好看的？怪物又长得那么丑。可是，她还是操作着鼠标，控制着游戏里抱着小团的号，灵活地在沙漠用轻功加徒步交替奔走着，一直走到沙漠的暗黑皇城，问道："我们在这里看风景好不好？"

【队伍】小囡：好。

顾茜茜刚想点解除相依相偎，不料大神又在队伍里丢了句："你就这样抱着！"

顾茜茜握着鼠标的手，就这样生生地顿住了，半晌才打了句："你不下来自己走走吗？"

【队伍】小囡：懒得走。

【队伍】小囡：好吧。

说完，顾茜茜满脸黑线地把号随手挂在了皇城门口，大神懒得走，她也懒得动。大神倒是没什么意见，半晌也没吱声，两个人都安静地在电脑前看着屏幕傻傻发呆。直到帮里有人喊她："老大，你来 7X 拿下卷。"

【帮派】小囡：嗯。

【队伍】小囡：我去下 7X，你在这儿等我。

【队伍】小囡：哦，好。

顾茜茜刚打完"好"字，大神已经动作利索地从小团的怀里跳了出来，召唤出银光闪闪的天龙坐骑，威风凛凛地飞天而去。

大神不在，顾茜茜的压迫感少了很多，她操作着小团的号，在暗黑皇城里走了走。城里的景色，跟三年前顾茜茜离开的时候一模一样。那时候，王子华跟叶菲菲下副本没时间陪顾茜茜聊天，经常是红豆跟惊云陪着她在暗黑皇城里玩，因为这里很安静。

顾茜茜正在回忆里感伤，突然屏幕上飘出一行字："人在江湖漂哪能不挨刀……"然后，她那小团的号，就这样衣袂飘飘地横尸躺地了。

【系统】你被小乖给杀死了。

复活框选项出来四种选择：回到附近城市，呼救，接受复活，原地复活。

原来顾茜茜玩的时候，没有呼救这个功能，其他三个一样，所以，看着这"呼救"两个字，她怀着疑惑的心情点了下鼠标，接着，顾茜茜 AD 转向操作者界面，看到正踩在她尸体上，头顶着粉色名字，欢快跳跃的小乖，顿时心里感慨万千。

小乖这个号，顾茜茜是多么熟悉而又陌生。熟悉的是，这号依旧还在武林这个世界里张牙舞爪，曾经，这是叶菲菲的号，也掺杂了她不少心血；陌生的是，这个号的主人，不知道是谁了，原来的她，原来的叶菲菲，原来的闺密，原来的武林世界早已席散人离，各奔东西！

【普通】小乖：贱人小团，你又开小号害我？

【普通】小团：你才贱人，你全家都贱人。

老虎不发威，她当顾茜茜是 Hello Kitty 吗？这个小乖明明就手贱，故意杀她，竟然还能这样反咬一口，说顾茜茜开小号害她。

【普通】小乖：贱人，你有本事起来跟我打。

你 112 的，欺负我 100 的虾米？顾茜茜腹诽道。就算我们都是医生，同等级了，你那 +13 红光闪闪的武器，跟我这手无寸铁的打，你也好意思说得出口？想着自己的大神，刚才也欺负小乖了，顾茜茜识相地保持了沉默，反正打不过，小乖救他起来，他也不起来。而且大神要顾茜茜在这里等她，她懒得回城再跑过来。万一，小乖跟她杠上了，在这儿等着她，又把她给秒杀了，那还指不定要跑几次呢。

【普通】小囡：来啊，来打。

顾茜茜在普通频道的白字里刚看到大神轻描淡写地说完这句话，只见一道红光闪过，小乖就被秒杀在地。

【普通】红豆：小乖，起来，接着打呀！

【普通】小小妹：活腻了你，竟然敢欺负我们老大的相公。

【普通】一刀切：把你们荣耀的都喊过来，开打。

【普通】残月舞会：有没有喇叭上世界？没有的话，爷给你喊荣耀的过来帮你。

【普通】我是打酱油的：跟她废话那么多干吗，叫拾荒过来。

顾茜茜有些傻眼地看着从天而降的这几个红光闪闪的人。

【普通】红豆：小囡，起来吧，我们保护你。

【普通】小小妹：大姐夫，你起来，有我们在，这贱人欺负不了你。

【普通】一刀切：红豆，去救大姐夫。

【普通】小囡：不用，我起来。

顾茜茜点了接受复活，然后看着倒在地上的小乖，茫然地问众人："你们怎么来了？"

【普通】红豆：亲，你呼救了，我们当然赶过来了。

【普通】小小妹：就是，你以后被欺负了，就在帮里喊一声，我们都会过来帮你报仇撑腰的，尤其对待某些贱人，我们一定会加倍奉还的。

顾茜茜算是明白过来了，原来呼救就是叫帮里的人过来帮忙救场："谢谢你们。"

【普通】红豆：亲，你跟我们不用客气的。

【普通】小小妹：就是，就是，大姐夫，放心，以后我贴身保护你。

【普通】一刀切：你贴身保护，那老大做什么？你想找死啊，抢老大的机会。

【普通】小小妹：好吧，老大，我错了。

【普通】小小妹：话说，老大，你让那贱人死那么干脆干吗？我们就一刀一刀砍她多好！

【普通】一刀切：她太差了，不够我们切的。

顾茜茜看着一刀切跟小小妹耍宝，嘴角不知不觉微微上扬，点开好友消息，小囡发来的："要打架了，你先回城。"

果然，顾茜茜还没来得及点回城，她的头顶上一道红光飘过，系统再一次"他说风雨中，这点痛算什么，擦干泪，不要怕……"。

【系统】你被玩家拾荒给杀死。

顾茜茜看着这条消息，心里忍不住地一阵抽搐，拾荒，王子华的号，终于还是再一次见面了，虽然阔别了三年。随手翻了翻他的人物装备属性，虽然练的职业不一样，可是跟小囡的号一样，下足了本。

小囡接着再一次跟拾荒正面交锋，其他众人也不甘落后，一阵刀光剑影，五光十色的技能瞬间在顾茜茜的电脑画面中展现，两个帮派救助的人，瞬间展开了激烈的战斗。

【世界】小乖：老公，加油，我爱你，亲亲！

【世界】小小妹：那么臭的嘴巴，亲人也不怕把人熏晕。

【世界】筱柒：拾荒家卖臭豆腐的，习惯了。

【世界】小小妹：臭豆腐跟便便的味道还是不一样的。贱人就是便便，比臭豆腐还臭。

【世界】商人1号：那么臭啊！

【世界】小小妹：就是，就是，我刚不是被秒杀的，是被熏死的。

【世界】折翼的菜鸟：战歌的别口水，有本事单挑。

【世界】小小妹：来啊，挑我啊，我只是个小爆医。

顾茜茜看着【世界】上的刷屏，真的忍不住想捂嘴大笑，小小妹真是一个欢快的姑娘。调整画面，再次看着打架的两帮人，各种技能，各种眼花缭乱，各种的卡，她都有种要被卡飞掉线的感觉，犹豫了一下，点了回到附近城市。

其实，顾茜茜是想给大神小囡加加 GF 状态的。可是，她也知道自己的实力，起来就会被秒杀，压根就没出手的机会，还不如乖乖回城待着，等待大神凯旋。

这场架，从刚开始的一组人相互厮杀，到最后两个帮在线的人都挤到一起变成混战，整整打了两个多小时，都没有任何胜负之分。因为不是 PK，混战不分胜负，死了起来接着打。

打架的打得很忙，被秒杀了，打累了的，就上【世界】继续口水，总之，很热闹。

顾茜茜看了看电脑的时间，十一点多了，第二天还得要早起，打了个哈欠，给大神发了条好友消息："我要下了，你注意休息。"

大神的消息很快就回了过来："不打了，今天虐够了。"

顾茜茜看着对话框，一时不知道该回什么话，大神倒是问了："你在哪里？"

"城里。"

"我回来。"

顾茜茜刚看完大神的回话，抬头一看，她的头顶上，一条银光闪闪的飞龙，大神已经瞬间转移回来了，先点了个相依相偎。

顾茜茜犹豫了一下，接受了，抱起小囡，然后在普通频道里说："明天我还有事要早起，我先下了。"

【普通】小囡：明天晚上我等你。

顾茜茜额头三道黑线，手指飞快地在键盘上打着："明天晚上我不一定有时间上。"

【普通】小囡：不管，我等你。

【普通】小囡：好吧，我尽量。

【普通】小囡：把你账号密码给我。

【普通】小囡：？

好友小囡的消息："把你的账号密码给我。YUYU002，密码887765GU，我的。"

顾茜茜傻眼地看着大神这样轻易就把密码给她，弱弱地回了句："我不想知道。"她根本没想上大神的号，这个号，还是她自己曾经卖掉的号。

"你把你的账号密码给我。"大神不耐烦地强调，"我不会盗你号的。"

顾茜茜嘴角抽了抽，沉默地犹豫了一下，她倒不是舍不得这个号，也不是怕大神会盗，而是她的账号跟大神的太相近了！

只能怪大神太懒惰，把小囡号原来657788GU的密码，只字未改，只换了下数字顺序。当然，顾茜茜自己也很懒，因为她压根就没有改过原始密码。

"给我呢！"大神不耐烦地再一次催促。

"YUYU24，657788GU。"顾茜茜手指飞快地回了好友信息，接着丢了句，"我下了，88！"然后，等不及大神的回话，心虚地径自下线，退出游戏，关闭电脑。

不管大神是谁，看到这一模一样的数字，只怕也会想多吧！

第四章
剩女的桃花朵朵开

这一晚，顾茜茜睡得很不踏实，往事一幕幕地在脑海里闪现，辗转难眠。最后心浮气躁地爬了起来，开了电脑，拖出 Word 文档，开始疯狂地码字。凌晨四点多，才打着哈欠上床睡觉。

不过，顾茜茜并没睡多久。大概八点多就被暖宝宝的电话给吵醒了，两人约了今天去逛街 K 歌的。暖宝宝是她同个网站写书的朋友，因为在同个城市，又"臭味"相投，彼此都是单身，就经常见面，所以，感情自然是好。暖宝宝是她的笔名。

"茜茜，你昨晚做贼了？"暖宝宝看顾茜茜逛个街，一路上打了无数的哈欠，不免打趣道。

"嗯，做贼了！"顾茜茜又打了个哈欠，回答得漫不经心。

"采花贼？"暖宝宝笑得特别贼。

"对啊，采你这朵大黄花了。"顾茜茜挑眉，嬉皮笑脸地应对。

"我去。"暖宝宝没好气地赏了一堆大白眼给顾茜茜，"昨晚熬夜了？"

顾茜茜忙点了点头："昨晚写书，四点多才睡。"

"写啥书写那么兴奋？"暖宝宝好奇地问，"不是刚交一个出版文，最近在休整期吗？"

"是啊。"顾茜茜点点头，"本来是不想写，但昨晚睡不着，就起来构思了个新文。"

"啥内容的？"

"网游。"顾茜茜眨巴了一下黑溜溜的眸子，笑吟吟地回。

"什么？"暖宝宝生怕自己听错了似的，忙掏了掏自己的耳朵，"我不是听错了吧？你写网游？"

"嗯。"顾茜茜正色地点点头。

"你会写吗？"暖宝宝质疑道，"你没打过游戏吧？"

暖宝宝跟顾茜茜是2009年认识的，那时候的顾茜茜已经宅在家，全职写作大半年了。宅女＋作家的生活＝单调跟枯燥。她们每天睡到自然醒，开电脑，开文档，不是在码字，就是在构思着码字。写完了，会去读者群群聊一会儿，晚上关电脑睡觉，一天就这样过去了。

"以前玩过一段时间网游。"顾茜茜随口跟暖宝宝聊着，"不过后来没玩了。"

"为什么后来没玩了？"暖宝宝八卦地问。

"没玩了就没玩了呗。"顾茜茜显然不想多谈这个话题，含糊其词地带过，"你呢？听说你最近在写重生文？"

"唉，别提了。"暖宝宝苦着俏脸，摆摆手道，"我开了个宅门的文，结果东家长西家短的，几房姨太太、大少爷神马的，把自己给写晕了。"

"呵呵！"顾茜茜忍不住笑出声来。这时候，她的手机响了起来，顾茜茜看着手机屏幕上的陌生号码，神色微微有些犹豫。自从宅了之后，她不太爱跟陌生人接触，当然，也不想接陌生来电。

"亲，吵死了，你快接电话。"暖宝宝抓起顾茜茜的手机，讨好地帮她接了，给她递过去，顺带着挤眉弄眼了一番。

"喂，您好。"顾茜茜礼貌地开口。

"茜茜，是我。"王子华富有磁性的声音从电话声筒里传了出来，顾茜茜的大脑空白了一秒，心跳漏了一拍，没有出声接话。

"茜茜，你能听到我说话吗？"王子华生怕顾茜茜听不到，又拔高了音量，重复了一遍。

"嗯。"顾茜茜只是简单地应了一声。昨晚是叶菲菲给她打电话，邀请她参加自己的婚礼，今儿王子华给她打电话又为了神马事呢？

"你知道叶菲菲要结婚的事吗？"王子华试探地开口问。

"知道。"顾茜茜回得简洁。

"那你会去吗？"王子华的声音犹豫了一下，才问出口。

"不会。"顾茜茜回得干脆。

电话那头的王子华沉默了一下，才讪讪地开口："我以为你会去呢！"

"我那天有事。"顾茜茜是赌气不参加叶菲菲的婚礼，但为了不让王子华误会，她多此一举地解释了一句，"我最近挺忙的，抽不出时间。"

"哦！"王子华应了一声，犹豫了一下问，"你最近过得好吗？"

"挺好的。"顾茜茜公式化地回答，随即快刀斩乱麻道，"你还有什么事吗？没有的话，我现在在忙，就这样吧！"

"我……"王子华欲言又止。

顾茜茜耐心地等了会儿，最后听他叹了口气道："没什么事了，就这样吧。"才挂断电话，深深地呼吸了一口气。

"WHO？"暖宝宝看着顾茜茜很不对劲的神色，关切地问了一声。

"前男友。"顾茜茜撇了撇嘴，尽可能地轻描淡写。

"有感情的前男友？"暖宝宝挑了下眉，试探地问。

"NO。"顾茜茜轻轻地摇了摇头，心里却并不是很确定。

曾经有人说过，忘记一段感情最好的办法就是时间跟新欢，顾茜茜并没有遇到新欢，所以，她用了三年的时间。但她清楚地知道，虽然自己已经放弃，但若要说忘记，那就太假了。毕竟，王子华是她曾经单纯而又美好的初恋，哪怕结果是那样的伤。

"看你回答得这样不确定，我对你的 NO，表示深切地怀疑。"暖宝宝撇了撇嘴，"亲啊，来给我八卦八卦，让我给你分析一下。"

"其实吧，也真没什么好说的。"顾茜茜依旧轻描淡写，看了一眼自己的手机，林浩给她来电话了，忙对暖宝宝抱歉地笑笑，"我先接个电话。"

暖宝宝点了点头，撇了撇嘴，看着顾茜茜温和地接起电话。

顾茜茜挂完林浩的电话，迎头就看到暖宝宝挑着眉在贼笑："茜茜啊，你说你跟你学弟到底是什么关系啊？我看着怎么是那么暧昧呢？"

"暧昧你个头啊！"顾茜茜急切地否认，"别胡说。"

"我可什么都没说，亲，瞧你这激烈的反应！"暖宝宝继续不怕死地调侃，"啧啧，引人遐想啊！"

"你遐想什么啊？"顾茜茜装傻道。

"我是个写书的，能遐想的实在太多了。"暖宝宝一本正经地看着顾茜茜，"亲，你是想让我想啥版本的爱情呢？比如，苦情版的，狗血版的，痴情版的，还是现实版的呢？"

"我跟林浩真没什么。"顾茜茜再一次急着交代，"暖宝，一会儿他就要来了，我拜托您老，千万别再遐想了好吧？会让我尴尬的。"

顾茜茜比林浩大三岁，认识的那一年，她大四，林浩才大一。在顾茜茜的潜意识里，林浩这个学弟就跟她的弟弟一样，亲密归亲密，但是根本就不做其他的想法，林浩对她的所有的关爱之情，顾茜茜也理所当然地当作姐弟之间的友爱，而不是任何的男女之情。就算林浩有时候会有调戏之意，也被顾茜茜装傻地躲开。因为潜意识里，她不敢去做深层次的遐想，毕竟有了遐想，不自觉地会想要改变关系。

可是，现实里改变关系却需要勇气，顾茜茜自认为，她没有那个勇气去老牛啃嫩草。顾茜茜已经二十七岁了，属于剩女一族，而林浩，才刚刚二十四岁。

男孩本来就比女孩成熟得晚，而林浩本身又比顾茜茜小，这更加让顾茜茜觉得林浩幼稚，不适合发展其他的关系。

这三岁，在很多人眼里或许算不得什么，但在顾茜茜心里，却成了一道过不去的坎儿，所以，她不自觉地戒备跟抗拒这样的遐想发生，也不允许去发生改变。

"你要真那么坦荡，心里没啥想法，你尴尬什么？"暖宝宝不认同地看着顾茜茜，"茜茜，不是我说你，你有时候脑子就是一根筋，太死了！"

"好了，你别说了。"顾茜茜忙打断暖宝宝，嘴巴朝着她身后轻轻地努了下，"我学弟来了。"

"嗨，学姐。"林浩大步流星地朝着顾茜茜这边走过来，看到暖宝宝，忙摆出灿烂的笑脸，"暖姐，你也在啊？"

"嗯，跟你学姐刚逛完街，我得赶回去码字，你学姐就交给你送了！"暖宝宝识趣地闪人，她才不要做这样的高压电灯泡。虽然，顾茜茜死活不承认她跟林浩之间的暧昧，但是，暖宝宝这旁观者，看着林浩含情脉脉的眼神，温柔得能够溺死人，心里不住地为他俩焦急。

林浩认真地点点头，对着暖宝宝保证道："把学姐交给我，你放一百个心。"

"放心，绝对放心。"暖宝宝笑着，"交给你都不放心，那还真找不到放心的人了。"

气氛被暖宝宝跟林浩的对话搅得很微妙，顾茜茜的俏脸微微有些窘迫，瞅了一眼林浩，眸光温和地看着他，又心虚地撇开视线，看向暖宝宝。她则是似笑非笑地挑着秀眉，玩味地笑着。

这两个家伙一个都不能看！顾茜茜的视线一时不知道该看哪里，只能低着脑袋，看着自己的脚尖，让他们两个继续不紧不慢地搭着话。

"哎哟，茜茜，你怎么脸红了？"暖宝宝生怕气氛不够暧昧，生生地又插了句话。

"被太阳给晒的。"顾茜茜深呼吸了一口气，磨了磨牙道，暖宝宝就是故意取笑她。

"被太阳晒的呀，不是羞涩啊？"说完，暖宝宝爽朗地笑了一声，"嗯，可是今儿太阳不大呀！"

"你皮糙肉厚，当然晒不红，我娇贵不行？"顾茜茜赏了个大白眼给暖宝宝，恼羞成怒地一把拽着林浩的手臂，"我们先走了，你慢慢晒，也会脸红的！"

林浩一边被顾茜茜拉着，一边不忘记礼貌地跟暖宝宝告别："暖姐，我们先走了，拜拜。"

顾茜茜气急败坏地拉着林浩过马路，眼看一辆横穿马路的电瓶车就要撞上，她心里受惊，便忘记闪躲，呆在那儿。

还好林浩反应够快，猛地将她一拽，拖入怀里，紧紧地护着。顾茜茜的耳朵贴着林浩宽厚结实的胸膛，他强劲有力的心跳声，清晰地传入她的耳内。鼻尖充盈着他身上清凉的香味，让她的俏脸不自觉地绯红。这一刻，她的心有些茫然。其实，她并不是真的那么想推开这个怀抱。

林浩并没有急着放开顾茜茜，他很少有机会能够这样光明正大地抱着她，真希望，时间就这样停驻。

"茜茜，你没事吧？"暖宝宝也看到了刚才惊险的一幕，忙快步追上来问。

顾茜茜从茫然中回神，意识到自己在做什么，忙恼怒地推开林浩，"干吗呢？"她绝对不承认自己刚才很享受那个拥抱。

"没干吗。"林浩赔了一个笑脸给顾茜茜，"舍身救学姐你而已！"

"我谢谢你哦。"顾茜茜没好气地哼了哼，努力掩饰自己刚才的窘态。

"我说，你们两个过马路小心点成不成？吓死我了！"暖宝宝心有余悸地拍了拍自己的胸口。

"嗯，我会保护学姐的。"

顾茜茜听着林浩说完这话，她的手背顿时一热，接着一双温厚的大手便紧紧地握着了她的手。茜茜条件反射地便要甩开，但是竟然意外地没有成功，反而被一股更大的力道紧紧地攥着。她恼怒地瞪着林浩，见他对暖宝宝挥挥手："暖姐，我们走了，拜拜。"接着不等顾茜茜出声抗议，果断地牵着她的手过了马路。

松开手，林浩的表情温和："学姐，你在这里等我，我去把车开过来。"

顾茜茜抬起俏脸，正色地看着林浩，张了张嘴："那个……"手心还有陌生温度的余热，顾茜茜跟林浩从来没有这样在人前牵手过，她想告诫林浩，以后不可以。因为十指连心，会扰乱顾茜茜平静的心湖。可是，话明明到了嘴边，顾茜茜却说不出口，因为她觉得说了，似乎显得自己小心眼。林浩明明就是一副很洒脱的模样，他根本就没当回事，或许就是纯粹想安全带顾茜茜过马路吧！

"什么？"林浩耐心地等了半晌，见顾茜茜没有说出那个什么来，不由得温和地问。

"刚才谢谢你。"顾茜茜扭捏地说。

"谢我什么？"林浩故意装傻。

"谢谢你救了我。"

"会以身相许吗？"林浩眨巴着晶亮的黑眸，问得一本正经。

"相许你个头。"顾茜茜恼羞成怒地踹了林浩一脚，"死小子，你还不快去开车来！"

"学姐，你不能总用暴力来欺负我。"林浩抗议了一声，"小心我以暴制暴！"

"你敢！"顾茜茜瞪了一眼溜溜的黑眸，瞪着林浩。

"不敢，不敢。"林浩忙讨饶。

"还不快去开车。"

跟林浩吃完饭，看完电影，顾茜茜才回家。她打开电脑，看着游戏客户端，心里纠结着到底要不要上游戏。

如果上游戏，大神小囡问她，为什么两个人的密码数字是一样的，她要怎么回答？如有雷同，纯属巧合吗？可是，这也巧合得有点过头吧。如果顾茜茜不上游戏，大神小囡会不会真的把号删了？在大神的情绪没稳定前，顾茜茜觉得自己应该每天上游戏当陪聊，她可不希望大神真的删号不玩了。

到底要不要上游戏呢？顾茜茜的心，就好像有小猫爪子在挠似的。犹豫了半个小时，她最终还是深呼吸了一口气，果断地点开了客户端，上了游戏。

不管怎么样，顾茜茜先得把大神的情绪稳住，哄着就算不玩游戏，也不要轻易删号。

小囡在沙漠甘泉村北郊，在他眼前站了一群人，头顶上都带着黄色的战斗状态，【普通】频道白字飘飘的各种漫骂。

糟糕，又在打群架！

顾茜茜的心里一颤，她可不想再无缘无故地挨刀，她这样的 100 级的小菜鸟号，经不起别人轻轻地一秒杀！于是，她快速地用 AD 转向，操控着人物想躲回安全区。可是，刚走了一步，她的身子便被顿住了，小囡的头顶上一个被人缠绕状态，小囡的名字也进入战斗状态，顾茜茜再一看她头顶上的血条，猛地下了一半。

顾茜茜忙按着加血键，给自己加血保命，然后在普通频道里打了一行字："谁打我？？？"

正常情况下，是没人会打她这个100级的虾米号的，除非是不小心误杀，或者是像小乖之类故意找碴的。

【普通】惊云：大姐夫，对不起，点错了。

【普通】小囷：汗，你注意安全。

顾茜茜死了没关系，但是，如果害得惊云不小心变红就不好意思了。

【普通】惊云：对不起，大姐夫，你走远一点。

【普通】小囷：嗯，我闪。

【普通】红豆：小云，你想死，你竟然点错，不知道大姐夫很脆弱吗？

【普通】小小妹：就是就是，小云，悠着点。

【普通】小囷：小云，我记着了，一会儿打完，我跟你单独PK！

【普通】惊云：不是吧，老大，我错了。

【普通】惊云：老大，我真的不小心点到大姐夫的，再说，我也只是放了个缠绕，我并没有对大姐夫造成任何人身伤害。老大，原谅我吧！

【普通】小囷：给你个赎罪机会，保护你大姐夫去。

【普通】惊云：好吧。

顾茜茜看着组队邀请，忙点着进入了队伍，队长小囷、惊云、红豆、小小妹、一刀切都在，忙在队伍频道打了个招呼："嗨，大家好。"

【队伍】小囷：让小云带你进城。

【队伍】小囷：其实我死回去也没事，让小云帮你打架吧。

顾茜茜反正就是个虾米号，就算被误杀，或者杀了，她点回城复活就好，实在不好意思麻烦一个打架的主力多此一举地送她回城，这待遇，实在高得有点离谱。

【队伍】小囝：你被人杀，丢我面子。

【队伍】小囝：可我就是虾米号，被杀很正常。

【队伍】小囝：有我在，谁都不能欺负你。

顾茜茜看着这话，明知道只是游戏，但心里还是忍不住一暖，打了句"谢谢"，而心里的那些不满，万一你不在，我还是会被欺负这样的话，就生生地咽了回去。

【队伍】红豆：哎哟，秀恩爱啊！

【队伍】小小妹：大姐夫，你真幸福，美慕！

【队伍】小囝：你们不觉得，该是男人保护女人的吗？

【队伍】小小妹：谁规定一定要男人保护女人？女人强了，保护男人也没问题，我们家老大，保护十个你这样的，都是小菜一碟。

【队伍】小囝：LG，你如果想保护我，那你快点把等级练起来。

【队伍】惊云：老大，您卖萌，我还真不习惯！

顾茜茜也一脸的黑线，讪讪道："练级啊？那还是算了吧！"

【队伍】小囝：不想练级，就安心受我保护吧！

【队伍】惊云：大姐夫，你放心，就算你是菜鸟，有我们保护你，一定会让你在这个区里，像螃蟹一样横着走的！

【队伍】小囝：废话少说，带我 LG 回去。

惊云忙发了一个双人坐骑的邀请过来，眼看又将发生一次混乱大战，顾茜茜忙点了接受，上了惊云的大肥兔子，在他的护送下，安全进城了。惊云将小囝放下，然后对着她打了个笑脸："大姐夫，我还要出去打架，你先自己玩会儿。"

顾茜茜操作着小囝的号，原地打了一个圆圈，360°转身，总觉得哪里有些不对劲，仔细看了看人物头顶上的血条，本来就两万，这会儿没有任何附加状态，竟然有三万五。

顾茜茜忙点开人物属性看了看，瞬间惊讶得张大了嘴巴，小囡的装备全部换成 +13 以上的了，连那把白武器吉他，也都发着紫红色的光芒。

天哪！顾茜茜她都娶的什么牛 × 媳妇啊！才一个晚上，竟然把她垃圾的虾米号整成这样的精品！当顾茜茜再打开她的任务栏时，她的嘴巴彻底合不拢了，因为那原本堆积了三年的任务，都已经被整理得干干净净。甚至，原来那个包裹里乱七八糟的东西，也都被收拾得井井有条。

瞬间，顾茜茜对大神小囡的佩服，简直膜拜到找不到任何适合的词语来形容，她实在有一种化腐朽为神奇的力量。

顾茜茜看了一眼队伍，他们五个头顶上的血，忽高忽低，可见这场架，打得异常猛烈。她本来激动地想跟小囡说说话的，但最终还是隐忍了下来。挂着号，安静地在城里等他们回来，顺便研究一下这个号的生活技能什么的，毕竟这个号，当初就不是主号，而且也三年没好好上过，很多技能什么的都不清楚。

【队伍】小小妹：不打了，这几个人，不够老大一个人虐呢。

【队伍】红豆：老大，他们都走了，要不，散了吧！

【队伍】一刀切：老大，我要去给我儿子检查作业了，先下了。

【队伍】小囡：嗯，都散了吧，我陪 LG 聊天去。

随着小囡的话说完，小小妹跟红豆都在队伍里跟顾茜茜打了个 88，相继退出了队伍。

【队伍】惊云：我不散，我就夹在你们中间当灯泡。

【系统】玩家惊云被小囡踢出了队伍。

【帮派】惊云：老大，你重色轻兄弟，我不就当会儿灯泡吗？你竟然踢我。抓狂！

【帮派】惊云：老大，你不仁我就不义，我要爆料！

【帮派】小小妹：啥料？老大的三围吗？

【帮派】花花：老大的裸照吗？

【帮派】惊云：老大的性别取向！

【帮派】红豆：快点爆，快点爆。

【帮派】惊云：老大，你让我当灯泡，我就不爆，你不让我就爆了哈！

【帮派】小困：你再啰唆，我把你踢出帮。

【帮派】惊云：老大，不带你这样玩的！你这样威胁我，太不仁道了。

【帮派】小困：没威胁你。

【系统】玩家惊云被帮主小困踢出了帮派。

【队伍】小困：你怎么真踢啊！

【队伍】小困：他太啰唆了。

顾茜茜一脸的黑线，犹豫了一下道："惊云只是跟你开开玩笑嘛。"

【队伍】小困：我知道。

【队伍】小困：那你还踢他。

【队伍】小困：他会求我的。

顾茜茜嘴角抽搐了一下，接着便看到世界频道，惊云在大喊。

【世界】惊云：老大，我错了，你收我回去吧！

【世界】惊云：老大，我错了，你收我回去吧！

【世界】商人1号：收 +15 的战靴，有的 MM。

【世界】筱柒：收媳妇一名，等级不限，装备不限，性别不限。

【世界】惊云：老大，我错了，你收我回去吧！

【世界】惊云：老大，我错了，你收我回去吧！

【队伍】小困：惊云好像挺惨的，要不你收他回来吧。

【队伍】小困：你收吧。

【队伍】小困：我？

大神不说话了，系统消息，恭喜您，成为战歌的堂主。

顾茜茜嘴角抽了一下，忙密语【世界】的惊云："来，我加你回帮！"

【密语】惊云：大姐夫，你真好，我回头告诉你个小秘密。

【系统】玩家小囤成功将惊云加入战歌。

【帮派】惊云：回来了真好。

【帮派】小小妹：小云，去做帮贡吧，你清零了。

【帮派】惊云：老大，你故意的！

【帮派】小囤：是啊，你做不做呢？

【帮派】惊云：做，当然做，帮派是我家，团结靠大家，不就是做帮贡嘛！

【帮派】小小妹：小云的觉悟就是高，每次被踢了，就任劳任怨地做帮贡，真是好孩子。

【帮派】红豆：没有老大时不时将小云踢出去历练，咱们的帮贡长得可就没那么快了！

【帮派】一刀切：小云，你是功臣！

顾茜茜这才算看明白了，原来，小囤不是第一次踢惊云出帮了，难怪，帮里的人刚才都那么淡定，连句求情的话都没有。顾茜茜本来还纳闷，一般玩得要好的朋友，被踢出帮派，或者自己退帮，别的兄弟朋友不可能不闻不问。现在总算是明白了，原来是大神故意的。

【队伍】小囤：你这样对惊云，他不会生气吗？

【队伍】小囤：不会，他很乐意的。

顾茜茜无语，这年头的人，果然都重口味跟恶趣味。

【队伍】小囤：LG，我们去玩吧。

顾茜茜看到这条消息的时候，小囤号的头顶上，有一条银光闪闪的天龙在盘旋着，然后俯身，含情脉脉地望着她。

【队伍】小囤：你想去哪里玩？

【队伍】小囡：听你的。

大神小囡说完，下了坐骑，忙点了一个相依相偎给顾茜茜，顾茜茜这次没有丝毫犹豫，忙一把抱起了她，认命地往沙漠的传送奔走过去。

【队伍】小囡：你为什么不坐坐骑？

【队伍】小囡：跑跑有益身心健康。

【队伍】小囡：……

【队伍】小囡：你帮我弄装备了？

【队伍】小囡：嗯。

【队伍】小囡：可我不需要啊。

【队伍】小囡：不喜欢，那你扔掉。

顾茜茜顿时又满脸黑线，这孩子，有钱也不能这样败家啊！轻飘飘的一句扔掉，可都是白花花的人民币啊！

【队伍】小囡：我不是那个意思，我喜欢。

顾茜茜忙飞快地打了句讨好的话，接着才说重点："只是，我又不挂机，也不升级，更不会跟人打架，而且还是小号，用这么好的装备，浪费。"

【队伍】小囡：我不觉得浪费。

顾茜茜无语了，半晌后，才在【队伍】里打："好吧，你觉得好就好。只是我觉得，下次装备我自己收吧，你是我老婆，你给我整装备，搞得我好像小白脸似的……"

【队伍】小囡：你的脸白吗？

【队伍】小囡：什么？

【队伍】小囡：你的脸白？

顾茜茜明白大神的意思了，她要回答白，大神肯定会说，既然你都脸白，是小白脸了，也不在乎。

【队伍】小困：不白。

【队伍】小困：你脸都不白，怎么做小白脸？

顾茜茜顿时泪流满面，大神，你说话要不要这样奇葩？而且，这脸白不白也不是她讨论这个话题的重点啊！

【队伍】小困：等我一下，接个电话。

【队伍】小困：好。

顾茜茜回完这个消息，把号挂在城里，然后将游戏窗口最小化，打开了 Word 文档，修改昨晚通宵写的大纲。

第五章
人妖夫妻笑傲江湖

等顾茜茜将大纲改好，重新点开游戏画面的时候，小囡已经不在小团号的怀里，【队伍】信息里，却多了红豆、惊云、一刀切、花花四个队友，而且看着他们忽上忽下、起伏不定的血量，顾茜茜猜测，应该是在打架吧。

点开小囡的消息："我去帮花花过任务，你来了呼我。"

顾茜茜看了看时间，是半个小时之前的，犹豫了一下，还是回了个信息去："哦，我刚不在，回来了。"

【队伍】小囡：LG，来沙漠 FB。

【队伍】花花：哇，大姐夫来了啊！

【队伍】一刀切：老婆，你当着我的面出墙没问题，可是，勾引老大的相公，你会死得很惨的！

【队伍】惊云：花花，你小心点，老大很小心眼的。

【队伍】花花：人家知错了，老大，我只是第一次跟大姐夫组队，太兴奋了。

【队伍】小囡：兴奋完了吗?

【队伍】花花：嗯，不兴奋了。

【队伍】小囡：那你打怪吧。

【队伍】花花：老大，我只是个医生。

【队伍】小囡：不打，回头打完 BOSS，我不带你去剧本做任务。

【队伍】花花：老大，我打怪，我打怪！老公，你帮我一起打嘛！

【队伍】小囡：你们在干吗？

　　顾茜茜想，这几个人，除了花花 128 级，其他都是 130 级的，到沙漠 FB 打 90 多级的怪，那不是跟她这个没装备的打抱抱兔一样的道理吗？

【队伍】花花：在 FB 等 BOSS，过任务。

【队伍】小囡：那我去干吗？

【队伍】小囡：你有个任务也是过这个 BOSS，速来。

　　顾茜茜满脸黑线，她能说她不要做任务，不要升级吗。可是，瞅着这一队的人都在等自己，她还是召唤了坐骑，一头威风凛凛的雪豹，快速地朝着沙漠 FB 走去。

　　沙漠 FB 的地图，还是跟三年前一样，顾茜茜开着小囡的号进 FB 就给自己打上了各种状态，然后熟门熟路地在各种怪物之间灵敏地穿梭。

　　沙漠 FB 的怪，虽然相对顾茜茜的 100 级来说，等级不高，但都有状态，被缠绕住就寸步难行了！刚才小囡要花花打怪的意思，并不是打怪升级，而是开路把怪引开。

　　没一会儿，顾茜茜就到了队伍所在地，小囡见到他，就发了个相依相偎来。

　　顾茜茜忙点了接受，抱起小囡，在好友消息里跟她说话："这里的 BOSS，花花跟一刀切应该可以搞定吧？"

　　就凭他们的等级跟装备，简直就是小菜一碟！要大神跟其他几个一起出动，有点大材小用的感觉。

小囡回了个消息："嗯，过完 BOSS，我们要去剧本做任务。"

"哦！"顾茜茜应了一声，剧本是她没玩之后新出的地图。

"你也一起去。"小囡用的是肯定句。

"啊？"顾茜茜傻眼了，"可是，我没去过的。"新地图，她一次也没去过，也不知道该做什么任务。

"知道，所以带你去见识一下。"小囡说得那个理所当然。

小囡把话都说到这份上了，顾茜茜知道自己没有办法拒绝，就安静了。

【队伍】惊云：BOSS 还有多久刷？

【队伍】一刀切：快了。

【队伍】花花：大姐夫，你别抱着老大站那边，那是 BOSS 出没地。

【队伍】小囡：哦。

顾茜茜刚打完，想抱着小囡跑远几步，系统刷过"好快的刀"！于是，她再一次被 BOSS 给秒杀，看着巨丑的一条龙踩着她的尸体，顿时泪流满面。

顾茜茜这几天回游戏，每天上，每天都被秒杀，而且都是好几次，真心忧伤啊！

【队伍】小囡：……

【队伍】惊云：帮大姐夫报仇，砍了它。

【队伍】红豆：大姐夫，我救你，安全了，你再起来。

【队伍】小囡：打到最后一滴血，拉着，让我 LG 起来砍。

【队伍】花花：OK，大家拉着。

顾茜茜知道，小囡是要她过 BOSS 的任务，这组精英队伍的人砍这个 BOSS，很轻松就砍得剩一点点血了。顾茜茜忙点了原地复活，利索地爬起来，然后加满血，给自己打上状态，对着 BOSS 放了一个技能。BOSS 没倒，小团的号掉了大半的血。顾茜茜忙喝药补血，顺带着冲上前又给 BOSS 放了一个大招，BOSS 这才颤颤巍巍地倒了下去，小团的任务也显示完成。

【队伍】小团：LG，你真帅。

【队伍】花花：大姐夫，你的技能真好看。

【队伍】一刀切：就是砍不死怪。

【队伍】小团：我是菜鸟嘛！

【队伍】小团：走吧，我们去剧本。

【队伍】小团：剧本怎么去？

【队伍】小团：去京城，YY 教主分身。

队伍里的其他几个人都各自上了坐骑，在顾茜茜的眼前飞走，就小团还站在原地，看着小团，点了相依相偎。小团认命地抱起小团，召唤出自己的雪豹，骑了上去之后，看着雪豹在 FB 里，飞快地跑了起来。

顾茜茜操作着小团的号，抱大神一路回了沙漠的传送，才将她放下来，接着传送到了京城。

【队伍】小团：衡山无双，1。

【队伍】小团：缺少进入战场道具。

【队伍】小团：点武林万事通，领取任务。

【队伍】小团：武林万事通在哪里？

【队伍】小团：……

【队伍】红豆：大姐夫，在地图左侧，老大，我有事要下了，你们玩去吧。

【队伍】小团：你点每日任务，领取衡山无双令，然后进 1。

顾茜茜按照大神的解说，一步一步照做，然后点进了剧本，画面传送过后，刚进战场。

【队伍】小囡：接任务。

【队伍】小囡：接完了，两个任务。

【队伍】小囡：你站在这中间别动。

顾茜茜忙操作着小团的号跟着小囡走过去，站在了战场中央，才弱弱地问："我一会儿干吗？"她是第一次进剧本，不知道该做什么。

【队伍】惊云：大姐夫，你给我们 GF 打状态就行。

【队伍】小小妹：就是，大姐夫，GF。

顾茜茜忙一个一个点着他们的人物头像，给他们加上 GF 状态，然后，回到小囡指定的地方，安静地站了会儿，又问："不需要我打怪吗？"

【队伍】惊云：大姐夫，这些怪用不着你出手，你站着看看就行。

【队伍】一刀切：大姐夫，你给我们 GF，给我们提升战斗力，就是最好的了。

【队伍】小小妹：大姐夫，你就站着别动，保护好自己就行。

【队伍】小囡：这样不太好吧？

顾茜茜以前是属于冲锋陷阵的人，这会儿突然转变角色，成为需要保护的弱小不说，还要靠别人打怪，蹭经验，她实在是有点汗颜。

【队伍】小囡：没什么不好的，你就乖乖待着。

大神！哪有你这样的，徇私也稍微含蓄一点嘛！顾茜茜满脸的黑线，她作为一个练了男号的妖人，突然被女大神这样优待，真有种被包养的小白脸感觉。顾茜茜相当无语，她手上拿着 +13 的武器，浑身 +13 的全套红光闪闪的装备，就沦落为只要 GF 就好，那大神给她整装备干吗？难道就纯属为了好看吗？

【队伍】小小妹：大姐夫，你要是无聊，跟老大谈情说爱也行，无视我们就行。

【队伍】一刀切：是啊，我们只是挂机打怪的。

【队伍】惊云：大姐夫，回头我要告诉你一个秘密。

【队伍】小囡：你们对我太好了，太感动了！

【队伍】小囡：瞧你那点出息。

顾茜茜是真心感动，以前玩这个游戏的时候，她陪着王子华打架，陪着他抢BOSS，每一次，都是主力，从来只有她保护别人的份，没有别人说保护过她。

【队伍】小囡：差不多了，各自散开。

大神一声命下，队伍里的其他三位快速地分散开来，各自把守了一个路口，没一会儿怪物就刷了出来。

衡山无双令的第一个任务，试炼一是杀死二百四十个衡山长矛手，他们四个，小囡、惊云、小小妹、一刀切，无论是等级还是装备，都是精品的，所以砍怪非常有效率，没一会儿就全部剃完。

【队伍】惊云：多亏了大姐夫的GF，打怪更有效率了。

【队伍】小小妹：是啊，自从有了大姐夫的GF，腰不疼了，腿不酸了，打怪也精神了……

【队伍】小囡：是你们本来就厉害。

顾茜茜曾经见过带小号的大神，但是，从没见过带小号如此欢乐的大神们，还一个劲地夸她，让她这个白蹭经验的人，情何以堪啊！

【队伍】惊云：大姐夫，我真的有个秘密想告诉你。

【队伍】小囡：想再被踢出帮吗？

大神一发话，惊云顿时又不敢说话了。

【队伍】小小妹：幸福就是猫吃鱼，狗吃肉，武林里打小怪兽，啦啦啦……

小小妹刚说完，顾茜茜便看到四个出口又不约而同地出现了大批量的怪物，他们四个忙用最快的效率给剃完，这是衡山试炼任务的第二次试炼，是要杀死一百个衡山神射手。

【队伍】小小妹：大姐夫小心，一会儿有 BOSS，注意安全。

【队伍】小囤：别怕，我保护你。

顾茜茜看着，心里再一次暖暖的，虽然她跟大神才认识没几天，但大神对她真的很好，好得顾茜茜心生愧疚。她纠结着要不要告诉大神真相，她只是一个玩男号的妖人，而不是男人。

如果大神知道，她嫁的只是个玩男号的女人，会不会生气？要是生气了删号怎么办？一想到这，顾茜茜就不敢跟大神说了。她是个女人，就算是大神包养的小白脸好了，至少能哄大神开心，继续玩游戏，不删号。顾茜茜觉得很满足，她打定主意，不告诉大神真相。接着把视线看向游戏里，第三次试炼便开始了，要求杀死一千二百二十个衡山剑士。杀完了，最后出现了一个 BOSS，群秒了下，小囤稍微掉了一点点血，顾茜茜用技能就补上了。

第四次试炼要求杀死一百二十个衡山秘法师，怪物血量较厚，大神、惊云跟一刀切打得比较休闲，还能不时调侃着在队伍里说几句话，小小妹就相对吃力一些。大神他们群秒完，又跑过来，帮小小妹一起快速打完。

【队伍】小小妹：谢谢帮忙！

【队伍】惊云：小妹，你干脆以身相许我得了。

【队伍】一刀切：小云，调戏我老婆，你想死？

【队伍】惊云：我这不叫调戏，叫作光明正大地挖墙脚。

【队伍】一刀切：死小云，你皮痒，欠打啊！

【队伍】惊云：你又打不过我，把小妹让给我得了。

【队伍】一刀切：一会儿出去 PK。

【队伍】惊云：谁怕谁啊？现在要不练练？

【队伍】里还在吵闹个不停，最后一批怪物出现了，也就是最强的一批怪物。第五次试炼的要求是杀死一百四十个衡山斗士与BOSS衡山开山将军。

顾茜茜正在看惊云跟一刀切斗嘴，斗得欢乐。他们两个家伙，打这些怪还是很轻松的，所以蹦来跳去地一边打怪，一边闹着玩，把怪物拉得满场子乱飞。

顾茜茜只觉得眼前一闪，系统提示：您被衡山开山将军给杀死了。

【队伍】小囡：你们想死？不知道我老公脆弱吗？把怪拉中间害他？

【队伍】惊云：老大，我错了！我不是故意的。

【队伍】一刀切：大姐夫，对不起。

【队伍】小囡：回头跟你们算账，老公，起来。

知道小小妹救了她，顾茜茜忙点了复活，利索地爬起来，加满血，又给自己打上状态。

众人干掉了BOSS衡山开山将军，又扫清了怪物，顾茜茜的任务提示显示完成，接着她目瞪口呆地看着经验嗖嗖地涨，101级了！

【队伍】小囡：我升级了？

三年前，顾茜茜99级升100级，天天二十四小时挂机，开双倍经验，都用了整整一个星期，没有想到，这100到101，才这么会儿的时间，简直太不可思议了。

【队伍】小囡：嗯。

【队伍】惊云：恭喜大姐夫升级！

【队伍】一刀切：贺喜大姐夫升级。

【队伍】小囡：你们拍马屁没用，出去等我收拾。

【队伍】惊云：老大，你别虐我！

顾茜茜刚想在【队伍】频道里给惊云、一刀切说说情，可是，画面一转，她就掉出了剧本，回到了京城 YY 教主分身这个 NPC 面前。再一看，小囡、惊云、一刀切、小小妹都出来了。

【队伍】小囡：你们想怎么被我操练？

【队伍】惊云：老大，你别虐我，我养好精神，明天开始带大姐夫升级好不好？

【队伍】一刀切：就是，老大，我也带大姐夫升级，保证用最短时间给练到 110 级。

【队伍】小囡：最短时间是多少？

【队伍】一刀切：一个星期吧。

【队伍】小囡：那么久？

顾茜茜看到这儿，她的嘴角已经抽搐个不停，拜托，她不想升级啊！而且，大神这也太那啥了吧！

【队伍】小囡：一会儿上去把冰火岛的任务做了。五天，你们给带到 110 级，不然，自己去死。

【队伍】惊云：好吧。

顾茜茜额头三道黑线，终于不淡定地点开好友，给小囡发消息："大神，我不想升级啊！"

小囡回复得很快："不行，你等级太低，跟着我们玩，容易被杀！"

确实，前几次打架的经历让顾茜茜心有余悸，她这个医生号太小，除了被仇杀，就是被误杀，总之很脆弱。所以都不能跟着给他们加 GF，只能在安全区干等着。顾茜茜只能硬着头皮回："可是，五天到 110 级，是不是有点夸张了？"

顾茜茜以前在武林里升过级的，自然是清楚，越往上，等级越不好升。大神这样做，好像有点不讲道理啊！

小囡回复过来："不会，他们的能力，应该四天就可以做到了！"

顾茜茜惴惴不安地回信息给小囡："可是，这样会不会太辛苦他们？"

小囡一本正经地回消息："不会。"

"可是……"顾茜茜犹豫了一下，不知道该怎么说，"我觉得，白蹭人家经验已经很不厚道了，再这样带着升级，会不会不好意思？"

"不会。"小囡给顾茜茜回了好友消息，再补充了句，"你放心，他们很乐意带你的。"

好吧，虽然顾茜茜知道大神们的思想不是她这个虾米可以揣摩的，就刚才在剧本，他们确实带得很欢乐，但是，顾茜茜这心里可就不安了："可我总觉得不好意思。"

"你以后会习惯的。"小囡非常淡定地给顾茜茜发了这么一条消息来。

"扑哧——"顾茜茜刚喝进嘴里的水，瞬间喷得满电脑屏幕都是。虽然她知道，大神说话比较奇葩，可没有想到竟然会奇葩成这样！

你以后会习惯的！也就是说，顾茜茜以后可以做个好吃懒做、白蹭经验的虾米号了？

虽然，顾茜茜有大神这个媳妇撑腰，但是，真要她做这样被包养的小白脸，实在是做不到啊！顾茜茜的心里愧疚得很。

【队伍】惊云：老大，我先闪了，明天开始我跟一刀轮班帮你带大姐夫的号。

【队伍】一刀切：老大，我也闪了。

【队伍】小小妹：老大，我不做灯泡了，下去睡美容觉了，明天见。

一瞬间，顾茜茜看着这三个人齐刷刷地退出队伍，下线，打了个哈欠，对着小囡在【队伍】信息里讨好地问："大神，你还不睡觉吗？"

【队伍】小囡：我在等你下。

【队伍】小囡：等我下？

【队伍】小囡：我要上你号，把冰火岛的任务过下。

【队伍】小囡：……（黑线）

【队伍】小囡：老公，你可以去睡觉了。

【队伍】小囡：好吧。

顾茜茜本来就想睡觉了，但是碍于还要陪大神，她不敢说困了，没有想到，竟然反遭嫌弃。唉，那还不如早一点洗洗睡呢！

【队伍】小囡：对了，为什么你的账号跟我的类似？密码也跟我的类似？

正当顾茜茜要点小窗口退出游戏的时候，看到小囡在队伍信息里说了这么一句话，心里咯噔一下。她以为，小囡今天不会提这事了，可没有想到，她在顾茜茜临睡前，还是给提出来了。

顾茜茜犹豫了一下，随即含糊其词地回了句："可能巧合吧。"

【队伍】小囡：嗯，我跟你本来就有缘，这些都是缘分。

【队伍】小囡：嗯。

【队伍】小囡：明天你上线，强登。

【队伍】小囡：好。

顾茜茜知道，大神说这话的意思，她明天会帮顾茜茜挂着升级，直到她自己上为止。

【队伍】小囡：好了，你快去睡觉吧。

顾茜茜没有想到，账号跟密码事件，大神小囡竟然会这么好打发，心里带着庆幸，打了个拜拜，就径自下线了。

第二天，顾茜茜睡得迷迷糊糊，就被暖宝宝的电话给吵醒了，睡眼惺忪地嘟囔着："喂，暖宝啊，你这么早打我电话干吗？"

"茜茜，你写的那个网游小说给我看看呗。"暖宝宝的声音透着激动的欢愉。

"嗯，等我睡醒了，再发给你。"顾茜茜又打了个长长的哈欠。

"不要，你现在起来给我发。"暖宝宝不依不饶，"顾茜茜，都八点半了，你还睡，你猪啊你！"

"哎呀，我都困死了！"顾茜茜幽怨，"暖宝，你扰人清梦，还骂我？你好意思啊！"

"你有啰唆的时间，那你赶紧把你那小说发给我！"暖宝宝催促道，"你要再磨磨蹭蹭的，我就真的要开骂了！"

"知道了知道了。"顾茜茜挂断了电话，这才打着哈欠，揉着眼睛，爬起来开了电脑，上了QQ，把这两天写的大纲跟正文给暖宝宝传了过去，又丢了句，"我要继续睡觉，有啥事，等我睡醒再说。"前一天晚上没睡好，所以顾茜茜要补回来。

可是，顾茜茜再次躺回床上的时候，却没了睡意。她闭着眼睛，翻来覆去地在床上打滚，就是睡不着了，于是干脆起来刷牙洗脸，开了电脑，上游戏。

第一次登录，账号已经在线，顾茜茜想到大神昨晚说的，要她强登，忙重新打了一遍账号密码，强登了上去。

小团刚上线，大神小囡便发来好友消息："老公，你上了？"再点了个邀请入队的消息来。

顾茜茜进了队伍，忙回了句："嗯，上了。"然后看了看自己的号，再一次震惊了。才短短一晚的时间，小团的号都103级了！

看来，大神说的要惊云跟一刀切在五天内带到110级也不算是不可能的夸张事。

【队伍】小囡：现在武林很好升级吗？

顾茜茜真的忘不了，想当年90级以后，要升一级，得砍多少天的怪。

【队伍】小囡：不好升，我昨天帮你做任务到三点多才睡的。

【队伍】小囡：辛苦你了。

【队伍】小囡：不辛苦，帮老公做事，我乐意。

【队伍】小囡：你昨晚那么晚睡，今天起得挺早的。

【队伍】小囡：没办法，要帮老公过任务啊。

【队伍】小囡：你真是个好媳妇。

顾茜茜的心里满满的感动，更多的是愧疚，这大神对她可真是任劳任怨地好。可是，她消受不起啊！她只是个女人，只不过玩了个男号而已！

【队伍】小囡：老公，你看下火岛任务完成没有？

【队伍】小囡：还有半个小时。

顾茜茜打开任务列表，看了看，这个任务做完了，审批手续，还需要半个小时才能完成。

【队伍】小囡：那好，老公过来抱抱我。

【队伍】小囡：……

虽然顾茜茜玩的是男号，但是，她是个女人，而且还是个没有任何"蕾丝"倾向的女人，一直开着男号，抱着女号，心里的诡异，总是有些说不出来的感觉。

【队伍】小囡：我在 5X 沙漠。

大神小囡的话都说到这儿了，顾茜茜只能认命地飞到沙漠，刚传送到，小囡便点来相依相偎，看来是蹲点守着她呢！

顾茜茜开着小囡的号，忙抱起小囡，见她又一次点了亲亲密密，于是两个人在沙漠的村子里，再一次忘我地接吻。

【普通】惊云：老大，大姐夫，你们能含蓄点吗？我刚上线就撞上你们激情啊！

【普通】小囡：怎么啦，不服气？那你也找个老公去。

【普通】惊云：切，你以为我像你这样没节操啊！

顾茜茜看着小囡把惊云的号加入了队伍里来，忙打了个笑脸："早！"

【队伍】惊云：大姐夫早，我先收个老婆，免得某些没节操的人妖鄙视我。

【队伍】小囡：……

【队伍】小囡：人妖？

顾茜茜有点傻眼地看着惊云刷【世界】收老婆，心里却好像是打翻了五味瓶一样，惊云应该不知道自己是玩男号的妖人，那就是小囡的玩家是个男人？还是惊云无意知道了自己是个妖人，才故意这样说的？顾茜茜的心里不断地猜测着。

【世界】惊云：收老婆一枚，等级不限，装备不限，性别女，爱好男，有意思的 MM。

【世界】我是女的：收老公一枚，等级不限，装备不限，性别男，爱好女，有意思的 MM。

【世界】没穿内裤：惊云，你跟我是女的号绝配，从了吧！

【世界】惊云：我是女的，我不要你个死人妖。

【世界】我是女的：你们帮的人妖又不少，竟然嫌弃我！

【世界】惊云：带我大姐夫升级去了，闪了！

顾茜茜犹豫了会儿，还是忍不住在队伍里问了："人妖？惊云，你是指？"

【队伍】惊云：老大，我什么都没说。

惊云这话是此地无银三百两啊！顾茜茜忙在队伍里确认地问："大神，你其实是男的，在玩女号？"

【队伍】小囡：有意见？

【队伍】惊云：大姐夫，不管老大是男的还是女的，在游戏里，就是女的，就是你老婆，你不能嫌弃。

【队伍】小囡：你闭嘴。

【队伍】小囡：大神，你一男的，找个男的结婚，不别扭吗？

【队伍】小囡：……

【队伍】惊云：大姐夫，咱们只是游戏，女号找男号结婚，男号找女号结婚，都很正常，不需要太过较真玩家的性别。

【队伍】惊云：大姐夫，咱们家老大是真心地对你好的，就算你们都是男男，好基友也不是不可以嘛！

惊云还在队伍里讨好地跟顾茜茜说话，生怕顾茜茜接受不了自己的老婆是人妖。结果，大神小囡骑着银光闪闪的天龙，唰地一下子消失在小囡面前。没一会儿，系统便传来消息：玩家小囡跟您协议离婚。

【队伍】小囡：……

【队伍】惊云：老大一定是要接任务，点错了。

【系统】您被玩家小囡踢出了队伍。

【普通】小囡：……

【普通】惊云：大姐夫，你淡定，老大在更年期，我去给他喂药。

【普通】小囡：……

顾茜茜真的是一头雾水，彻底无语了，她怎么招惹大神了？怎么就落个被休的下场了？她刚还想着给大神坦白，她其实是个女人，这样，大神玩女号，她玩男号，人妖跟妖人的，也算是绝配组合了。

【世界】小囡：卖号不玩了，有看上的来 5X 沙漠，价格面议。

【世界】小囡：卖号不玩了，有看上的来 5X 沙漠，价格面议。

【世界】小囡：卖号不玩了，有看上的来 5X 沙漠，价格面议。

【世界】商人1号：大神被盗号了吗？

【世界】绵绵是菜鸟：老大，今天不是愚人节啊！

【世界】老子天下第一：战歌混不下去了，才卖号要滚蛋的。

【世界】打酱油的丢丢：老大，老大，你这是怎么了？

【世界】筱柒：我买，我买。

【世界】没穿内裤：大神，你别走，你是我的偶像啊！

【世界】拾荒：小囡，你真卖，我买，价格你开。

【世界】小乖：老公，你是买来给我玩的吗？

【世界】惊云：老大删号也不会卖给你们，滚。

……

大神连刷三遍【世界】，【世界】一片沸腾。

【密语】惊云：大姐夫，完蛋了，老大生气了。

【密语】小囡：他生什么气啊？

顾茜茜回完了惊云的消息，忙点开好友，给小囡发消息去："大神，你到底什么意思啊？"

威逼利诱让自己跟她结婚，顾茜茜从了。想要顾茜茜陪着一起玩，等级太低，顾茜茜也从了，乖乖升级。虽然是别人带的，但好歹也是 103 级了不是？ 130 级应该也很快的。

现在，大神莫名其妙地点离婚，还要卖号，让顾茜茜一头雾水。她没有招惹大神吧？怎么就成了炮灰了？

【密语】惊云：大姐夫，你嫌弃老大是人妖，他就生气了。

【密语】小囡：我没嫌弃他是人妖啊。

顾茜茜无辜地说着，她自己还是玩男号的妖人呢，她还担心自己坦白了，会招大神鄙夷，惹他生气呢！他倒好，先发脾气了。

【密语】惊云：可是，你刚说男人跟男人结婚不别扭吗？老大就怒了！

【密语】惊云：只是一场游戏，大姐夫，性别不月那么较真的。

【密语】小囡：我不是那个意思，我不是嫌弃他，我只是随口问问，再说了，我还想坦白一件事呢，我是女的。

【密语】惊云：你是女的？

【密语】小囡：嗯，只是玩了个男号。

【密语】惊云：那你快点跟老大说啊，你不嫌弃他，你们一个人妖号，一个妖人号，还真绝配了。

【密语】小囡：我刚跟他说话了，他不理我。

【密语】惊云：你再多说几次，他正在气头上呢，第一次被人嫌弃是人妖，自尊心受不了。

【密语】小囡：可我真不是嫌弃。

【密语】惊云：我懂，大姐夫，你就哄哄他吧。

【密语】小囡：知道了。

顾茜茜回完惊云的消息，忙再一次点开好友，跟小囡说话："大神，我不是嫌弃你是人妖，我刚才只是随口问问，再说了，我怎么会嫌弃你呢？我自己也是妖人号。"

大神小囡还是没回答，顾茜茜只能接着说："大神，我不会说好话，不会哄人，但是，我真的不希望你卖号删号。我希望你能在这游戏里，快乐地玩下去。"

"你陪我玩的话，我就不卖了，也不删了。"

顾茜茜怔怔地看着这条消息，忙给大神回："好，我陪你玩。"知道他是个玩女号的男士，顾茜茜本来别扭的心里，顿时自在了许多。

小囡邀请你组队。顾茜茜看着大神发来的邀请，忙点了进入队伍，惊云跟一刀切都在。

【队伍】惊云：大姐夫，你是个女的，那我们以后改称你为嫂子行不行？

【队伍】一刀切：知道老大是男的少，我觉得还是叫大姐夫比较亲切。

【队伍】小囡：废话那么多，带我老婆升级去。

【队伍】惊云：老大，你开一女号，喊一男号老婆，给我点时间，让我适应适应!

【队伍】一刀切:就是就是,我这小心脏需要一点缓冲,怎么才一个晚上,老大变成男的了,大姐夫变成女的了?你们难道穿越,互换了?

【队伍】小囡:皮痒,欠操练呢?

【队伍】惊云:老大,当着大嫂的面,你温柔一点,免得把大嫂吓跑了,这游戏里,人妖能找出很多,妖人可是很少见的。

顾茜茜抿嘴笑了笑,惊云说的也是实话,一般玩游戏缺的都是女性,女性在游戏里是很吃香的,会撒娇,卖萌,基本上行情很好,多的是男性追求,从而使得一些男性也选择玩女号。但是女性玩家选择玩男号的话,就极少数了。

【队伍】小囡:老婆,你看一下,冰火岛任务完成没有?

顾茜茜忙点开任务列表,看了看:"完成了,现在要去八里庄交任务。"

【队伍】小囡:走,我带你去。

大神小囡忙给小团发来一个邀请多人坐骑,顾茜茜忙点了接受,然后爬到了那条银光闪闪的天龙身上,任由大神带她到了传送。

顾茜茜点了八里庄,画面刚传送过去,大神便已经等在那儿了,发来坐骑邀请,顾茜茜也不客气,麻利地上了她的坐骑,在她的带领下,交接完任务。

【队伍】小囡:走,去火岛。

【队伍】惊云:我们已经在里面等了,快点带大嫂进来,我们拖着怪呢。

顾茜茜跟着大神,在他的指导下,快速地进了火岛,惊云跟一刀切已经开打了。

【队伍】小囡:老婆,你站在这儿别动。

顾茜茜看着小囡将她放下多人坐骑,然后快速地奔过去拉怪,加入了战斗。打怪的经验很少,但是任务经验很高,等他们三个效率地刷完任务,顾茜茜一看经验条，90% 了！

【队伍】小困：现在升级好像很快，做任务经验好高啊！

【队伍】惊云：大嫂，你也不看看，我们是什么效率队啊！

【队伍】小困：那是因为你等级低，经验高，等 110 级以后就慢了。

【队伍】惊云：大嫂，其实现在游戏比以前好玩了，任务趣味性多了。

【队伍】小困：现在玩武林跟以前不一样了，以前很枯燥的，就挂机挂在那里。

【队伍】小困：以后，我每天都会带你做好玩的任务。

【队伍】小困：好吧！

顾茜茜硬着头皮答应了下来，只要不是二十四小时挂机升级玩游戏，每天抽点时间上来做一些小任务，其实，也挺好玩的。

【队伍】小困：老婆，你把号挂着，先去吃饭吧，下午我带你做任务。

【队伍】惊云：老大你偏心，我饿了，你怎么不叫我去吃饭，还要奴役我砍怪？

【队伍】小困：你是女的吗？

【队伍】一刀切：小云，你挥刀自宫吧，要不然，我帮你一刀切也行。

【队伍】小困：切了也只是个人妖，不算女的。

【队伍】一刀切：小云，你再去泰国，好好整整吧。

【队伍】惊云：你们都是死没良心的！

【队伍】小困：那我外卖不给你叫了，饿死你算了。

【队伍】惊云：别啊，老大，你给我叫外卖了？你对我真好，爱死你了！

【队伍】小困：当着我媳妇的面，别把你恶心的口水蹭我身上。

【队伍】惊云：大嫂，我要告诉你一个秘密。

【队伍】小困：又想被踢出帮了？

【队伍】惊云：老大，不带你这样威胁我的。

顾茜茜看着他们欢乐地聊天，心情不自觉愉悦起来，也从他们聊天中，顾茜茜猜测小囡跟惊云应该是很熟的，有可能是现实的朋友。于是，她好奇地问："大神，你跟惊云是现实的朋友吗？"

【队伍】小囡：嗯。

【队伍】惊云：大嫂，你以后也叫我小云好了。

【队伍】小囡：老婆，你快去吃饭吧，一会儿还得过来做任务。

【队伍】小囡：嗯，我先去吃饭了。

顾茜茜给他们三个又补加了一次 GF，然后才把号挂到大神刚指定的位置，蹭着经验，吃饭去了。

第六章
练级达人网络招亲

顾茜茜还没吃完饭，暖宝宝就激动地打电话来："茜茜，我下载了你写的那个网游，你快点教我，怎么玩？"

"什么？"顾茜茜放下筷子，"你说，你下了《桃花奇缘》？"

"对啊，我不但下载了，而且还开了游戏呢，我现在在电四，聚八仙，你小说里写的那个七侠镇，你快点来带我！"

顾茜茜无语地嘴角抽搐了一下："暖宝，你没开玩笑吧？"

"没，我本来也想写网游的，但是不知道打什么游戏，看你的小说，有那么一点点小攻略，我就顺手下了一个，这不，现在都 10 级了。"

顾茜茜嘴角抽了抽："10 级挺好的，你可以转职了。"

"可是怪好生猛，我砍不过，你来帮我！"暖宝宝装着可怜，"大神，求包养！"

"暖宝，我也只是个虾米。"顾茜茜叹了口气，"我还在求大神包养呢。"

"我不管，你快点上游戏，用你那 100 级的号来带我。"暖宝宝果断地说，"我是暖宝宝。"

"等我吃完饭过去找你。"顾茜茜安抚了一下暖宝宝，"你就在七侠镇的知县那里等我。"

顾茜茜挂了暖宝宝的电话，收拾了一下桌子，就回到电脑前，看着队伍频道都安静了，试探地发了句："有人在吗？"

【队伍】小囡：老婆，你吃好了？

【队伍】小囡：嗯，你还没去吃饭？

【队伍】小囡：嗯，外卖一会儿才来。

【队伍】惊云：老大，我们休息会儿吧，我砍得手都酸了。

【队伍】小囡：你一会儿还想不想吃饭了？

【队伍】惊云：老大你不能这样奴役我啊，我这细皮嫩肉的……竟然还用不给饭吃威胁我，你太过分了。

【队伍】小囡：我能不能小退一会儿？

【队伍】小囡：怎么了？

【队伍】小囡：我有个朋友刚玩这游戏，在七侠镇等我过去带。

【队伍】小囡：我跟你一起去。

【队伍】小囡：才10级的。

【队伍】小囡：10级跟100级都是小号，在我眼里没区别。

顾茜茜无语了，然后上了大神的坐骑，接着由他带着飞到了七侠镇，在知县那里看到正在自娱自乐卖萌、玩弄表情的"我是暖宝宝"。

【普通】小囡：暖宝，加好友。

玩家小囡将我是暖宝宝加入了队伍。

【普通】我是暖宝宝：茜茜，你怎么玩了个男号啊？

【普通】小囡：我随便玩玩的。

【普通】我是暖宝宝：小囡这又是谁的号？跟你是情侣呀？

【普通】小囡：我老婆的。

【队伍】小囡：你才是我老婆。

【普通】我是暖宝宝：你们到底谁是谁老婆？

【普通】小囡：这个不是重点，重点是，你想干吗？

【普通】我是暖宝宝：上游戏，找老公。

【密语】小囡：你含蓄一点点，有外人在。还有，暖宝宝，游戏只是游戏，我现实生活的事，不要说太多！

顾茜茜该打的预防针，还是跟暖宝宝说了，她可不想暖宝宝这个大嘴巴，把她的隐私全暴露了。

【普通】我是暖宝宝：好吧，我含蓄，你带我升级。

【普通】小囡：暖宝，我帮你找个老公，他会带你升级，好不好？

【普通】我是暖宝宝：真的吗？

玩家小囡将我是暖宝宝加入了帮派战歌。

【帮派】小小妹：老大，WHO？

【帮派】我是打酱油的：老大，你的仓库？小号？

【帮派】小囡：大家好，这是我现实的朋友，新来的，多关照！

【帮派】花花：大姐夫的朋友，就是我们共同的朋友。来，暖宝宝是姑娘吧？

【帮派】一刀切：花花媳妇，你别调戏人家小美女，乖乖去做任务。

【帮派】小囡：我是暖宝宝，收老公一枚，谁单身的，出列，给我选选来。

【帮派】疯子是%%：老大，我我我，我单身。

【帮派】老衲是和尚：老大，我也是单身。

【帮派】天剑一：老大，我来带小美女升级吧。

【帮派】疯子是%%：老大，我来带，我来带，天剑，你滚蛋。

【帮派】天剑一：疯子，走，我们PK，谁厉害，暖宝宝就是谁媳妇。

【帮派】老衲是和尚：我也来，暖宝宝是我媳妇好不好，你们都滚。

顾茜茜看着【帮派】里因为大神一句征婚，而引发了夺美的战斗，不由得无语了，在【队伍】里打道："暖宝宝，你看到了，这么几位，都在抢着你做媳妇，你喜欢哪个就哪个吧。"

【帮派】小囡：你们三个那么空，来七侠镇，一起带暖宝宝升级，等她等级上了，你们感情也培养出来了，再让她选，到底要哪个。

【帮派】天剑一：老大，我来了。

【帮派】老衲是和尚：我也来了。

【帮派】疯子是%%：我去，你们倒是等等我啊，我这卡死了。

【帮派】我是暖宝宝：人家好羞涩，什么都不会，你们要好好带我呀。

【帮派】天剑一：暖宝宝放心，我一定好好对你。

【帮派】老衲是和尚：暖宝宝，老衲很专一的。

顾茜茜看着帮里还在吵吵闹闹，唇枪舌剑到约场地PK，不由得轻扯着嘴角淡笑。

【队伍】小囡：暖宝宝，你喜欢哪个就哪个，不喜欢回头我在世界给你征婚去。

顾茜茜嘴角抽了抽，大神，你这也太热心了吧！不过，更让顾茜茜傻眼的是，这年头，游戏里真的是闹饥荒吗？女性玩家真那么少了吗？竟然这样争先恐后地带个小号，抢个媳妇，简直让顾茜茜哭笑不得。

【队伍】我是暖宝宝：谢谢妹夫，把我妹子交给你，我很放心。

【队伍】小囡：你放心吧，放一百个心。

顾茜茜看着这段对话，莫名地觉得有些眼熟，还没来得及多想，大神又发了个邀请共同坐骑来，小囡忙爬上了大神的坐骑，跟着他消失在我是暖宝宝眼前。

【队伍】小囡：让他们仨带暖宝宝吧，我们升级做任务去。

【队伍】小囡：好。

再一次回到了冰火岛，大神将顾茜茜放在了安全的位置，又快速地拉怪、砍怪去。

【队伍】惊云：老大，帮里怎么那么热闹？我就上了个WC，错过啥了吗？

【队伍】里没人回话，惊云又重复地问了一遍。

【队伍】小困：我有个朋友刚进帮，大神帮她征婚了。

顾茜茜看着小图正在拉怪、打怪，抽不出手回话，忙体贴地给惊云解释了一下。随即眼睛也看着【帮派】频道，暖宝宝去哪里都不忘记耍宝卖萌，在帮里跟人聊得热火朝天的。

当然，有三个大号在带，暖宝宝也不用打怪做任务，开着游戏，也就只是聊天了。

【队伍】惊云：什么？嫂子，就妹子进游戏玩，征婚，你竟然不想着给我留！枉费我这么辛苦带你升级！

【队伍】小困：对哦，你也单身。

顾茜茜后知后觉地回了句："不好意思，我忘记了。"

【队伍】惊云：大嫂，肥水不流外人田，你把妹子嫁给我吧。

【队伍】小困：我不包办婚姻啊！再说了，妹子等级还小，不着急婚嫁，让他们先带着升级呢。

【队伍】惊云：等级多小？

【队伍】小困：10级。

【队伍】惊云：那就让他们先带着升级，回头等妹子等级能结婚了，我横刀夺爱！

【队伍】小困：是啊，没有挖不倒的墙脚，只有不努力的小三，你可以试试的。

【队伍】小困：老婆，你这思想，三观不正。

【队伍】小困：我只是随口说说的。

【队伍】惊云：老大，我先要在妹子心里留个印象，回头竞争起来，也有名额！

【队伍】小囡：你竞争什么，快点给我打怪。

【帮派】惊云：新来的妹子是我的，你们谁都不许抢。

【帮派】天剑一：晚了，妹子已经是我的了。

【帮派】老衲是和尚：天剑一，走开，妹子是我的。

【帮派】小囡：你们不都是男号找女号结婚吗？自己开小号去，抢什么抢！

【帮派】疯子是%%：老大，大姐夫该不会是你开小号自己跟自己结婚的吧？

【帮派】小囡：我能跟你们比吗？你们有勇气玩女号，嫁男人吗？

【帮派】沉寂了一会儿，都没人敢接话。

【帮派】我是暖宝宝：妹夫，原来你男扮女装！我妹女扮男装，你俩真是绝配。

【帮派】小囡：必须绝配，要不然，哪能凑一对呢！

顾茜茜一脸的黑线，大神，您倒是稍微谦虚一点，含蓄一点嘛！看着好友我是暖宝宝，她忙点开："茜茜，太牛 × 了，我一分钟升了30级！"

"你有大号带着，升级当然很快。"顾茜茜应付了一句。

"茜茜，你跟妹夫的号，为什么是情侣号？"暖宝宝好奇地问，"你小说里没提这个事啊？"

顾茜茜嘴角抽搐了一下："小说是小说，虚构的,假的,能跟现实比吗？"

"小说是来源于生活，高于生活的。"暖宝宝正色地接话，"你的来源肯定在生活。"说完又补充了一句，"哦，就是来源于你的网游。"

"亲，您想多了，真的只是巧合！"顾茜茜应付着暖宝宝，速转移话题，"对了，你现在多少级了？"

"67，我的天！"暖宝宝发了一个惊恐的表情，"茜茜，有高手带，真的好爽！想你当年，哈哈哈……"

"是啊，你多享受！"顾茜茜应付了一句，绝口不提当年的事。

"那还得多亏了妹妹你有个好夫婿啊！"暖宝宝客套起来，"要不是妹夫那一声吼，我可没这么好运！"

"暖宝，我也才知道大神是男的练女号！也不知道这个游戏，多少人知道大神是人妖号，所以，你有时候说话什么的，稍微注意一点。"顾茜茜想了想，毕竟要是被敌对帮派知道的话，上【世界】开骂的时候，骂大神人妖什么的，会很难听的。

"我有分寸的，先不跟你说了，他们要换地方带我打怪了，拜拜。"暖宝宝发了个得意的表情，就跟着天剑他们升级去了。

【队伍】小囡：老婆，我带你先去做下任务。

【队伍】惊云：老大，你总算还有点人性，让我稍微休息休息。打怪打得我手都麻了！

【队伍】一刀切：我也先退一会儿，陪我老婆去做下任务。

顾茜茜看着小囡骑着荧光闪闪的天龙，盘旋在她头顶上，发出邀请共同坐骑的时候，忙点了接受，爬了上去，跟着大神到了传送。

【队伍】小囡：先传送七侠，再去杏子林，换八线。

顾茜茜忙按照大神的指示，换到了杏子林，然后又听从他的指挥，接了杏子林活动的任务。

【队伍】小囡：接放猪任务了，你是什么幻形？包裹里看看。

【队伍】小囡：白展堂。

顾茜茜点开包裹，把幻形在【队伍】频道里发了出来。

【队伍】小囡：我的也是，你上【世界】喊个佟湘玉。

【队伍】小囡：啊？

顾茜茜其实根本不懂这个放猪到底是什么活动，但是一切盲从地听着大神指挥，忙在世界频道喊："杏子林放猪，求佟湘玉一个。"

没一会儿，大神便组队组进一个叫"有你@就是幸福"的女号。

【队伍】小团：我退组，你跟她一起做，护送你的猪就行了。

【队伍】小团：……

大神小团将队长给顾茜茜了，然后退出组了。

顾茜茜其实想说怎么护送啊？而且她没看到猪啊！杏子林做活动的人太多了，名字密密麻麻一片，她只能点着跟随好友信息，跑到"有你@就是幸福"的跟前，总算看到了一头写着小团的小肥猪，正在胡乱地跑着。

"有你@就是幸福"正在砍怪，顾茜茜见状，忙去帮她一起砍，可是根本就砍不动，不管她用什么技能。

【队伍】有你@就是幸福：你打怪啊！

【队伍】小团：我帮你打了，没反应啊！

【队伍】有你@就是幸福：你没合体。

【队伍】小团：怎么合体？

顾茜茜真不知道，想了想自作聪明地跟宠物合体，接着又帮"有你@就是幸福"一起攻击砍怪，可是，依旧一点用都没有。

【队伍】有你@就是幸福：你是不是不会做这个任务？

【队伍】小团：我没做过。

【队伍】有你@就是幸福：你不会做，你跟我组什么队？浪费我时间。

【队伍】小团：对不起啊。

【系统】有你@就是幸福退出您所在的队伍，您的队伍解散。

【世界】有你@就是幸福：找白展堂！小团不会做任务就别出来浪费我时间。

顾茜茜的心里顿时挺委屈的，她是第一次做这个任务，根本就没看游戏攻略，也不知道怎么做，被嫌弃退组就算了，竟然还刷【世界】这样说她。

大神小团发来了一个组队消息，顾茜茜点了进组。

【队伍】小囡：老婆，怎么了？

【队伍】小囡：我不会做，要不，不做了吧！

【队伍】小囡：很简单的，你护送猪，别让怪打着就行。你要不知道有什么怪打，你协助你的队友就行。

【队伍】小囡：我协助了，可是打不了怪。

【队伍】小囡：你点R，有个跟佟湘玉合体的，合体了，你用普通攻击就行。

顾茜茜找了下，还真找到了，忙说了句："谢谢！"

【队伍】小囡：老婆，我帮你再组个人做，乖！

【世界】小囡：杏子林，求佟湘玉一枚。

队伍里又组了一个叫 ∗∗ 千千 ∗∗ 的人进来，大神道："我相公第一次做这任务，你带着点。"

【队伍】∗∗ 千千 ∗∗：放心吧，会帮你带好的。

小囡虽然离开了队伍，但是人没离开，站在小囡旁边，用【普通】频道指点："你先合体，用普通攻击，协助队友，然后合体没了，再合体。"

这一路，总算有惊无险地将小肥猪送到了指定地点。

【普通】小囡：好了，你跟着队友抓猫猫。

【普通】小囡：猫猫又是怎么抓的？

【普通】小囡：你先跟着我走，来，这里。

顾茜茜忙操作着小囡的号，紧紧地跟随着小囡到了杏子林郊外，看到猫猫的怪物，忙点着了问："是杀了它吗？"

【普通】小囡：不是，是要抓，你打开技能，找葵花点穴手，点住，别让它跑了，我帮你抓。

顾茜茜忙打开技能，用葵花点穴手点住了，然后，在大神跟队友的帮助下，总算抓住了猫猫。

【普通】小囡：你跟她去交任务。

【普通】小囡：哦。

顾茜茜忙操作着小囡号，跟着 ∗∗ 千千 ∗∗ 去 NPC 交任务，交完之后，海量的经验，瞬间她又升级了。小囡再次加入队伍，∗∗ 千千 ∗∗ 主动退出队伍。

【队伍】小囡：恭喜老婆又"生"了。

【队伍】小囡：晕！

【队伍】小囡：老婆，走，我们去京城接着做任务。

【队伍】小囡：我这么笨，还是别做任务了。

顾茜茜对刚才被退组嫌弃的事，还是很受伤的。

【队伍】小囡：瞎说，老婆很聪明啊，我刚一教你就会了。

【队伍】小囡：你别夸我了，我知道自己差。

【队伍】小囡：差就差呗，我又不嫌弃你。

【队伍】小囡：呃！

【队伍】小囡：再说了，娶媳妇就得找笨的，笨的好骗回家啊！

【队伍】小囡：呃呃呃！！！

顾茜茜看着自己那温婉的女号，说出这样调戏她的话来，简直就是一个活脱脱的女流氓，顿时相当无语。

【队伍】小囡：好了，别汗了，老公给你擦擦。

接下来的时间，大神小囡带着顾茜茜在京城又做了护送的任务。这个相对来说简单一些，因为打怪的事都是大神在做，顾茜茜只不过开着号，跟在他后面，找 NPC 交任务，蹭蹭经验。

晚上顾茜茜下线的时候，暖宝宝兴高采烈地说："我今晚通宵，一定要上 90 级！"顾茜茜嘴角一抽，这暖宝宝敢情想做练级达人。

第七章
戏剧性的爱恨情仇

接下来几天，顾茜茜不上游戏的时候，大神就帮她练级。顾茜茜自己上线的时候，大神除了言语上调戏她外，就带着她做各种趣味的任务，什么赛跑、游泳、游乐场……乱七八糟的都有。大神要是不在，号就挂机打怪，帮惊云和一刀切一起带顾茜茜的号。

当然，帮里其他热心的人，比如，我是打酱油的、红豆、花花、小小妹等，只要谁有空，便会主动补满，组成最有效率的队伍，帮着带顾茜茜的号。那热情的程度，让顾茜茜自己都不好意思说她不想升级了。

有这几个任劳任怨的高手，不辞辛苦，二十四小时轮流值班带着，小团的等级就像打了鸡血似的噌噌地往上升。不出大神的预料，在四天半的时候，就升到了110级。

【队伍】小团：我110级了，要不，先休息一下，不升了。

顾茜茜不是暖宝宝，玩在兴头上，非得要疯狂升级。既然到了大神指定的等级，她想缓缓，再说了，总让惊云、一刀切他们没日没夜地带着，顾茜茜的心里过意不去。

【队伍】惊云：大嫂，恭喜，恭喜，你升到110级。

【队伍】一刀切：这几天砍怪，砍得我都想吐了大嫂，我先闪了。

【队伍】惊云：大嫂，我也关电脑休息休息，我人扛得住，电脑快扛不住了。

【队伍】小团：嗯，谢谢你们，都休息去吧。

惊云和一刀切同时离开了队伍，顾茜茜看着大神的号，还挂在那里砍怪，不过奇怪的是，他头顶上的血一点一点地减少，但是没有补的迹象。《桃花奇缘》里，挂机是用官方出的一款叫作"请神"的东西，自动设置了红（药）跟蓝（真气），在对应栏目里放上技能，就会自助地开始打怪，拾取，补充红蓝，如果补充不了的话，那就是包裹里空了。

顾茜茜看着怪打大神，小团还在敬业地发着一个一个技能砍着，就是红（药）补不上，虽然大神血厚，但也经不起这样只少不补啊,铁定会挂的！

顾茜茜毫不犹豫地跑到大神的身边，先补了一个GF，然后，操作着小团的号，用技能补血，给大神补满血。

还别说，这真的是一个技术活，顾茜茜得时刻关注大神的血量，又得要手动操作着加血。更悲摧的是，大神一下午都没上过号，顾茜茜守着电脑画面，等得那叫心急如焚。整整一下午就尽在重复做着奶妈的活计，直到晚上七点多，顾茜茜实在顶不住了，在帮派里喊了句："惊云在吗？"

【帮派】花花：大姐夫怎么了？被欺负了吗？找小云！

【帮派】小小妹：大姐夫，您有啥事，吩咐我们吧。

【帮派】我是暖宝宝：我说你，有事找你家大神，你找惊云干吗？主次不分！

【帮派】小团：我是想找大神。可是，大神人不在，一直在挂机。

【帮派】我是暖宝宝：大神带着你挂机还不好？你就知足吧！

【帮派】小团：……

【队伍】小团：你找我？

【队伍】小团：你在了？

【队伍】小团：嗯，刚回来。老婆，你在干吗？

【队伍】小团：我在帮你加血。

【队伍】小团：红没了。

【队伍】小团：我知道。

顾茜茜泪流满面了，就是因为知道你红没了，怕你挂，她都做专职奶妈了。

【队伍】小团：什么时候没的？

【队伍】小团：下午两点多。

【队伍】小团：你该不会是一下午都在手动给我加吧？

【队伍】小团：嗯。

【队伍】小团：没了就让她挂掉好了，你在帮里随便喊个人带你就行，你傻啊，笨妞，不累啊？

顾茜茜犹豫了一下，把那句"我不想看着你死"又删掉了，重新打了一句："还好。"

【队伍】小团：笨妞！你就不会强踢我号，自己双开挂着啊。

【队伍】小团：当时没想到。

顾茜茜其实是想到了的，但她不想开大神的号。毕竟是顾茜茜已经卖出去的号，告别了一段过去的号，她不想再开。

【队伍】小团：你真是个傻妞，笨得可爱。

【队伍】小团：无语！

【队伍】小团：老婆110级了，晚上我帮你整套装备，你想升就可以找队伍挂机，不想升，等我忙完这几天再带你升。

【队伍】小团：我还有事没做，今天先下了。

【队伍】小团：嗯，这几天我事多，不在的话，你找帮里的人陪你玩。

【队伍】小团：哦，好。

【队伍】小囡：我把手机号码给你，你下次遇到什么情况，给我打电话就好。

【队伍】小囡：……

【队伍】小囡：18013**0**3。

顾茜茜下线，退出游戏，对着电脑屏幕发了一会儿呆，打开了 Word，思想却怎么也没有办法集中起来，脑海里不断浮现着游戏里的画面。大神对她的体贴，让她空虚的心里竟然带着丝丝的暖意。虽然顾茜茜知道，那只是一场游戏而已，她不能当真。网恋，她根本没想过，但是，偏偏不知道是自己中魔了，还是游戏真的太有诱惑力，顾茜茜关了 Word 又开了游戏，强登之后，就看到大神在世界给她收装备。

顾茜茜忙在【好友】消息里跟大神说话："那个装备，我自己来做。"她真的不能白吃白喝，白蹭大神经验，让他一手包办！

小囡发了个组队邀请，等顾茜茜进入了队伍，才问："你自己做？"

【队伍】小囡：嗯，让我自己做吧。

【队伍】小囡：好，你做白的，我帮你砸。

【队伍】小囡：……

顾茜茜其实想说，我可以自己砸的，想当年，她也算是一个精炼高手。不过她知道，跟大神说了只会让他追问曾经的事，而顾茜茜对曾经的过去，只字不提。所以，她还不如直接自己做好成品，让大神少操心。于是，顾茜茜翻了翻包裹，又对照着看了下生活技能。做 110 级的装备还缺一些材料，忙上【世界】收去，争取今晚给搞定了。

【世界】小囡：收补天石，有的代价 MM。

【队伍】小囡：我有。5X7X 仓库。

顾茜茜忙把小囡开到了大神指定地点，跑来一个 (*^__^*) 嘻嘻……1号点她交易，她犹豫了一下，忙点接受，小号给了她一组的补天石。

顾茜茜刚想开口说声谢谢，那小号嗖地一下，在她眼前消失，下线了。

【世界】小囡：收各种 F，有的代价 MMM。

【队伍】小囡：5X7X 仓库来拿。

【队伍】小囡：汗！

【队伍】小囡：你别浪费喇叭喊了，你要的我都有，自己开小号拿吧，账号 vxixi1，密码 887788。

【队伍】小囡：谢谢。

【队伍】小囡：你是我媳妇，一家人客气什么！

顾茜茜忙又开了一个游戏画面，把要用的材料从大神小号上转到自己的号上，接着开了生产。在等待中，她看到有人发红色的密语给她，顿时傻眼了。

【密语】拾荒：茜茜，是你吗？

【密语】拾荒：茜茜，是你吗？

【密语】拾荒：茜茜，是你吗？

顾茜茜平静的心湖，顿时像被投入了无数的石子，泛起阵阵的涟漪，拾荒竟然密语她，而且还叫了茜茜？

这个游戏里，除了叶菲菲、暖宝宝、王子华，根本就没有人知道小囡是顾茜茜。现在拾荒在喊她茜茜，难道是王子华在玩？顾茜茜的心里，猜测着这种可能。但是，打死她都不会承认小囡是顾茜茜在玩，所以，茫然地回了条密语过去。

【密语】小囡：什么茜茜？

【密语】拾荒：你不是茜茜吗？那你怎么玩茜茜的号？

【密语】小囡：我买的号，当然可以玩。

【密语】拾荒：你买的号？你是谁？

【密语】小囡：我是谁关你什么事，你谁啊？

【密语】拾荒：我是谁，跟你也没关系。

从拾荒的口气里，顾茜茜其实可以肯定他就是王子华，如果不是，他干吗追着问顾茜茜的号？只是，顾茜茜很意外，王子华还在玩这个游戏，更意外的是，叶菲菲都不玩了，他竟然还找了个老婆玩小乖的号。

【队伍】小囡：老婆，你做好了吗？

【队伍】小囡：做好了，在上装备。

顾茜茜稳了稳心神，站在精炼老头的面前，看了看包裹里的装备跟F，深呼吸了一口气，然后开始点精炼。

【队伍】小囡：我过去陪你。

顾茜茜全神贯注地跟精炼老头在奋斗，先是用一些菜鸟跟精炼石垫，摸索了一下规律，然后，才慢慢地开始砸她的装备，+1，+2，+3……一口气连续上到+8，顾茜茜包裹里的菜鸟武器也都垫没了，忙转身准备去装备师那儿再买点。

【队伍】小囡：老婆，来，给你。

大神将菜鸟武器扔了一地，赔了一个笑脸，头顶上飘过白字："我知道老婆要垫手了，都给你准备好了。"

顾茜茜也不客气，忙一把一把地在地上捡到自己包裹里，然后在队伍频道发给大神看。

【队伍】小囡：老婆，不错呀，+8了，上，上上，我给你F。

【队伍】小囡：我有。

顾茜茜回答完大神的话，又全神贯注地跟精炼老头奋斗，垫了几把菜鸟，上武器的时候，+9，+10又是连续上的。

大神小囡安静地陪在顾茜茜身边，看着她一次次跳跃着上武器，知道她在抓规律，也不去打扰。直到顾茜茜将+13的武器发出来的时候，他还是意外地惊叫起来，忙在队伍里说："老婆，你厉害啊！一下子上到

+13 了！"

【队伍】小囡：嗯，不砸了，F 都砸没了。

【队伍】小囡：没事，你要砸的话，F 我还有，给你。

大神说着忙点了一个交易给顾茜茜，顾茜茜拒绝了交易，在队伍里道："不想砸了，累。"

【队伍】小囡：嗯，也是，时间也不早了，你去休息吧。

顾茜茜看了一眼电脑的时间，确实这一砸，她都砸了好几个小时了，现在都凌晨一点多了，忙对大神打了句："我先下了，明天见。"

【队伍】小囡：嗯，老婆亲亲。

顾茜茜犹豫了一下，还是在队伍频道里给大神回了一个亲亲的表情，然后下线，退出游戏。嘴角勾着一抹自己也不容易发觉的浅笑。

第二天，顾茜茜醒来第一件事就是开电脑、上游戏、挂机。然后才睡眼惺忪地去洗手间刷牙、洗脸。擦完脸，顾茜茜对着镜子看自己，一瞬间有些恍惚，好像又回到了三年前打游戏疯狂练级的时候。

顾茜茜拍了拍自己的脸颊，自言自语道："我这是怎么了？"不过还是倒了一杯牛奶，就坐到了电脑前，【帮派】里聊得正热火朝天。

【帮派】我是暖宝宝：婚是用来逃的，夫君是用来休的，情人是用来私奔的，红杏当然是为了爬墙而开啊！

【帮派】红杏爬墙开：暖宝宝，你分析得太精辟了，我的名字就是这样来的。

【帮派】我是暖宝宝：哈哈，我的分析当然精辟啦，我再给你们分析下老大的怎么样？

【帮派】小小妹：好啊好啊。

【帮派】残月舞会：老婆，你别八卦老大，小心我保不住你。

【帮派】花花：老大没在，我们悄悄八卦一下。

【帮派】小囡：暖宝……

【帮派】我是暖宝宝：哎哟，老大相公来了，我不八卦了，闪！

【帮派】小小妹：大姐夫好，我们什么都没说。

【帮派】花花：大姐夫，今儿的天气挺好的。

顾茜茜的嘴角抽搐了一下，大神没那么可怕吧？不过在【帮派】里，还是热情地给大家打了个招呼："嗨，大家早安。"毕竟，她的出现，打断了大家兴致高昂的聊天。

【帮派】小小妹：大姐夫，我陪老公去了。

【帮派】花花：大姐夫，我刷怪去了。

这几个话痨的快速闪人，顿时让【帮派】冷清了下来，顾茜茜看了看小囡号上的好友，大神的号是黑的，就暖宝宝在，忙发了个好友消息去："多少级了？"

"65 级，昨晚涅　了。"暖宝宝打了个笑脸来，又道，"亲爱的，我会尽快上 100 级，然后我们就能一起组队，升级玩了。"

"你升级还真上瘾了。"顾茜茜嘴角抽了一下。

"我觉得升级挺好玩的，他们在拉怪、砍怪，我就换换时装、聊聊天。"暖宝宝一副天真无邪的模样，"以后等我成大号了，我也要收徒弟，带他们升级。"

顾茜茜跟暖宝宝又哈拉了几句，然后看了看自己的任务列表："我去做个任务，回头聊哈。"

把小囡的号开到五霸岗的 FB，给自己加上状态就奔了进去。这里属于超低级的蓝怪，顾茜茜这 110 级的号进来，怪打着，也就 −1 滴血，她这五万多的血，完全没压力。

顾茜茜光顾着想自己刷掉五霸岗低级 BOSS 这个任务，又没把那么低级的怪放心上，进去之后，才发现，她错了！

因为怪确实砍她一下，就掉一滴血，但是 FB 的怪有缠绕、眩晕的技能，它们把小团的号生生地困在那里，她连动手打的能力都没有，因为被眩晕跟缠绕住了。寸步难行不说，还只能一动不动地任由怪缠绕着打她，血一滴一滴地掉。最可恨的是，怪把牙齿磨光了，都磨不死顾茜茜。顾茜茜看得心里都发急了，打不过，她就想跑。顾茜茜用回城，用随意门，用红包，用一切出 FB 的方法，可被怪攻击着，她哪里都不能去。

被怪磨了十来分钟，顾茜茜都快要疯掉了。跑不了，只能自杀回城。可是，就这怪的效率，顾茜茜把装备全部脱了，血量一万多，想自杀还得被凌迟，得耗上好几个小时呢！

顾茜茜本来想在帮里喊人来救她的，但实在有些丢脸，她这 110 级的号，在五霸岗这三四十级的副本里求救。于是，打消了【帮派】求救的念头，再看着好友里，除了练级狂人暖宝宝在线，大神的头像是黑的，她的心里拔凉拔凉的。

暖宝宝，顾茜茜是指望不上的，大神啊大神，你今儿咋滴还不上线呢？正当顾茜茜实在看不下去准备把号就挂着，任怪轮着一滴一滴地慢性自杀，她关小游戏窗口，开文档码字的时候，系统提示：您的娘子小团上线。

顾茜茜的心里一阵狂喜，毫不犹豫地发了个组队邀请给他。

大神小团进了队伍，忙问："老婆，你在哪里呢？"

【队伍】小团：我说了，你别鄙视我。

【队伍】小团：怎么了？

【队伍】小团：我在五霸岗副本。

【队伍】小团：哦，你去做任务？

【队伍】小团：嗯。

顾茜茜犹豫了一下，还是继续开口，在队伍里打："可是，出现了一点意外。"

【队伍】小囡：怎么了？

【队伍】小囡：被怪虐了……呜呜……

【队伍】小囡：五霸岗副本的怪？

【队伍】小囡：嗯。

顾茜茜刚回答完，她头顶上便飞来一条闪闪发光的银龙，小囡无语地看着他半晌，才在队伍里打："老婆，你这是干吗呢？"

【队伍】小囡：没看到我被虐着嘛，呜呜……

【队伍】小囡：我知道你被虐，可是你为什么要脱光了被虐啊？

【队伍】小囡：……

顾茜茜的额头三道黑线，委屈道："我这不是想死快点嘛！"再一看自己的人物，因为昨天自己砸了装备，为了显摆，她没穿时装就穿了装备地这么一脱了，顿时，一个光着膀子、穿了条内裤的小伙子，正在被几个怪轮着虐。

【队伍】小囡：老婆，原来你好这么口调调。

【队伍】小囡：我……

顾茜茜顿时　得恨不得挖个地洞去，虽然，这是个男号，但是裸奔总归是不对滴，尤其，再听着大神这样的对话，实在是暧昧得很。

【队伍】小囡：老婆，你放心，剥光了虐你，我也行的。

【队伍】小囡：还不快救我出去。

顾茜茜绝对是恼羞成怒，这是赤裸裸地被调戏啊，什么叫作剥光了虐，她又没 SM 爱好！

【队伍】小囡：老婆，你这么凶，我救你出来了，该不会想剥光我吧？

【队伍】小囡：小虐怡情，大虐伤身啊！

顾茜茜要吐血了，深呼吸了一口气，才在队伍里打："大神，您老能别卖萌了吗？救我出去啊！"

"好了，老婆，我一定会救你的。"大神快速地在队伍里打完这话，然后下了坐骑，一个群攻技能，将小囡身边的怪，清理得干干净净。

【队伍】小囡：打完收工，老婆，咱们滚庆单去。

【队伍】小囡：你带我把 BOSS 打了，这个任务过掉吧。

顾茜茜无视大神的调戏，面不改色地说完，忙从包裹里把衣服、鞋子、帽子全部往身上穿去，又换好了时装，给自己加了 GF，打了状态。她发誓，以后再也不小瞧低级的怪，尤其，变态的副本怪了。

【队伍】小囡：老婆，就这五霸岗的怪，你裸奔，它们也啃不死你滴！下次，我不在，你就电话给我呼救，我一定会第一时间赶来救你的。

【队伍】小囡：嗯，知道了，打 BOSS 去吧。

【队伍】小囡：好，老婆，上坐骑。

顾茜茜点了接受大神共同坐骑的邀请，然后跟着她一路直奔副本最里面。

【队伍】小囡：打完这个 BOSS，老婆你跟我去幽灵船打吧。

【队伍】小囡：哦，好。

大神一个大招外加一个秒杀，就把 BOSS 给撂倒了，笑嘻嘻地在队伍里说："老婆，怎么样，你老公帅吧？"说完，小囡还卖萌地在原地发了几个羞涩的表情。

顾茜茜的嘴角抽了一下，这个女号卖萌她可以接受，但是，玩女号的大神卖萌，她这心里就有些接受不了了，半晌，才讪讪地打了句："我们该去幽灵船了吧。"

要顾茜茜对着一个女号的大神说，老公，你好帅，实在是需要一个缓冲的过程，她开不了口。

【队伍】小囡：嗯，要去的，帮你把任务过一下。

【队伍】小团：是我的任务？

【队伍】小团：要不然，你以为呢？

【队伍】小团：大神你真好。

【队伍】小团：你是我老婆，我不对你好，我对谁好？

【队伍】小团：呵呵！

顾茜茜跟着大神一路飞到了幽灵船，FB 的最底层，大神将小团放下，在队伍里道："这个 BOSS 要你自己打。"

顾茜茜点着那 BOSS 的头像，大红色的，不由得嘴角抽了抽："你确定我打？"

【队伍】小团：老婆，你放心，你先打一下，后面我来，最后一击你扛着血，发个大招就行。

【队伍】小团：OK。

顾茜茜稳了稳心神，然后，冲上去，就朝着 BOSS 发了一个九阴，浓烟弥漫。

这种 BOSS 都是属于攻高、血厚类型的，顾茜茜这大招打掉一点血，立马就回过来了，还顺带着发个暴击，让顾茜茜头顶上的血条少了大半。

【队伍】小团：老婆，你这技能卖萌的吧？

【队伍】小团：……

【队伍】小团：就跟帮它挠痒痒似的。下次，你帮我挠痒痒好了。

大神很悠闲地一边砍着怪，一边调戏着顾茜茜。

顾茜茜跟着大神走位，避开副本里其他主动攻击的怪。她倒不是怕死，就怕经历刚才那种惨况，被晕住，缠绕得动弹不得，那比直接秒杀了顾茜茜还要痛苦。

大神加血，怪回血，两个人互砍了几分钟，BOSS 的血渐渐少了下去。顾茜茜心里窃喜，忙又趁机丢了一个九阴，然后点着加血技能，屁颠屁颠地躲到大神身后去。

【队伍】小囡：老婆，你这故意的吧？

BOSS 再一次被顾茜茜激怒，仇恨值都撒到了大神小囡号上，他电脑卡了，加不上血，等他回神过来，看到画面系统来了句"好快的刀"，就直直地挂在了地上。

【队伍】小囡：咋挂了？

【队伍】小囡：刚卡了下。

【队伍】小囡：你注意安全。

顾茜茜边说，边上蹿下跳地拖着 BOSS 乱跑，队伍里的人没有全军覆没，BOSS 能继续砍的。这都砍得没多少血了，顾茜茜是舍不得放这BOSS 走掉的。

【队伍】小囡：不怕，有老婆在呢！

【队伍】小囡：没多少血了，我拉着打吧。

【队伍】小囡：嗯，我帮老婆看着，老婆加油！

顾茜茜拖着 BOSS，没空理会大神，时不时地在 BOSS 恍神的时候，偷袭它一下，然后，猛喝药躲开。大神说的看着，就是帮顾茜茜把其他主动攻击的怪全部给引开，清理干净。

还别说，顾茜茜这样一个人拖着 BOSS，时不时地调戏一下，挺有意思的。

【普通】蓝色℃天空：妹纸，这会儿 BOSS 应该刷了。

【普通】兜兜有糖%：嗯，这条线的，我们进去看看。

【普通】小乖：好啊，我跟你们走。

顾茜茜跟大神正在房间里跟 BOSS 玩得不亦乐乎，突然看到普通频道闪过这几个白字，大神在队伍里喊："老婆，合体，大招，快点把 BOSS 撂倒。"

顾茜茜忙合体，大招之后，不像之前那样故意躲着 BOSS，而是直接跟它硬碰硬地扛着打。顾茜茜加血够快，砍得利索，没一会儿 BOSS 就在她面前颤颤巍巍地倒了下来，爆了一地的装备。

【普通】兜兜有糖％：BOSS 死了？

【普通】蓝色℃天空：好像被他们打了。

【普通】小乖：小囡，贱人，又是你！

小乖说完这话，猛地就开了攻击，朝着正在地上捡东西的小囡打过来。

【普通】小囡：你白内障还是青光眼？

顾茜茜终于没好气地在普通频道里说话，明明骂的是大神，打的却是她，看她等级低，好欺负是吧？哼，顾茜茜好歹也是 110 级了，论装备，并不比小乖差，论 PK，那就得要试试了！

顾茜茜先跟宝宝合体，扛了一个小乖的大招，补满血，就发了一个小技能，跳着跑了几步，小乖以为顾茜茜打不过她，忙追了过来。

顾茜茜心里暗笑，接着猛地一个大招发给小乖，掉了她三分之二的血。与此同时，小乖进入了怪物主动攻击圈，被缠绕、被攻击，小乖还没反应过来，便被怪虐了下，死了。

【普通】小乖：哥，帮我报仇。

小乖倒在地上死了，蓝色℃天空跟兜兜有糖％才反应过来，猛地给自己加上了状态，技能便往小囡身上招呼过来。

顾茜茜操作着小囡的号，正要闪躲，大神猛地一下冲在她前面，帮她挡掉了部分攻击，然后以一敌二，跟他们对打了起来。

从蓝色℃天空跟兜兜有糖％发着红光的武器中，顾茜茜不难猜测出，也算有实力的高手。

顾茜茜毫不犹豫地加入到战斗中去，她这个奶妈号，有个"破纳"的技能，可以使敌人短时间内喝不上药，顾茜茜看大神在主攻哪个，就给他丢"破纳"，大神看到对方中状态喝不上药，一个大招就把蓝色℃天空也挂倒在地上。

兜兜有糖％跳远了几步，退出攻击范围，然后，回城出了副本。

【队伍】小囤：老婆，多亏你刚才保护我。

【队伍】小囤：大神，你才是我膜拜的偶像。

【队伍】小囤：NO，NO，老婆，你这么一个小医生敢单挑BOSS，完全是战士的勇气。我佩服，佩服。

正当顾茜茜跟大神在相互吹捧，斗嘴玩时，【世界】再一次热闹起来。

【世界】小乖：老公，小囤杀了我!

【世界】小乖：老公，小囤杀了我!

【世界】惊云：杀得好!

【世界】红豆：大姐夫威武!

【世界】拾荒：战歌的，给个交代。

【世界】蓝色℃天空：妹夫，废话别说了，开城战。

【世界】惊云：来啊，来啊，开城战。

【世界】红豆：咱们城战之前，先来个帮战吧，荣耀的，别躲安全区。

【世界】一刀切：没城战，没帮战，来一场黄架也好啊，荣耀的，求你们成全我吧!

世界上，战歌跟荣耀的再一次七嘴八舌地争吵了起来。

【队伍】小囤：大神，战歌跟荣耀有什么过节啊？为什么两帮的人会如此敌对？

【队伍】小囤：这个过节多了去了。

【队伍】小囤：能举例说点吗？比如，你跟荣耀的帮主之间有啥恩怨？

【队伍】小囤：夺妻之恨算不算？

【队伍】小囤：大神，您也看上过小乖？

【队伍】小囤：当然不是那个脑残。

【队伍】小困：那是哪个妻呢？

顾茜茜八卦地问，她真的很好奇，拾荒夺了大神哪个妻。

【队伍】小困：老婆，你在吃醋？

【队伍】小困：我没吃醋，只是好奇问问。

【队伍】小困：既然你都没吃醋，那就更没什么好问了。

【队伍】小困：我吃醋行不行？

为了套大神的八卦，顾茜茜瞬间狗腿地昧着良心说。

【队伍】小困：我没说你都吃醋了，我说了，那醋还不把你给淹死。
打死都不说！

【队伍】小困：大神，你就是不说是吧？

【队伍】小困：对啊，被你看出来了！

顾茜茜看大神这欠扁的模样，就气得磨牙，一恼怒，把帮派PK、好友PK的保护全部给打开了，一个大招就往大神身上砍过去。

【队伍】小困：老婆，你这是家暴！

【队伍】小困：暴你个头啊，说不说？

【队伍】小困：老婆，我想说，你这样把我砍死了会红名的。

【队伍】小困：不会。

顾茜茜嘴角勾着邪魅的笑意，又暴打了大神几下，接着随手拉了两个怪，往大神身后一躲。

【队伍】小困：……

仅剩一点血的大神被怪秒杀了，顾茜茜忙点了复活救活他，才嘚瑟地插着腰，哈哈大笑。

【队伍】小困：老婆，你刚用这招杀的小乖？

【队伍】小困：嗯。

【队伍】小困：老婆，你使阴招很在行嘛！

【队伍】小囤：你这是夸我吗？

【队伍】小囤：必须夸你，你那么笨的傻妞，总算聪明了一次，果然是我教得好。

【队伍】小囤：……

【队伍】小囤：好了，老婆，我带你去挖宝，走。

接下来的时间，大神小囤带着顾茜茜去了 3X 的烽烟遗迹，开启挖宝、打 BOSS 之路。顾茜茜看他一个人打得费劲，开了请神、宝宝帮助他一起打。

【队伍】小囤：老婆，你这是打怪来的，还是卖萌来的？

【队伍】小囤：大神，您老别说我一男号卖萌好不好？真心不习惯啊！

【队伍】小囤：要不然，咱俩换号玩？

【队伍】小囤：不要，我准备打完这个去睡觉了。

【队伍】小囤：也是，女孩子熬夜不好的，以后早点睡。

顾茜茜看着画面中的自己跟大神，非常和谐地在一起砍怪，心里不知不觉暖暖的。

玩游戏，有人陪着的感觉其实真的挺好的。网游的世界，虽然是虚幻的，但因为真实的玩家存在，所以，让虚幻中又多了几分人情。

【队伍】小囤：老婆，你抢我东西，呜呜……

【队伍】小囤：对不起啊，开了请神自动捡的。

顾茜茜说着，忙关掉了请神，特意跑远了几步，表示她并不是真的有意要跟大神抢东西的。

【队伍】小囤：老婆，你赔我丹药。

【队伍】小囤：对不起啊，我还给你。

顾茜茜说着忙打开包裹，要点交易给大神。

【队伍】小囤：笨蛋，丹药是绑定的。

【队伍】小囤：要不然，我再陪你打一个。

【队伍】小囡：不打了，我们该去洗澡睡觉了。

【队伍】小囡：汗！！！

【队伍】小囡：老婆，你先去暖床，老公马上就来！

顾茜茜嘴角一抽，换作以前跟拾荒说这样的对话，她会矫情地说，老公，我洗白白了，你快点跟我一起睡吧，然后两个人下游戏，各自在家睡觉。可是，当顾茜茜面对这个网游里的陌生人亲昵的调戏时，一句都说不出来，甚至跟大神结婚这么久，她连一句老公都叫不出口，不像大神，卖萌的时候，会故意装作女号的样子，喊她老公，但是，在队伍里的时候，又会喊她老婆。

【队伍】小囡：老婆，这几天我比较忙，上线少，你自己跟帮里人玩，要是被欺负了，给我打电话，我帮你虐回来。

【队伍】小囡：嗯，我睡了，88。

顾茜茜生怕大神再说出什么让她恼羞成怒的话来，忙打了一句拜拜，快速下线，退出游戏，这才摸着自己滚烫的俏脸，自言自语道："顾茜茜，你呀，真没出息，不就是被网上的人言语调戏了一下吗？你这么伶牙俐齿的，应该反调戏回来，而不是这样落荒而逃！"

第八章
阴魂不散的学弟

顾茜茜关了电脑就去洗澡了，等她回来的时候，手机铃声响了好一会儿了，忙走过去接了起来，"喂，您好！"

"学姐！呜呜……"林浩的电话刚接通，就一把鼻涕一把眼泪地跟顾茜茜诉起苦来了，"学姐，我不要养小白鼠了，不要灌药了，不要做白鼠杀手了……"

顾茜茜嘴角一抽，磨了磨牙齿道："学弟，很晚了！你就为了跟我说这个吗？"林浩这大半夜的给她打电话，就为了诉苦吗？这孩子，实在是太爱卖萌了！

想到卖萌这个词，顾茜茜的脑海里顿时就想到游戏里的大神，他也爱萌，总能说一些让顾茜茜满脸黑线，无言以对的话来。现实中的大神，也是像林浩这样咋咋呼呼的个性吗？

"学姐，我这么晚给你打电话呢，是想约你出来吃夜宵。"林浩一听顾茜茜的声音透着几分不悦，忙清咳了一下嗓子，正色起来。

"什么？"顾茜茜生怕自己听错了似的，掏了掏自己的耳朵，"你说现在吃夜宵？"

"对啊，刚过十二点，吃夜宵的好时光啊！"林浩笑着接话，"学姐，我告诉你，这季节，小龙虾可上市了哦！"

"小龙虾？"顾茜茜一听，双眼唰地一下子亮了，随即又撇撇嘴，"算了，吃起来太麻烦了。"

"不麻烦，一点都不麻烦，我会帮你剥的嘛！"林浩讨好地对顾茜茜道，"学姐，我剥龙虾可是很厉害的哦！"

"这有点不好意思吧？"顾茜茜犹豫道。

小龙虾吧，她是很喜欢吃的，确切地说，对于一个吃货来说吧，美食是很欢乐的一件事，顾茜茜除了爱宅，就是爱吃。

"学姐，你跟我说不好意思？"林浩一听这话顿时就不悦了，"咱俩谁跟谁啊？你竟然说不好意思？把我当外人是不是？"

"没有，我不是那个意思！"顾茜茜可不敢说你本来就是外人这样的话，可事实上，林浩从来没有做过她的内人啊！

"既然不是那个意思，那你是什么意思？"林浩语气严肃地跟顾茜茜较真起来。

"我没什么意思啊！"

"没什么意思，那我现在过来接你吃夜宵，行不行啊？"林浩语气强势了起来。

"嗯，好吧。"林浩的话都说到这份上了，顾茜茜能说不行吗？

她快速地从电脑前起身，奔去洗手间擦了一把脸，回房间换了一套衣服。还没来得及化妆，林浩的电话就催了过来："学姐，你下楼吧，我到了。"

"这么快？"顾茜茜惊诧地看了看墙上的钟，从林浩打电话约她到现在，不过才十分钟的时间。

"很快吗？我不觉得呀！"林浩嬉皮笑脸，"刚才给你打电话的时候，我已经在路上了。"

顾茜茜嘴角抽了抽："你算准了我一定会去？"

"嘿嘿，你要不去，我就磨到你去呗！"林浩嬉皮笑脸。

"好了，那我下来了。"顾茜茜挂断了电话，换了鞋子，就匆匆地奔了下去。一看到林浩又换了一辆骚包的大红色跑车，不由得微微拧眉，"学弟，你又换车了？"

"还不是你说的！"林浩一脸憋屈地瞪着顾茜茜，"你说我的车太丑，你不想坐，那我就换个好看的车！"

顾茜茜这才想起，上次跟林浩吃饭的时候，临走前她打趣着说不要林浩送，因为他的车太丑了。汗！顾茜茜额头三道黑线，她真的只是随口说说的，哪知道林浩这孩子会这么较真。她小心翼翼地摸了摸车身："学弟，这车值不少钱吧？"

"不值钱，还不如我上次的一半呢！"林浩扯着嘴角灿烂一笑，"自从换了车，我把多出来的钱投了一个游戏公司，这会儿钱生钱地在赚着呢！"

顾茜茜嘴角抽了抽，赔了个干笑："学弟你可真行。"

"是吗？"林浩顿时沾沾自喜，"那学姐，你现在是不是有那么一丝丝仰慕我呢？对我有那么一丝丝的好感呢？"

"我能说没有吗？"顾茜茜没好气地赏了个大白眼给林浩，拉上车门催促，"还不快走。"

"我知道，你心里其实是崇拜我的。"林浩一边掉转车头，一边笑吟吟的自我感觉良好。

"是是是，我能不崇拜你吗？"顾茜茜顺着接话，哄得林浩顿时笑脸如花。

席间，林浩飞快地将剥好的龙虾往顾茜茜的碗里放，嘴里更是不住地招呼："学姐，你多吃一点。"

顾茜茜为难地看着碗里好多剥好的龙虾："学弟，你自己吃吧，我吃不了那么多。"

"就这么点你还吃不了？"林浩不满地瞪眼，"你看看你，最近不但瘦了，而且气色也不好，老实跟我交代，是不是熬夜了？"

"我气色不好吗？"顾茜茜伸手摸了摸自己的脸，"还好吧。"

"不好，一点也不好。"林浩放下手里剥了一半的龙虾，摘下手套，正色地看着顾茜茜，"学姐，熬夜的女人是伤不起的！"

"嗯，我知道。"顾茜茜受教地点点头。

"那你还熬夜？"林浩不依不饶。

"我没熬夜。"顾茜茜面不改色道。

"撒谎！"

"好吧，我只是比平时稍微晚了一点点！"顾茜茜忙诚实道。

"为什么要比平时晚睡？"林浩问得正色，随即又补充道，"我记得，你最近刚交稿，在休整期。"

"嗯！"顾茜茜犹豫了一下，没正面回答，当然也没准备把她打网游的事告诉林浩，"也没啥，就是晚睡了一点。"

"学姐！"林浩轻咳了一下嗓子，"你这晚睡，该不是因为春天到了，你思情了吧？"

"咳咳咳……"顾茜茜被林浩冷不丁地冒出的这句话给生生地呛住了，没好气道，"你胡说什么？"

"对哦，春天过去了，发情季节应该过了啊！"林浩眨巴了一下黝黯深邃的黑眸，笑吟吟地说，"学姐，你这情思，发得有点不合时机啊？"

"林浩！"顾茜茜不悦，恼羞成怒地喊了句，狠狠地瞪着他，"你胡说什么呢你？"

"我没胡说。你又没写书，也没有做什么，你比平时晚睡，让我不得不产生一些乱七八糟的想法！"林浩无辜地看着顾茜茜，"学姐，就算被我说中了,咱们好哥们的,你何必恼羞成怒!"说完这句,不等顾茜茜接话,又飞快地插了句,"再说了,你这把年纪的姑娘,思春发情什么的,也都是情有可原的。"

"林浩,给我闭嘴。"顾茜茜终于忍无可忍地拍了下桌子,磨了磨牙道,"我不就晚睡了一会儿嘛,你干吗把我说成这样?"

"学姐,天地良心,我可什么都没说!"林浩无辜地摊手,"我不过就是说,你到了年纪,晚睡也是可以理解的。"

"你还说!"顾茜茜一把伸手捂住林浩的嘴,"我告诉你多少次了,别跟我说年龄,我永远都是十八!"

"嗯。"林浩忙不迭地点头,黑眸溜溜地看着顾茜茜,支支吾吾道,"学姐,你温柔点,你这样太暴力了!"

顾茜茜松开捂着林浩的手,林浩忙狗腿地递上纸巾给她擦手:"学姐,你看你,长得这么温婉可人,行为却这样粗鲁不堪,这样很不好!"

顾茜茜没有接话,只是赏了个白眼给林浩,将擦完手的纸巾揉团了,往面前的空盘一丢,似乎这样能丢掉一些恼怒。

"学姐,你别生气嘛!"林浩赔了个笑,"我不过是关心你嘛!"

"谢谢!"顾茜茜口是心非。

"学姐,我真的是关心你,你说,我这临时要去沈阳出差一个月,没我陪着,你该有多寂寞呀!"林浩喝了一大口的雪碧,才缓缓地开口。

"你要去沈阳出差?"顾茜茜的神色正经起来,"一个月,这么久?"

林浩点点头:"是啊,一个月呢!"

"怎么上次没听你说?"顾茜茜茫然地问。

"临时安排的,我也不想去。"林浩撇了撇嘴,幽怨地看着顾茜茜,"学姐,你说,一个月你会不会想我?"

"不太清楚呢!"顾茜茜歪着脑袋,认真地想了想道,"应该会想吧。"

宅女的生活很单调，这几年，在顾茜茜身边三五天冒个泡，时不时晃悠的除了暖宝宝就是林浩。

"学姐，你这话说得太轻描淡写了，什么叫应该会想？"林浩不满道，"你必须要想我，天天想我，念叨我！"

"这个就不用了吧。"

"必须要。"林浩缓了口气，又套上手套给顾茜茜剥龙虾，"学姐，我听暖宝说，你跟她在玩网游？"虽然明摆着顾茜茜不想主动承认，但林浩必须要追问到底。

"你什么时候听说的？"顾茜茜不否认，反问道。

"就前几天吧。"林浩挑了下飞扬的剑眉，看着顾茜茜，"你说，你熬夜是不是打网游来着？"

"我说学弟，你能不能不要这样偏执我熬夜这个问题？"顾茜茜无奈了，求饶地看着林浩，"我知道我错了，您老能不要这么啰唆吗？"

"我不啰唆，你不长记性啊！"林浩顿时摆出一副大人的样子来，训着顾茜茜，"你说你，多大的人了，玩网游竟然玩通宵，真是一点分寸都没有。"

"嗯嗯嗯！"顾茜茜忙不迭地点头，"学弟，你教训得是。"

"下次可不许玩网游熬夜。"林浩看着顾茜茜一本正经地告诫，"被我知道，你就完蛋了！"

"学弟，我没虾了，你快点剥吧。"顾茜茜转移话题，扬了扬手里的空碗，可怜巴巴地望着林浩。

"喏，这剥好了，给你。"林浩快速将自己手里剥好的龙虾往顾茜茜碗里放去，然后又拿了个虾，继续刚才的话题，"学姐，我听说你在游戏里找了个老公？"

"咳咳咳……"

顾茜茜再一次被龙虾给呛到，林浩忙给她递了饮料去："你吃慢点，我又不跟你抢。"

顾茜茜好不容易顺过气了，才看着林浩道："又是暖宝宝跟你说的？"

"学姐，你说你怎么能这样没节操呢？"林浩一脸痛心疾首地看着顾茜茜，"你好歹是一个写书的，你不务正业玩网游也就算了，竟然还学人家网恋！"

"等等。"顾茜茜打断林浩，"我什么时候网恋了？"

"你网游里找老公，难道不是网恋吗？"林浩义正词严地看着顾茜茜，"学姐，我知道你宅在家很寂寞，可你也不能随随便便就跟人网恋啊！"说着抓着顾茜茜的手道，"再说了，学姐，我这么一个年轻有为的大好青年摆在你面前，你压根就不需要网恋啊！"说完又耍宝地喊着，"恋我吧，恋我吧。"

"你又在胡说八道些什么啊？"顾茜茜挣扎着从林浩手里抽回自己的手，嫌弃道，"你还用这么油腻腻的爪子握我的手，脏死了。"

林浩忙体贴地递过纸巾，讪讪道："学姐，你这话有点伤我的心了。好歹我这油腻腻的爪子给你剥了这么一大盆的龙虾了。"说着林浩伸出手，在顾茜茜眼前扬了扬，"就算没有功劳，也是有苦劳的，你不能这样嫌弃我的手。"

"你呀，除了强词夺理胡说八道外，我就没见你正经过。"

"我很正经的，一直都很正经。"林浩脱下手套，拍了拍自己的胸脯道，"学姐，其实我一直都是很正经的人，只是你把我想得太不正经了而已。"

顾茜茜嘴角抽了抽："嗯，我还真没看出来。"

"学姐，你别一直转移话题好不好？"林浩喝了口饮料，放下杯子，正色地盯着顾茜茜的眼睛，"我看学姐你面色绯红，满眼带桃花的样，你是不是喜欢上游戏里的老公了？"

"你开什么玩笑？"顾茜茜的俏脸沉了几分。

"学姐，我可听说了，你游戏里的老公对你非常好，装备给你弄最好的，任务带你做，级帮你练，谁欺负你了，还帮你把人往死里整，既霸气又体贴，你当真一点点心动都没有？"

顾茜茜　了，有点无言以对。确实，游戏里的大神对顾茜茜好得不得了，说顾茜茜一点都没心动，那是不可能的事。可是，顾茜茜怎么会心动呢？怎么可能心动呢？那个大神，只是虚假网络游戏里的一款人物，谁知道他现实里长什么样，闹不好还是那种歪瓜裂枣的猥琐大叔，抑或是那种乱七八糟的非主流小少年。除了这两款，其他那些个高矮胖瘦，长相奇葩的，也都不是顾茜茜所喜欢的菜，她才不会对这样的未知人物心动呢！

"学姐，我以一个资深的、专业的游戏爱好者的眼光来看，你肯定网恋了，并且爱上你游戏里的老公了。"林浩的神色正经起来，"虽然，我不是很赞同你网恋，但是你不喜欢我，也没有喜欢的人处着对象，所以我觉得吧，网恋也算是一种恋，有的恋，总比什么都没有强吧。"

"林浩！你给我闭嘴！"顾茜茜恼怒了。

"学姐，你看你，又恼羞成怒了。"林浩不怕死地继续说，"我真的是为你好，你没听过一句话吗，不在寂寞中恋爱，就在冷漠中变态。我是宁愿你恋爱，也不想你变态啊！"

"你才变态呢。"顾茜茜没好气地回道。

"对啊，你没跟我恋爱，所以我变态了嘛。"林浩大言不惭地接话道，"要不然，学姐，你跟我恋爱吧，我保证不变态。"

"不要。"顾茜茜毫不犹豫地拒绝，"你还是一个人变态去吧。"

"为什么呀？"林浩不解。

"因为我们太熟了。"顾茜茜正色地看着林浩，"兔子还不啃窝边草呢，我就当你是弟弟。"

"你不啃，我啃行不行？"林浩跟顾茜茜打着商量，"我不拿你当姐姐可以不？"

"不行。"

"为什么呀？"林浩憋屈了。

"因为我是姐姐，就是姐姐。"顾茜茜强调着说完，转过俏脸正色地看着林浩，"我记得，以前为这个话题，我表明过立场了，你现在又说，是不是连姐弟都不想跟我做了？"

"不是。"林浩讪讪地回，"我不过跟你开开玩笑，学姐你又当真了。"

林浩清楚地记得，顾茜茜当年大学毕业，他就跟顾茜茜表白，被拒绝之后，顾茜茜果断地将他的所有联系方式拉入黑名单。如果不是林浩跟暖宝宝有交集，并且在暖宝宝的撮合下，林浩表示跟顾茜茜只是想做好朋友，并且用行动表明有女朋友了，他已经对顾茜茜死心，顾茜茜是不会重新接纳他这个朋友的。

林浩知道顾茜茜跟王子华分手了，也知道顾茜茜对感情的抗拒，而他当时才上大学，确实没有能力给顾茜茜提供她所需要的稳定感情跟生活，所以，他退回了好朋友的位置，并且在这个位置上，安安分分地待了三年，单纯地守护着顾茜茜。

可是，自从林浩毕业后，他那颗心再也按捺不住了，尤其是近段时间，理智已经克制不住情感了，他半真半假地开始调戏顾茜茜，给她营造一些暧昧氛围，其实是在试探着她的底线。

"好了，吃饱了。"顾茜茜把碗一推，气呼呼道。该死的，这个死小子，现在染上调戏她的恶趣味来了？

"学姐，你说你这人，年纪越长越大，心眼怎么就越来越小了？"林浩讨好地帮顾茜茜把碗重新推回她面前，"你说你，现在脾气越来越坏，除了我，还有谁受得了？"

"林浩，够了你！"顾茜茜被林浩说网恋，恋上游戏里的老公，心虚着，借用发脾气来掩饰自己，"我先走了。"抓过自己的包包就立马快步奔出龙虾店。

"喂，学姐你等等。"林浩忙丢了几张百元大钞，等不及服务员结账，就匆匆地追了出来，"顾茜茜，你站住。"

顾茜茜懒得理会林浩，越走越快。"吧嗒"一声，她脚踩的高跟鞋鞋跟就这样卡在了路缝里。顾茜茜忙用力拽了一下，可是，卡得死死的。

"我说学姐，我知道错了，你别生气嘛。"林浩追着跑过来，一看顾茜茜的狼狈样，"扑哧"一声，忍不住便笑了出来，"学姐，需要我帮忙吗？"

"废话。"顾茜茜赏了个大白眼给林浩，"把鞋子给我弄出来。"

"嗯，你先把鞋子脱了，我帮你拔。"

顾茜茜按照林浩说的，脱了鞋子，抬着脚，看着林浩蹲下身子，小心翼翼地帮她把鞋子给拔了出来。林浩仔细地看了两眼，并没有脱胶、掉跟，这才笑吟吟地抬脸，对着顾茜茜道："来吧，小的伺候你穿鞋。"不等顾茜茜张口拒绝，半蹲着身子，果断地拉过顾茜茜的脚，小心翼翼地给她套上鞋，因为不敢用大力，所以套了好几次才套进去，"这穿鞋，真是个不容易的活儿。"

顾茜茜看着林浩煞有介事地抹了一把额头的汗，刚才的气恼也消失得干干净净，"扑哧"一声便笑了出来："还不快去开车？"

"嗯，你在这儿等着。"林浩交代了一句，转身回龙虾店门口取车。

顾茜茜就站在路口，旁边有一辆车正在倒车出来，她忙快速地移了两步，在石缝上再一次"吧嗒"一下，刚才明明没有开胶的鞋跟，此时经过这么一歪，彻底地断开，顾茜茜防备不及的身体失去平衡，然后就这样摔倒了下去。

"哎哟。"

"你没事吧？"从车窗内探出一张年轻的俏脸，一个大约二十岁的姑娘紧张地看着顾茜茜，"有没有被我撞到？"

顾茜茜倒在地上，瞅了一眼那报废的鞋跟，惊魂未定地拍了拍胸口，稳了稳心神，忙对那姑娘赔了个笑："我没事，你没撞到我，是我自己不小心摔的。"

"哦，你没事就好。"那姑娘看着顾茜茜从地上爬起来，让开道，插着耳机对电话那头的人道，"刚才吓死我了，我以为撞到人了呢！老公，你把我号练上去吧，小囡那个贱人小号都110级了呢！"

顾茜茜的神色凝了下，耳尖听到那姑娘说的话，小囡那个贱人小号都110级了呢！小囡的小号？110级？这些算是巧合吗？那她又是游戏里的谁？顾茜茜顾不得去想这些，因为她刚站起身子，挪开的时候，就感觉左脚踝处传来一阵钻心的刺疼，她根本就使不上力，应该是崴脚了。

"学姐。"林浩将车开到顾茜茜的面前，响了下喇叭，摇下车窗喊道。

"嗯，来了。"

顾茜茜尽可能地用右脚，一瘸一拐地走到车边，拉开车门，便迎上林浩关切的眸子："学姐，你的脚怎么了？"

"没事，刚不小心崴了下。"顾茜茜左脚先跨进车门，重心使力了，便疼得好一阵龇牙咧嘴。

"怎么？你崴脚了？刚才吗？"林浩不放心了，"学姐，来脚抬给我看看。"

"怎么抬啊？就这么点地？"顾茜茜嘴角抽了抽，"再说了，给你看有用吗？你又不是医生。"

"学姐，我是医生。"林浩看着顾茜茜，"虽然，我还没有毕业，但是看你这样的扭伤还是没问题的。"

"天天听你喊喂小白鼠，杀小白鼠，我还以为你是屠夫呢。"顾茜茜讪讪地笑笑道。

"学姐你真的很健忘，当初建议我学医救死扶伤的就是你嘛！"林浩说完，利落地挂挡，启动了车子，"你家急救箱里应该没有膏药，一会儿我们去药店买，到家了，我给你看看。"

"哦。"顾茜茜点了点头。家里急救箱、冰箱、工具箱什么的，缺什么少什么，林浩比她清楚得多。

只是，顾茜茜对林浩刚才那句，建议他学医的是自己，有点茫然疑惑，她什么时候建议林浩学医了？

跟林浩认识的第一次印象，在顾茜茜的脑海旦已经很模糊了，顾茜茜所能记得的是，林浩在她大学毕业的时候，跟她告白，而当时的顾茜茜刚跟王子华分手，所以林浩就成了顾茜茜的撒气筒，她毫不留情地拒绝了林浩，还顺带着把所有的联络方式都拉黑处理。

那一段时间的顾茜茜在情感上受伤，所以对待任何异性都带着抗拒、戒备的心理，甚至说她自我封闭也不为过。

林浩并没有死缠着顾茜茜，而是消失了很长一段时间。当顾茜茜从自我封闭的状态走出来，恢复跟暖宝宝、朋友们的聚会时，他才重新出现在顾茜茜的视线里。那时候的他，带着漂亮的系花女朋友，跟顾茜茜说："你曾经是我喜欢的姑娘，但那是曾经了。现在我想当你是我姐姐，不再喜欢，你愿意吗？"

"为什么要我做你姐姐？"顾茜茜问得直接。

"因为，你曾经救过我！"林浩回答得坦荡。

"我什么时候救过你？"顾茜茜真的想不起来了，求助地看向暖宝宝，"你知道吗？"

"你想不起来就算了。"林浩勾着嘴角笑笑，"我只要记得你是我的救命恩人就好。"

"你们两个的台词能不能不要这样狗血？"暖宝宝受不了地翻了翻白

眼，"我说茜茜，天上白掉个弟弟给你，又不要你负责的，你不要白不要嘛。还有你，林浩，都什么年代了，还救命恩人！"暖宝宝嗤了下，"还非得要认亲，什么姐姐，她本来就比你高三届，是你学姐，学姐就是姐姐。"

"对，你以后叫我学姐好了。"顾茜茜忙顺着暖宝宝的话插了句进来。

"好，学姐就是姐姐。"林浩一本正经地点头，从此，这学弟跟学姐的称呼，伴随到现在。

顾茜茜的生活里，也越来越习惯这个学弟，尤其林浩越来越多地陪伴着她，超市采购他是拎包的，周末家里大扫除他是最积极的劳动者，顾茜茜宅在家的时间长了，林浩会威逼利诱将她哄出来，让她劳逸结合。

顾茜茜习惯跟林浩这样的相处模式，所以私心里，她不想也不敢去改变。因为改变，需要勇气，而顾茜茜自从被大伤过后，再也不敢轻易地付出。

"学姐，你想什么呢？"林浩停好车，扭过脸望着一脸沉思的顾茜茜，不由得伸手在她眼前扬了扬，唤回她的神游。

"哦，没什么。"顾茜茜回神，勾着嘴角应付地笑了下。

"你的脚扭到了，能下车吗？"林浩关切的视线转移到顾茜茜的脚上。

"应该没问题。"顾茜茜说着，一手推开车门，然后跟着脚跨了出去，顿时龇牙咧嘴地叫了一声，"哎哟。"

"你别动，我过来扶你！"林浩说着快步从驾驶位钻出来，扶着顾茜茜，"先让我看下。"说着，再一次蹲下身子，将顾茜茜的脚暂时搁到自己的一条大腿上，认真地看了两眼，都肿得像个猪蹄似的，他又小心翼翼地伸手摸了摸，"这里疼？"

"疼。"顾茜茜忙条件反射地要缩脚，结果一只脚金鸡独立着，这么一缩，全身的重心不稳，顿时整个人直直地往后倒了下去。

林浩来不及起身搀扶，急中生智，整个人先顾茜茜一步，趴在地上，结结实实地当了一回垫背的，闷声哼了哼。

"学弟，你没事吧？"顾茜茜狼狈地手忙脚乱地从林浩背上爬起身子，因为左脚使不上力，只能一只脚站着，一只脚抬着。

林浩爬起身子，拍了拍身上的灰尘，淡定地摇了摇头："我没事，皮糙肉厚的，给你垫背刚刚好。"

顾茜茜嘴角抽了一下："谢谢哦。"

"学姐，你站好稍等下，我去拿药。"林浩反身回车里拿了一大包的药，才过来小心翼翼地搀扶着顾茜茜，"慢点走，我扶着。"

顾茜茜只能把身子依靠着林浩，单腿做着跳跃的动作行走。当她看到电梯面前的通知时，顿时有一种泪流满面的冲动。

物业竟然为了清早维修的方便，当晚十二点后就关了电梯。

顾茜茜下楼，也不关注这些楼道张贴的布告消息，她出门的时候十一点多，等吃完夜宵回来，自然就关了！

顾茜茜家住十二楼，本来走走楼梯当作锻炼也不错，可问题是，现在她的脚崴了，走个平地还要林浩小心翼翼地搀扶着，别说十二楼了。

林浩顺着顾茜茜的视线，看着那红色的告示，忙主动自觉地在顾茜茜面前半蹲下身子："学姐，来，我背你！"

"你背我？"顾茜茜神色犹豫，"这好像不太好吧！"顾茜茜光是想象一下她趴在林浩宽厚的背上，由他背着上楼，亲密地接触，她的俏脸就忍不住地飞起红霞来。

"哪里不好呀？"林浩眨巴眨巴漂亮的黑眸，"总比你一路单脚跳着上十二楼强吧！"

顾茜茜嘴角抽了抽："我这把老骨头，这样的跳跃运动可做不来。"

"就算你做得来，你这大半夜的在楼梯上，踩着高跟鞋，嗒嗒地跳，很吓人的好不好？"林浩打趣着接顾茜茜的话，"学姐，崴了脚不是你的错，但是因此产生灵异事件，吓到别人，那就是你的不对了。"

顾茜茜咬着唇，沉默了一下。

"好了好了，快上来。"林浩再一次不耐烦地催促，"早点给你处理好扭伤，我还要回家收拾行李呢，明早就要走了。"

"我……"顾茜茜犹豫着。

"学姐，你要不想我背，又不想跳着上楼，那还有最后一个办法！"林浩挑了下飞扬的剑眉，笑嘻嘻地问，"你想不想知道？"

"什么？"顾茜茜不耻下问。

"我抱你上去。"林浩正色道，"放心，我臂力不错，一定能坚持到十二楼的。"

顾茜茜拧着秀眉，毫不犹豫地摇头："不要。"她的脑海顿时浮现出林浩横抱她的姿态，顾茜茜不由得感觉脸上一阵燥热，连背她都接受不了，还别说更暧昧的抱了。

"学姐，你难道想在这楼道口坐着等天亮电梯维修好再上去吗？"

"你过来，背我。"顾茜茜努力让自己的情绪保持风轻云淡的冷静。可是，此刻只有她自己知道，她的心跳带着莫名的紧张跟加速。

"你小心着点。"林浩弯身，对心不甘情不愿爬到他背上的顾茜茜叮嘱了声，"勾着我的脖子。"

顾茜茜依言伸手勾住了他的脖子，她的脸颊滚烫滚烫的。曾经王子华跟她打闹的时候，也会这样亲昵地背着她玩，可自从分手后，顾茜茜再也没有想过她还能再一次让别的男人背着。

林浩稳稳地背着顾茜茜上了十二楼，喘了口气道："学姐，你家钥匙给我。"

顾茜茜忙从包包里翻出钥匙，递给林浩："你放我下来吧，我能站着。"单脚站着总比这样靠着林浩自在一点。

"嗯，站好了，扶着墙。"林浩转身，小心翼翼地将顾茜茜从背上放了下来，这才抹了一把额头的汗。

顾茜茜看着他那晶亮的额头，还有鼻尖细细密密的汗珠，心里有一种说不出来的感觉，怪怪的，好像是感动，又好像是心动。但这一瞬间的感觉太复杂，以至于顾茜茜根本就没有办法清楚地辨识出到底是一种什么感觉。

林浩打开了顾茜茜的家门，小心地搀扶她进了屋子，然后安置在沙发上，就开始忙乎起来。

先在厨房烧了一壶滚烫的热水，倒在盆里，丢了条毛巾进去，再滚烫地捞出来，拧干，然后蹲着身子，吹了几下，试了温度，才往顾茜茜的脚上热敷了上去。一边还隔着毛巾，小心翼翼地帮她揉着，问："这里疼不疼？"

"疼。"

"那这里呢？"

"也疼。"顾茜茜看着自己肿得老高的脚背，就觉得疼得想掉眼泪。

"学姐，这里不肿啊，也疼？"林浩疑惑地伸手戳了戳，"没道理啊！"

顾茜茜看着林浩的动作，自然知道自己刚才条件反射地回了话，有些窘迫："本来不疼，被你戳疼的，你当我的脚是什么啊，你戳戳戳！"

这下子轮到林浩嘴角抽搐了："我这不是想看看你哪里扭歪了，帮你给扭正回来嘛！"

"什么？歪了扭正回来？"顾茜茜一听这话不淡定了，激动道。

"对啊，不扭正的话，你就一直会肿着，时间长了，以后会有后遗症的。"林浩说着，揭开那条热毛巾，又重新在热水里过了一遍，重复着继续敷上了顾茜茜的脚，"你放心吧，这个扭正我很在行的，因为我有经验。"

"你为什么在行？"顾茜茜怀疑道，"你的经验哪里来的？"

"小白鼠的脚扭了，都是我给扭正的。"林浩一本正经地说，"还有隔壁邻居家的元宝，它的脚扭伤了也是我扭好的。"

"林浩，你说的都是动物，你什么意思啊你？"顾茜茜满脸黑线，"小白鼠跟元宝的腿，能跟我的一样吗？"这样都敢说自己有经验，真的很欠抽。

"确实不一样，你只有两条腿，他们有四条呢！"林浩嬉皮笑脸，"学姐，就是因为你只有两条，我一定不会让你少一条的。"

"我不要你碰我的脚，你走开。"顾茜茜恼羞成怒地伸脚去踹林浩，结果被他抓了个正着，猛地扭了一下。

"啊——"顾茜茜一声凄惨的惊叫，顿时疼得眼泪直流。

"学姐，深更半夜的，你这样撕心裂肺地惨叫，会让人觉得我对你在做什么不正当的暴力行为，您能不叫吗？"林浩捂着耳朵，神色无奈。

"林浩，你浑蛋。"顾茜茜气急败坏地连名带姓地吼。

"是是是，我浑蛋。"林浩嘴角勾着浅笑，"可是，浑蛋帮你把脚伤给处理好了呀，能不能帮我升级一下，成为好人浑蛋？"

顾茜茜一听林浩这样说，忙试探地动了动脚，还别说，真的没那么揪心地疼了："林浩，你真的给我扭好了？"

"嗯，还得贴个膏药消肿，这两天你自己换下，尽量不要沾水。"林浩说着，手里麻利地给顾茜茜贴好了膏药，想了想，又拿出白色的纱布给缠了起来。

顾茜茜傻眼地看着自己的脚，顿时包裹得像个粽子似的："学弟，这脚是不是包得有点夸张了？"

"不夸张，不绑着你的脚，你肯定要出去乱跑。"林浩将纱布打了一个漂亮的蝴蝶结，"好了，你这几天乖乖的，明天我找暖宝过来照顾你。"

"学弟，我只是脚轻轻地扭伤了一下，不是重病，更不是瘫痪，用不着特意找暖宝宝来的。"顾茜茜忙打断林浩，"这个时间不早了，你要不先撤了？"

"我本来是想撤，可是我有点放心不下你，要不然，我在沙发上凑合一晚？"林浩半真半假地说。

"你刚还说要回家收拾行李，明早赶着出差呢。"顾茜茜打了个哈欠，"再说了，我真的没事，想休息了。"

"好，那你要记住我的话，我先走了。"林浩说着从沙发上起身，大步流星地走去门口，然后帮顾茜茜带上了门。顾茜茜怔怔地望着那门板，发了一会儿呆。

其实，林浩对顾茜茜什么心思，顾茜茜心里是清楚的，她只是不敢去捅破这一层纸而已。林浩对她很好，但林浩的性格确实很孩子气。顾茜茜受过伤后，她希望能找个成熟、稳重、踏实、靠谱的男人，而不是像林浩这样，喜欢你的时候，捧你在手心，不喜欢的时候，可能会把你踩在脚底。

并不是顾茜茜对林浩有偏执，这几年，林浩身边来来去去的姑娘个个娇艳如花，最后散场的时候，个个都哭得稀里哗啦。顾茜茜大概也知道，林浩并不是真心喜欢这些姑娘。但是，顾茜茜也不敢保证林浩对自己真的就是死心塌地。

时间越长，顾茜茜甚至会觉得，林浩对她不过是一种得不到的永远在骚动的感觉，如果一旦得到了，或许就不是现在这样的结果了。顾茜茜的潜意识里，还是害怕林浩，万一她真跟林浩恋爱了，最后的结局，或许也是林浩腻味了，继而分手，那么顾茜茜应该会更加痛不欲生吧。所以，顾茜茜觉得现在的状态挺好的。她习惯了装傻，林浩也进退有度地保持着适当的距离。

暧昧是他们两个之间最好的平衡点，也是目前最佳的相处模式。虽然，顾茜茜心里清楚，暧昧是一种糖，甜到忧伤，她可以享受林浩对她的好，但没有办法理所应当地拥有，指不定哪一天，这些好，林浩都会收回。而那时候的顾茜茜，可能会因为没有拥有过，所以失去的感觉会相对好点吧。至少，顾茜茜可以自欺欺人。

顾茜茜摇了摇脑袋，这些乱七八糟的事，她一点都不想去想，还是洗洗睡吧。

第九章
江湖恩怨无止息

第二天，正当顾茜茜睡得迷迷糊糊时，就被暖宝宝的电话吵醒了："茜茜，救命，快点救我！"

电话一接通，暖宝宝就急巴巴地喊着，惊得顾茜茜心里一沉，忙问："暖宝，你怎么了，慢慢说！"

"我被小乖那贱人咬上了，她正在凌迟我呢！"暖宝宝愤慨地说，"茜茜，你快点上号来救我呀，救我呀！"

听到这，顾茜茜满脸黑线，心里不自觉地松了口气，原来暖宝宝在游戏里被小乖给欺负了，喊她帮忙，不由得叹息道："暖宝，只是一场游戏，别那么认真嘛！"

"我就认真了，一句话，你到底帮不帮我？"暖宝宝气呼呼地说道。她虽然等级100了，但那是被高手直接带起来的，所以没有打怪经验，也没PK经验，她撞上小乖的号，就算那个玩家操作够烂，随便砍砍，也能把暖宝宝给砍死了。

"这个破人，喊了一队的人在虐我。"

"怎么虐你？"顾茜茜耐着性子问。

"用技能缠住我，不让我反抗，然后一刀刀地砍我，还有医生见我血少的时候，帮我加血！"暖宝宝气急败坏地说，"总之一句话，砍我，但是不让我死！"

顾茜茜嘴角一抽："为什么呀？"随即道，"要不然你先强制下线吧！"这样被虐着，是个人都得要发脾气了，要换作顾茜茜的话，估计会拎着刀出去砍人了，实在太变态了。

"不能强制下线，我在做任务。"暖宝宝缓了口气，"做到最后一步的BOSS了，做完我就能跟你一起去任何地方玩了。"

"暖宝，不是我不帮你，而是我才110级，又是个没攻击力的医生，我上去也是找虐呀！"顾茜茜嘴里这样说着，手还是打开了电脑，点着客户端上游戏，"你看看帮里有没有高级一点的人物在，找他们帮忙救一下。"

"没有，这会儿时间，通宵的刚睡，上班的没回，帮里冷冷清清的，就几个挂机的。"暖宝宝憋屈道，"我本来想做完这个BOSS的任务，好好睡一觉，然后晚上找你一起去火岛，剧本什么的一起玩呢。"

"嗯，我先上来看看，你别急。"顾茜茜安抚道。

【帮派】小囝：帮里有人吗？

【帮派】小囝：帮里有人吗？

【帮派】小囝：帮里有人吗？

【帮派】我是暖宝宝：别喊了，都没在的。

【帮派】小囝：你先组我，我过去看看。

【帮派】我是暖宝宝：组你了，但是你别过来看了，你这号也是被虐的。

【帮派】小囝：那怎么办？

【帮派】我是暖宝宝：反正死不了，先这样挂着，我去睡觉了。

【队伍】小囝：暖宝，你喊我起来了，就跟我说你要去睡觉了？

【队伍】我是暖宝宝：我死是小，被虐也是小，但是大神不在，帮里也没人在，你这个帮主总要值班看着，免得被荣耀阴了。

【队伍】小团：我什么时候成帮主了？

顾茜茜打完这话，看着自己号的头顶上果然顶着战歌帮主的头衔，顿时无语。大神什么时候把帮主这么重的担子给她这个小号了？给了也就算了，竟然连个招呼都没打。要是顾茜茜从此不上游戏的话，战歌的帮主不就成了消失的人，战歌不就垮了。

大神实在是太不负责了，顾茜茜心里对大神强烈地鄙夷加谴责。

【队伍】我是暖宝宝：亲，你现在顶着战歌的帮主，如果荣耀发城战，你接，不要不接，到时候荣耀会说我们没实力怕他们的。

【队伍】小团：你让我起来，该不会就是等着荣耀发城战吧？

【队伍】我是暖宝宝：嗯，我刚看到小乖他们说了，他们这样虐我，我们战歌没人帮的话，就说明帮里没人，就发城战。刚已经发过一次，我们战歌避让了，我急了，就打电话喊你起来。

【队伍】小团：暖宝，你是不是有点玩得太投入了？

不过就是没帮主在，没接城战而已，顾茜茜觉得暖宝宝的反应有点过激了。

【队伍】我是暖宝宝：亲，战歌是我家，团结靠大家。说什么也不能让荣耀钻这样的空子，讨这样的便宜，要打就光明正大地打好了！

【队伍】小团：暖宝，自从玩了这个游戏，你血性了，暴力了。

【队伍】我是暖宝宝：你少来，茜茜我跟你说，要不是你们都玩这游戏，我才没兴趣跟那群无聊的人吵吵闹闹呢，真是一帮脑残。

【队伍】小团：我们？我们都有谁？

【队伍】我是暖宝宝：就你啊、惊云、大神、红豆等。

【队伍】小团：是吗？

顾茜茜总觉得暖宝宝这话，回答得有些怪异。

【队伍】我是暖宝宝：当然是啊，还有疯子是%%、天剑一、老衲是和尚都是很好的人。

【队伍】小团：嗯，这么多很好的人，你选好了哪个做相公了吗？

【队伍】我是暖宝宝：选好了，就是惊云。

【队伍】小团：你跟小云什么时候好上的？

【队伍】我是暖宝宝：还没好上，但是我决定要他做老公，就会去倒追他的！

【队伍】小团：你不用倒追的，在这个狼多肉少的帮派里，你只要勾勾手指，小云就跟你走了。只是，这样你对得起其他三位辛苦带你练级的帅锅吗？

【队伍】我是暖宝宝：对得起啊，我们都结拜成兄妹了。

【队伍】小团：好吧，你很好，很强大。

【队伍】我是暖宝宝：其实吧，他们三个都挺好的，天天为我吵架，打架。所以无论我选择哪一个，都会对不起另外两个，所以我一个都不选，干脆桃园结义跟拜师了，我们还能组在一起做任务玩呢。

【队伍】小团：哦，这样挺好的。

【队伍】我是暖宝宝：我也觉得挺好，昨晚我熬夜做火岛的任务，他们都陪我到现在呢，最后一个小 BOSS，他们说醒了以后帮我打，我自己睡不着手贱，就过来打了，结果打了一半……茜茜，我跟你说，等他们回来帮我撑腰了，我一定要加倍虐回来！"

暖宝宝说到这里，心情顿时又郁闷了。

【队伍】小团：他们还在欺负你？几个人？

【队伍】我是暖宝宝：一组六个，为首的就是小乖，真想抽死这个脑残。

【队伍】小团：我看看大神有没有时间上来救你吧！

【队伍】我是暖宝宝：亲亲，就知道你对我最好。

顾茜茜抓过手机，犹豫了一下，试探性地给大神发了个短信去："你现在忙吗？有时间上游戏不？"

大神没一会儿回信息来："怎么了？"

"暖宝宝被欺负了。"顾茜茜发完，又打了一条，"你要是忙，没空上的话，我想上你号！"不过这条消息还没有发出去，便看到上线提示了，您的夫人小囡已上线。

顾茜茜忙把这条信息删除了，点开好友，简单地把暖宝宝被虐的事跟大神说了一下。

"嗯。我来处理。"大神发了一个安抚的表情给顾茜茜，"你给战歌发帮战。"

"我？"顾茜茜有点傻眼，随即反应过来，她自己是帮主，忙道，"好的，我现在去发。"

"把城战一起发了。"大神又补了句。

"哦，好的。"顾茜茜听话地开着小囡的号，急匆匆地飞去发帮战跟城战。

【帮派】我是暖宝宝：大神，老大，亲人，你终于来了！

【帮派】小囡：你在哪里被欺负？组队我。

【帮派】我是暖宝宝：幽灵船副本左侧。

顾茜茜看着大神小囡进了队伍，她的心就莫名地安定了下来，先给荣耀发了帮战。

【世界】系统：战歌请求荣耀帮战。

【世界】系统：荣耀选择了避让。

【队伍】小囡：一直发。

【队伍】我是暖宝宝：对，让他们一直不要脸地避让。

【队伍】小囡：好吧。

顾茜茜连续点了三次，系统刷了三次，本来安静的世界，渐渐喧哗了起来。

【世界】迷情伟：刚醒就有热闹看，真激情。

【世界】彼年豆蔻：荣耀的，跟战歌的打一场吧，让我们开开眼。

【世界】筱柒：我真的只是想围观看戏，你们打吧。

【世界】小囡：拾荒你在的话，堂堂正正跟我打一架，欺负小号算毛。

【世界】小乖：你欺负我老公不在啊，有本事你跟我打呀！

【世界】小囡：是你自己求我打的，别怪我！

顾茜茜看着大神这话，心里顿时有预感，下一秒，小乖肯定会上世界，因为她求虐，大神一定会成全她的，果然……

【世界】小乖：小囡你个不要脸的，130级的，欺负我112级的小号。

【世界】我是暖宝宝：要说欺负小号，你112级带了一组129级以上的队伍，虐我一个100级的，好像更不要脸。

【世界】小乖：小囡，你个贱人，你一直欺负我做什么？我挖你祖坟了吗？

【世界】小囡：废话少说，要么跟我打，要么滚。

【世界】小乖：你让我一个医生跟你打？真是妩笑。

【世界】小囡：我不介意你开拾荒号跟我打，或者你们组队一起来好了。

【世界】小乖：等着。

【世界】小囡：我等太久了。

【队伍】我是暖宝宝：大神，你刚才太帅了，我膜拜你！

【队伍】小囡：我老婆在，暖宝你注意点。

【队伍】我是暖宝宝：我跟你是好基友，你老婆不会介意的，亲亲，你说是不是？

【队伍】小囡：怎么了？

顾茜茜被点名，只能硬着头皮回，顺手又点了一次，战歌请求跟荣耀城战。

【队伍】我是暖宝宝：大神太帅了，一个人单挑六个，把小乖他们全部清出去了。顺带着带我过了BOSS，晚上我就能跟你去火岛玩了。

【队伍】小囧：老婆，以后我不在，你被欺负了，或者你朋友被欺负了，你直接上我号，虐回来。

【队伍】小囧：我没你那么好的操作技术，上了也是被虐的。

【队伍】小囧：就凭咱这装备，咱这血量，老婆你这爱心GF，就算你不会技能操作，开个请神主动攻击，一样能把欺负你的人干倒。

【队伍】小囧：你还真乐观。

【队伍】我是暖宝宝：你们夫妻两个能不能不当着我这个灯泡秀恩爱啊？

【系统】玩家我是暖宝宝被踢出了队伍。

【队伍】小囧：……

【队伍】小囧：这样就没灯泡了！

【帮派】我是暖宝宝：大神，你太重色轻友了，以后我不帮你了，哼！

【帮派】我是暖宝宝：大神，你太重色轻友了，以后我不帮你了，哼！

【帮派】我是暖宝宝：大神，你太重色轻友了，以后我不帮你了，哼！

【队伍】小囧：暖宝，你该睡觉了，一会儿让小云带你们去打BOSS玩。

大神轻描淡写的这么句话，成功将暖宝宝的怒火给压制了下去。

【帮派】我是暖宝宝：好了，我去睡了，一会儿小云上了，记得喊我。晚安！

【队伍】小囧：她这是跟我说呢，还是跟你说？

顾茜茜看着好友消息，暖宝宝的头像瞬间黑了下去，便疑惑地问大神。看着暖宝宝跟大神的互动，好像挺熟的样子，可是暖宝宝应该跟大神没什么交集吧？

【队伍】小囧：当然是跟你说的，我马上就下了。

【队伍】小囡：这么快？

【队伍】小囡：老婆，你舍不得我下？

【队伍】小囡：那什么，你不是约了拾荒打架吗？

顾茜茜急中生智道，因为暖宝宝不在线，大神要是也下了的话，她挂着游戏不知道该干吗。但是，帮主在她身上，她又不能不在线，要不然，荣耀发了帮战没人接，到时候世界上又得吵架了。

【队伍】小囡：拾荒才不会来呢，缩头王八。

【队伍】小囡：你跟他到底为什么结仇啊？

【队伍】小囡：老婆，你别问了，说不清楚的。

【队伍】小囡：那你为什么要把帮主给我啊？

【队伍】小囡：因为我最近在线时间不稳定，帮里需要个稳定的人。

【队伍】小囡：好吧，就算我在线时间稳定，可是我什么都不懂，你怎么放心把战歌交给我？

【队伍】小囡：你是我老婆，我当然传给你啦！放心，平时帮里的俗事副帮主会处理的。

【队伍】小囡：那你什么时候回来？

【队伍】小囡：这个说不准，我没离开，只是在线时间不稳定，懂不？

【队伍】小囡：知道了，那这几天在线时间长一点好了。

【队伍】小囡：也不需要的，你维持你原来的生活作息就好，把你累着了，我会心疼的！

【队伍】小囡：知道我会累，还给我这样的任务。

顾茜茜不满地嘟嘴，快速地在队伍里打了句抱怨，虽然她劝说暖宝宝只是一场游戏，不用太认真，可是她自己又何尝不是那样的性格呢？护短得很，不喜欢被脑残的欺负，也不喜欢脑残的欺负自己帮里的人，哪怕他们钻空子发帮战，战歌不应战，被上世界说战歌怕事，她心里也不舒服。

她渐渐开始在乎这个帮会，在乎游戏里这些人……

【队伍】小囡：老婆对不起。

【队伍】小囡：算了，其实也没什么关系。

顾茜茜本来在线时间就很多，只不过她以前挂机不怎么看游戏，这几天大不了好好玩游戏，反正暖宝宝跟她等级差不多，能组着一起任务了。

【队伍】小囡：老婆你真好，真舍不得下，可我真有事必须要闪了，你好好玩。

【队伍】小囡：等等！大神，一会儿万一拾荒来了，发帮战怎么办？帮里人好像不是很多。

【队伍】小囡：你打小云电话，叫他喊人就是。一般荣耀是不敢给战歌发帮战的，放心吧老婆。

【队伍】小囡：我不知道小云电话。

【队伍】小囡：13512223***，好了，老婆，我真要下了，亲个。

顾茜茜看着大神号下线，忙找了一支笔跟纸，将小云的电话号码记了下来。顾茜茜接着眼都不眨地看着游戏画面，等着荣耀发帮战，或者城战，结果等了半天，荣耀真的如大神所料的一样，不敢发帮战，也不敢应城战。

正当顾茜茜守帮守得无聊的时候，战歌的战将们陆陆续续地起来了，帮派开始热闹了。

【帮派】小小妹：有没有在线的活人？

【帮派】残月舞会：老婆，早安，亲亲。

【帮派】小小妹：早上都没刷牙的，就起来亲人家，臭死啦！

【帮派】残月舞会：老婆，我起来很久了好不好？凌晨六点就起来了。

【帮派】小小妹：你那么早起来干吗？

【帮派】残月舞会：老大打电话叫的，说荣耀可能发帮战，怕大姐夫一个人应付不了，要我起来值班。

顾茜茜看到这条消息，心头一怔，大神啊大神，你真是体贴得让我感觉温暖啊！你明知道荣耀不敢发帮战，却还是害怕我应付不了，叫了帮里的主力轮班守着，随时应对突发状况。

【帮派】小小妹：大姐夫在？

【帮派】小团：早安。

【帮派】残月舞会：大姐夫，你继续给荣耀发城战好不好？我好想求他们虐我呀！

【帮派】小小妹：荣耀大清早就找麻烦了？什么情况！

【帮派】花花：我刚听别的朋友说，小乖欺负暖宝宝了是吧？

【帮派】我是打酱油的：什么？竟然敢欺负大姐夫的闺密，荣耀找死啊！

【帮派】一刀切：是啊，荣耀打不过我们，就趁我们不在的时候，欺负小号，无耻！

【帮派】花花：不行，得帮暖宝宝出气去。

【帮派】一刀切：嗯，算我一个。

【帮派】小小妹：走吧，去找荣耀麻烦去。

【帮派】我是暖宝宝：大家对我太好了，我真心感动，都给我亲亲。

【帮派】小团：暖宝，你起来了？

【帮派】我是暖宝宝：嗯，起来了，我要加紧练级，我一定要找小乖虐回来。

【帮派】花花：好志气，我们带你一起去虐回来。

【帮派】红豆：发生什么事了？

【帮派】小小妹：让花花跟你说。大姐夫，你倒是说句话呀！

顾茜茜再一次被点名，只能硬着头皮在帮派频道回道："要说出气，早上大神已经帮暖宝宝讨回公道了，我给荣耀发帮战，他们避让不接，城战现在也没接！"

【帮派】花花：嘿嘿，我也听说了，早上老大一对六，把他们一组人都清回去了，还在【世界】找拾荒单挑来着。

【帮派】红豆：老大这么威武！膜拜，膜拜！

【帮派】残月舞会：老大什么时候不威武啊？

【帮派】红豆：那后来拾荒出来打了吗？

【帮派】残月舞会：当然没有出来，我都等到现在了，困死了！

【帮派】红豆：他们不出来打，那我们主动找上门去打吧！

【帮派】小小妹：好啊，好啊。

【帮派】惊云：我来了！

【帮派】红豆：小云，我们找荣耀的打架去。

【帮派】惊云：同志们，听我说，我们发城战荣耀不接，情谊％永恒也给荣耀发了，他们接了。

【帮派】红豆：什么意思？

【帮派】小小妹：同问？

【帮派】惊云：城战成员要待帮里一周的，所以老大的意思，我们开一组人去情谊，帮他们打城战，把荣耀的城给拿了。

【帮派】残月舞会：嗯，我跟我老婆去。

【帮派】花花：我跟我老公也一起去。

【帮派】红豆：还有我，我也要去。

【帮派】疯子是％％：我也想去。

【帮派】天剑一：算我一个。

【帮派】老衲是和尚：我我我。

【帮派】惊云：你们都想去，那我们战歌怎么办？他们不能发城战，但是万一来阴的，发帮战怎么办？没主力。

【帮派】残月舞会：小云说得对，大姐夫，你怎么看？

【帮派】小团：我看这样吧，出去五个职业的打手主力，再去一个医生，其他的人留在帮里，那些等级低的，抓紧升级。

顾茜茜是这样想的，情谊既然敢发荣耀的城战，那说明有点实力了，战歌再去一组能干的帮忙就可以了，如果要战歌主力全部过去一周，这一周谁知道荣耀会不会借机欺负战歌。

【帮派】惊云：就按大姐夫说的办，小小妹、花花、红豆、我是打酱油的、温柔一刀，你们的号开过去，还有我的，其余的留在战歌。

【帮派】残月舞会：OK。

【系统】玩家惊云离开了帮派战歌，加入了情谊永恒。

【系统】玩家小小妹离开了帮派战歌，加入了情谊永恒。

【系统】玩家红豆离开了帮派战歌，加入了情谊永恒。

【系统】玩家花花离开了帮派战歌，加入了情谊永恒。

【系统】玩家我是打酱油的离开了帮派战歌，加入了情谊永恒。

【系统】玩家温柔一刀离开了帮派战歌，加入了情谊永恒。

【世界】——☆迷情┼伟灬：战歌发生内乱了？老公，你可以洗洗睡了。

【世界】灬彼年☆豆蔻：战歌收人不？

【世界】筱柒：世界如此美好，我的心情却如此不好。战歌的，为什么不要我，不要我啊？

【帮派】残月舞会：大姐夫，把灬彼年☆豆蔻跟筱柒加到帮里来。

顾茜茜还没来得及回话，她好友消息里，惊云也给她发消息来："大嫂，把豆子跟小七加到帮里来！"

玩家灬彼年☆豆蔻成功加入战歌。

玩家筱柒成功加入战歌。

【帮派】小团：欢迎大家！

【帮派】筱柒：传说中的老大相公？

【帮派】〰彼年☆豆蔻：大姐夫，大家都这样叫是吧？

【帮派】小团：随便怎么叫都行。

【帮派】〰彼年☆豆蔻：大姐夫，我以前见过你。

【帮派】小团：见过我？

【帮派】我是暖宝宝：大姐夫，陪我做任务行不行？〰彼年☆豆蔻你可以洗洗睡了。

暖宝宝打断了〰彼年☆豆蔻跟顾茜茜的对话，〰彼年☆豆蔻果然沉默了。

【帮派】小团：你在哪里，组我。

顾茜茜进组了才发现，队伍信息，除了我是暖宝宝，还有疯子是%%和天剑一跟老衲是和尚。

【队伍】小团：大家好。

【队伍】天剑一：大嫂，我们去副本，刷个BOSS。

【队伍】疯子是%%：5X，副本集合。

顾茜茜忙把号开过去，跟他们集合，讪讪地在队伍里道："我等级很低，攻击又不高，其实帮不了什么大忙。"

【队伍】我是暖宝宝：就是带你一起来玩的。

【队伍】小团：这样蹭经验不好吧？

【队伍】天剑一：大嫂，我们不介意，走吧。

【队伍】老衲是和尚：就是就是，快走吧，BOSS要刷了。

既然他们都不介意，顾茜茜正好闲得发慌，就跟他们一起进了副本，曲曲弯弯地绕了一堆路，走得顾茜茜那叫个头昏眼花。看看暖宝宝，倒是由天剑一抱着，不用自己走，悠然自得地在队伍里聊着天："亲亲，我想问你个事。"

【队伍】小团：什么事？

【队伍】我是暖宝宝：你会网恋不？

【队伍】小囡：你网恋了？

顾茜茜不答反问，会不会网恋这个问题，她实在不好回答暖宝宝。

【队伍】我是暖宝宝：当然不是我，我听说拾荒跟小乖是在游戏里认识了，然后才恋上的。

【队伍】小囡：是吗？

顾茜茜的心里顿时好像被针扎了一下似的。虽然她跟拾荒的事已经过去很久，久到顾茜茜重新回到游戏，已经能把他当作陌生人一样。可是，听暖宝宝这样八卦她曾经的前男友，顾茜茜的心里还是会有些不舒服，就好像恶心地吞了个苍蝇似的。

【队伍】我是暖宝宝：是啊，要不是现实有奸情，就小乖那么脑残的女人，谁会要？

【队伍】小囡：或许吧。

【队伍】我是暖宝宝：亲亲，那你会不会恋上大神啊？

【队伍】小囡：暖宝宝同学，你能不扯到我吗？

【队伍】我是暖宝宝：我也不想扯你，可是，你说你跟大神明明不认识，为什么号的名字要取那么情侣？

【队伍】小囡：我哪知道，巧合吧！

【队伍】我是暖宝宝：每个巧合的背后都有一段不为人知的故事，就像大神跟脑残小乖原号的主人就有不得不八的往事。

【队伍】小囡：你不会是想八卦大神吧？

顾茜茜心里一阵警觉，忙故意装作风轻云淡地扯开话题，她不确定在队伍里的其他几个是不是资深级的老玩家，要是老玩家，想必当初顾茜茜、王子华和叶菲菲那一段三角关系就得曝光了。

【队伍】我是暖宝宝：顾茜茜，你少给我转移话题，一句话，我们是不是姐妹？

顾茜茜嘴角抽搐了一下，看着暖宝宝气急败坏地连名带姓地叫她，不由得无奈道："暖宝，我们要不是姐妹，能在一起并肩砍怪吗？"

【队伍】我是暖宝宝：我觉得你有事瞒着我，我给你时间，主动跟我坦白，不然，别怪我自己查出不该查的东西。

【队伍】小团：……

【队伍】老衲是和尚：大姐夫，其实我们都很好奇，你跟老大现实中真不认识吗？

【队伍】天剑一：大姐夫，我第一次看到你的时候，我还真以为你是老大练的小号呢！

【队伍】疯子是%%：就是，就是。大姐夫，你怎么会取这么一个名字的？

【队伍】小团：我崇拜大神，所以故意的！

【队伍】老衲是和尚：哦，原来是这样，明白了。

【队伍】天剑一：用这招钓我们老大，果然别出心裁啊！

【队伍】疯子是%%：如果有姑娘崇拜我，取名字叫疯子是%%媳妇，我立马就娶了。

【队伍】老衲是和尚：那老衲我去开个小号，你带我，顺带娶了我？

【队伍】疯子是%%：我靠，老子不搞基！和尚你滚开！

【队伍】老衲是和尚：我是可怜你，才开个女号给你娶了，安抚你，不识好人心就拉倒。

这样欢乐地斗了会儿嘴，就到了副本最深处，天剑一将暖宝宝放在顾茜茜的号边，交代道："你们两个号就挂这儿，不要乱跑，BOSS交给我们三个搞定，一会儿你们负责捡东西就行。"

【队伍】我是暖宝宝：好，哥哥们辛苦了，加油，加油哦！

顾茜茜看着暖宝宝这样心安理得地站着，也知道自己不用客气，忙自觉地给他们三个都打上 GF，加完了状态，回到暖宝宝面前，给她也打了状态，最后才轮到自己。

【队伍】疯子是%%：和尚，你血厚，先上，我协助你。天剑你躲我后面偷偷放技能。

【队伍】天剑一：OK。

【队伍】老衲是和尚：OK。

【普通】蓝色℃天空：到了。

【普通】小乖：哥，你放我下来，看你抱得满头大汗的。

【普通】兜兜有糖%：我说你们两个到底是兄妹还是情侣来着，要不要这样恶心肉麻？

【普通】兜兜没有糖%：人家喜欢把肉麻当情趣，你怎么不学着点？

【普通】兜兜有糖%：我嘞个去，我学着点也不能对你这种死人妖肉麻情趣呀？

【普通】兜兜没有糖%：你大爷的，你再说我人妖，我跟你急！

【队伍】小团：好像有不速之客来了。

【队伍】我是暖宝宝：好哥哥们，早上没有你们的保护，我就被这个死贱人生生地虐了一个多小时，我苦命啊，呜呜……

【队伍】天剑一：放心吧，哥哥们会帮你出气的。

【队伍】疯子是%%：先不要打 BOSS，等他们进来，直接干掉。

【队伍】我是暖宝宝：亲爱的哥哥们，能不能不要直接干掉？

【队伍】天剑一：妹纸啥意思？

顾茜茜对着电脑屏幕直摇头。看来，小乖早上真的把暖宝宝给虐出脾气了，依照暖宝宝爱憎分明的性子来说，只怕就算不加倍奉还，也一定会全数奉还的。

【队伍】疯子是%%：你个笨蛋，她虐咱们妹子了，咱们当然得要虐回来的。

【队伍】老衲是和尚：妹子放心，你哥我有技能，可以把早上她对你的那招还给她。

【队伍】我是暖宝宝：哥哥，你们真好。

暖宝宝刚说完，顾茜茜就看到副本门口进来四个穿着紫装，闪闪发光的人，他们看到顾茜茜他们几个愣了一下，随即就听小乖在普通频道喊了句："这次 BOSS 不能被他们给抢了。"

【普通】蓝色℃天空：上。

接着几道技能五光十色地在顾茜茜面前刷过，她眼一花，还没反应过来，四具尸体直挺挺地并排躺在 BOSS 的脚边，随着那 BOSS 横走，还不时地被踩着。

顾茜茜刚看过这个 BOSS 的资料，140 级以上的，天剑、疯子、老衲他们都是 130 级，所以不敢硬抗，只能偷袭跟拉着打。这几个人一看战歌的在，以为要抢 BOSS，所以脑子一热，直接抢着武器上了。BOSS 一个大技能暴击，小乖他们一组四个人，全挂了。

【队伍】老衲是和尚：老衲第一次看到如此震撼的场面。

【队伍】天剑一：从未有过的震撼。

【队伍】我是暖宝宝：娘的，死这么快，我的仇还没报呢！

【队伍】小囡：君子报仇，十年不晚，暖宝宝我们不急这么一会儿。

【队伍】老衲是和尚：对啊，对啊，这 BOSS 就让他们打吧，我们一边歇着。

【队伍】疯子是 %%：他们也得活着起来继续打啊，都挺尸了，打毛线啊，占地方又碍眼。

【队伍】老衲是和尚：大姐夫，你救他们起来！

顾茜茜嘴角抽搐了一下，这几个家伙还真的是恶趣味，救起了人，只怕是为了更加方便地虐吧！不过，顾茜茜还是跑过去，将四具尸体一个一个地点了原地复活。

【普通】小乖：小囝你个贱人，你又使阴招害我？

【普通】小囝：我是小囝，不是小囝，我原谅你没文化不识字，可是，你说我使阴招害你？你有病吧！

顾茜茜对遇到小乖这样的极品脑残真的很无语，她此时此刻真希望玩这个游戏的还是叶菲菲，至少叶菲菲不会这样低级脑残。

【普通】小乖：你个贱人，你就是小囝小号，别以为我不知道。

【普通】小囝：就算我是小囝小号，那又怎么样？

顾茜茜倒是搞不明白了，这个小乖跟大神之间到底有神马血海深仇？她为什么非得要咬着自己不放呢？

【普通】小乖：你不娶我就算了，还见不得拾荒跟我好，现在又自己练了个小号，处处跟我作对，你恶心不恶心？

【普通】小囝：……

顾茜茜还真不知道，原来大神跟小乖之间，还有这么一段……那啥的。

【普通】我是暖宝宝：我见过不要脸的，可没见过你这样不要脸的。

【普通】老衲是和尚：老衲也见过往自己脸上贴金的，可是，没见过这样没脸没皮地贴的。

【普通】天剑一：我说你们几个不是要抢BOSS吗？起来抢啊！

【普通】我是暖宝宝：对对，这个BOSS让给你们了，你们敢不敢起来接着打啊？

【普通】小乖：你们叫我起来了想偷袭我吧？

【普通】我是暖宝宝：保证不偷袭，看你打BOSS。当然你要是挂了，我们义务救你！敢不敢起啊？

【普通】小乖：起就起，我还怕你们？

【队伍】我是暖宝宝：先让这个脑残跟BOSS单挑会儿，回头我们再算账。

【队伍】小团：暖宝，你越来越邪恶了。

【队伍】我是暖宝宝：我也不想邪恶，主要这人太脑残，不做点脑残的极品事，实在对不起脑残这两个字！

于是，顾茜茜就这样看着112级的小乖像个战士一样站起了身子，给自己打上了GF状态，接着单挑140级的BOSS，当然，她只发了一个技能，连血都没喝上，就再一次被秒杀了。

天哪，她只是个112级的小医生！顾茜茜跟暖宝宝还躲在一边观战，还担心不小心被BOSS给秒到，她就直接单挑BOSS了，果然脑残跟正常人的思维不一样。

顾茜茜忙上前继续救，暖宝宝还特和善地说："没事，你要死了，我们随时救！"

【普通】小乖：别啰唆，快点救！

说完又朝着蓝色℃天空他们三个傻眼地喊："哥，起来帮我一起打啊！"

【普通】蓝色℃天空：妹纸，我们先去做别的任务吧。

【普通】兜兜有糖％：对，小乖，我们下次来打这BOSS吧。

【普通】兜兜没有糖％：就是，下次来吧。

【普通】小乖：我不要，我就要打这个！

顾茜茜彻底无语了，这小乖不但脑残，而且还属于变态偏执的脑残，病得不轻。

【队伍】我是暖宝宝：看她这样脑残的份上，我们真的不能偷袭。

【队伍】老衲是和尚：老衲也觉得，看她将脑残进行到底，是一件不错的事。

【普通】蓝色℃天空：要打也行，先把他们几个送回去。

【普通】兜兜有糖％：对，这几个贱人肯定想趁我们打BOSS的时候，偷袭我们。

【普通】我是暖宝宝：我们不偷袭，还救你们，你们至于这样恩将仇报吗？

暖宝宝离蓝色℃天空最近，被他用一个大技直接给杀死了。

兜兜有糖％攻击顾茜茜的时候，她的血掉了三分之二，忙按着血猛喝，快步躲到了天剑一的身后，很险地保住了自己的小命。

老衲是和尚跟疯子是％％对着蓝色℃天空跟兜兜有糖％毫不客气地动手回击。天剑一护着顾茜茜回到暖宝宝的尸体处，等她原地复活救了暖宝宝，才跟兜兜没有糖％交上手。

【普通】我是暖宝宝：亲爱的，我们二对一打这个脑残如何？

【普通】小囝：打她，我一个就行了。

顾茜茜这点PK的自信还是有的。

【普通】我是暖宝宝：主要是我不想她死得那么快呀，亲爱的，你成全我吧？

【普通】小乖：你们两个有种一起上。

【普通】我是暖宝宝：你有本事别跑。

【普通】小囝：……

顾茜茜就这样目瞪口呆地看着小乖使用随意门，消失在了他们眼前，接着，其他几位不速之客，也都齐刷刷地一起消失。

【普通】我是暖宝宝：跑了？

【普通】天剑一：荣耀的太不要脸了，每次都是打不过就跑。

【普通】疯子是％％：习惯就好！

【队伍】我是暖宝宝：哥，我们还打BOSS吗？

【队伍】老衲是和尚：打呀，这个BOSS会爆好东西的。按照我们原来的方案，大家准备。

顾茜茜看了看他们头顶的GF没了，又非常敬业地一个个打上，接着和尚第一个扛着血去单挑，然后疯子协助拖着怪，天剑一最后用大技能偷袭，顾茜茜犹豫了一下，还是忍不住地跑上前给 BOSS 丢了一个大技"九阴"，然后飞快地按着血，躲回安全地。

【普通】我是暖宝宝：我也会。

暖宝宝学着顾茜茜的样子，给 BOSS 丢了一个"九阴"，可她来不及跑掉就被挂了，顿时内流满面："5555，我死得光荣啊，看 BOSS 血被我打掉了那么多！"

"是啊，就你最英勇了。"顾茜茜笑着跑过去给暖宝宝复活，然后等冷却好"九阴"，又去对 BOSS 偷袭了一下。

没一会儿，BOSS 便在怨恨中倒下了它那庞然的大身子，地上同时爆了一堆的东西。

【普通】疯子是 %%：打累了，我休息下，妹子跟大姐夫，你们快点捡东西。

【普通】天剑一：嗯，妹纸，快点，捡垃圾的小女孩过来了。

顾茜茜跟暖宝宝见他们仨真的不动手捡，东西爆在地上有时间限制，规定时间内不拾取，也会消失的，所以，只能硬着头皮走过去，麻利地开始捡取。

等顾茜茜埋头捡完，还没来得及开口说话，系统便发来荣耀请求战歌帮战，接受或者拒绝？她傻眼了。大脑愣了好几十秒，反应过来接的时候，系统窗口消失了。

【系统】面对荣耀的帮战请求，战歌选择了避让。

【世界】商人 1 号：我没看错吧？

【世界】小垃圾号：我也想问，没看错吧？

【世界】筱柒：老大！神马情况？

【世界】⺀彼年☆豆蔻：帮战啊，帮战啊！

【世界】美人倾城：哎哟喂，战歌不是要打帮战吗？发了怎么不接呀？

【世界】天残卷：战歌现在的帮主是×无能，110级的小号，怎么敢接帮战呢？

【世界】被丢弃的小猪：战歌，鄙视！

【世界】筱柒：……

【世界】美人倾城：筱柒刚进战歌，就成走狗了？

【世界】天残卷：战歌本来都是狗。

【世界】被丢弃的小猪：战狗！哈哈！

【帮派】残月舞会：大姐夫，你别以为我们人去了情谊就不敢跟荣耀打帮战了，大胆接啊！

【世界】小团：那个，荣耀的帮战再给我发一次。

【帮派】天剑一：大姐夫，神马情况？

【帮派】小团：我刚太惊恐荣耀会主动发帮战，愣了下，所以没第一时间接！

【帮派】筱柒：大姐夫，你真喜感。

【世界】小团：那个，荣耀的帮战再给我发一次！

【世界】小团：那个，荣耀的帮战再给我发一次！

【世界】小团：那个，荣耀的帮战再给我发一次！

……

顾茜茜终于忍不住地上世界，这也是她回游戏这么久，第一次高调地上世界，连刷了几条。可是她却没有想到会再一次引发世界的口水战。

【世界】美人倾城：小团贱人的小号出来说话了？大号被虐得不敢上了？

【世界】天残卷：死人妖嘛，男人练女号，嫁不出去，没人要，就练个小号娶自己，真不要脸。

【世界】被丢弃的小猪：果然不要脸。

145

【世界】商人1号：大神是人妖？爆内幕了？

【世界】小垃圾号：大神竟然是人妖啊！

【世界】筱柒：×，荣耀别废话，没看到我们老大发帮战了。

【世界】灬彼年☆豆蔻：发帮战啊，发帮战啊！

【世界】残月舞会：荣耀的，别做缩头乌龟，打！！！

【系统】荣耀向战歌发起帮战请求。

顾茜茜第一时间点了接受，帮里的人顿时沸腾起来了，纷纷问："老大，哪里打？"

【帮派】小困：我不知道……

顾茜茜看着自己帮派的人，被敌对帮派连续杀了十个，不由得急了："一般帮战在哪里打？"

【帮派】残月舞会：一般都会约地方，荣耀不定地方就发帮战，只怕在玩阴的。

顾茜茜刚想问玩什么阴的，帮里就有人叫了起来："老大，荣耀在杀我们挂机的。"

【帮派】小困：这么卑鄙？

【帮派】残月舞会：真不要脸！

【世界】我是暖宝宝：荣耀的，你们还要不要脸？帮战杀挂机的？你们打不过就直接求饶，我们会放过你们的。

【世界】我是暖宝宝：荣耀的，你们还要不要脸？帮战杀挂机的？你们打不过就直接求饶，我们会放过你们的。

【世界】我是暖宝宝：荣耀的，你们还要不要脸？帮战杀挂机的？你们打不过就直接求饶，我们会放过你们的。

【帮派】小困：暖宝，你先不要刷屏，我找拾荒。

【世界】小困：拾荒，既然你发帮战，那我们堂堂正正地打一场，你

146

杀挂机的有意思吗？如果这样的帮战你觉得有意思，我们战歌今天绝不杀你们一个人，让你们赢得漂亮，咱们上论坛去让人理论！

【帮派】我是暖宝宝：既然荣耀玩阴的，那我们战歌的不要杀他们任何一个人，包括挂机的，我们直接上论坛去，我还真不信了，我搞不臭这几个脑残。

【帮派】小囧：他们不用你搞都很臭了，我们只要把实际情况说给大家听就行了。

顾茜茜说完，深深地叹了口气，拾荒，曾经的王子华，怎么会变成这样？是顾茜茜从来都没有了解过这个人，还是时间已经彻底摧毁了这个人？

【帮派】残月舞会：大家该挂机的挂机，该升级的升级，都散了吧！

【帮派】天剑一：记住大姐夫的话，不要杀荣耀任何一个人，让他们杀挂机的找快感吧！

【帮派】枫雪：……老大，我错了！

【帮派】小囧：什么事？

【帮派】枫雪：我的小号刚被我杀了。

【帮派】我是暖宝宝：你小号不会正好在荣耀吧？

【帮派】枫雪：正是，我在刷蓝名，+999，准备做任务，所以根本没注意。

【帮派】残月舞会：……

【帮派】天剑一：……

顾茜茜看了看战歌杀人数十二次，荣耀十八次，嘴角抽了一下："你那小号会不会被 T 出来？"

【帮派】枫雪：不会，我有个城市的帮贡是第一的，他们想 T 我，除非帮贡做得比我多。

【帮派】我是暖宝宝：既然这场帮战，他们想要笑话，那我们就干脆让他们笑吧！

【帮派】天剑一：妹纸，你该不会是想？

【帮派】我是暖宝宝：帮战一个小时，大家一起去刷枫雪小号，咱们就刷得让卑鄙不要脸的荣耀肝疼。

【帮派】枫雪：二线，五霸岗，大家来刷我吧！我那个正好红号，你们刷得多也能接特殊任务呢。

有了这么张王牌，在接下来的四十五分钟里，战歌杀了荣耀九百九十次，荣耀杀了十九次。顾茜茜看着帮战结束，预感世界的口水战即将掀起。

【世界】小乖：战歌的不要脸，开着小号刷分。鄙视！

【世界】小乖：战歌的不要脸，开着小号刷分。鄙视！

【世界】小乖：战歌的不要脸，开着小号刷分。鄙视！

【世界】我是暖宝宝：荣耀真要脸，帮战杀挂机的。

【世界】筱柒：荣耀如果不服气的话，5X沙漠，黄战继续。

【世界】小团：拾荒，如果你们觉得我们赢得不光彩，我非常欢迎你能像个男人一样，堂堂正正地找我挑战。

顾茜茜说完，等了很久，拾荒并没有出来说话，连顾茜茜本来预想的激烈的世界口水战也随着小乖的沉默而瞬间恢复了正常。

【帮派】小团：大家都散了吧，我也要下了。

【帮派】我是暖宝宝：亲亲，你把帮主给我一下，我怕他们晚上继续找碴，我帮你守着。

顾茜茜嘴角抽搐了一下："暖宝，你真的太敬业了。"然后将帮主的位置传给了暖宝宝，自己点了退出游戏。

第十章
从未相见已相爱

顾茜茜对着电脑屏幕发了会儿呆，手机响了起来，她犹豫地看了看来电显示，是一个陌生号码。

这大半夜的陌生号码，不是骗子就是骚扰电话，顾茜茜毫不犹豫地挂断。可刚挂断不到三秒，这个号码再一次响了起来，顾茜茜深呼吸了一口气，接了起来："喂，您好！"

"学姐，你个死没良心的，你竟然挂我电话！"林浩的声音透过话筒幽怨地传了出来。

顾茜茜嘴角抽了一下，无奈道："我怎么知道是你打的？"随即不满地说，"林浩，拜托你看看时间，都午夜十二点了，你这么晚用陌生号码打我电话，什么意思啊你？"

"就是午夜十二点才给你打电话滴！"林浩欠扁地大笑，"要不然，怎么叫午夜幽灵呢？"

顾茜茜的脑海里突然闪出一个"幕夜幽灵"的名字来，正当她要仔细回忆这个名字时，林浩却聒噪地打断她："学姐，你知道今天几号吗？"

"几号？"顾茜茜茫然了一下，"今天几号呀？"她天天宅在家，对日期已经毫无概念，相当模糊了。

"4月28号！"林浩笑着提醒，"还有半个月，13号要校庆的，你别忘记了。"林浩心里想说的是，今天是2013年4月28号，谐音，爱你一生，深爱吧！

"你这提醒得有点早。"顾茜茜不满道，"还有半个月，我到时候肯定又忘记了。"

"放心吧，我会一直提醒你的。"林浩应了下来，"我这会儿给你打电话，主要是想监督下你是不是又在熬夜玩游戏？学姐，坦白！"

"没玩，我下游戏准备睡觉了。"顾茜茜真怀疑林浩是唐僧转世，啰啰唆唆个没完，"要不是你这电话，我估计已经在床上睡着了。"

"好吧，学姐我错了。"林浩识趣地道歉，随即道，"那你早点睡，晚安。"

"晚安。"顾茜茜挂了电话，呆呆地盯着手机屏幕看了会儿，她理不清楚对游戏里大神的感觉，也越来越理不清楚对林浩的感觉。可是，她这么一个人，就这么一颗狭小的心，总不至于对这两个人同时心动吧？

事实上，确实这两个人都拨动了顾茜茜的心弦，游戏里的大神，霸气，对她却温柔，完美得像个王子的化身，让人根本无法抗拒被吸引。现实里的林浩，无微不至地关心着顾茜茜，就好像一个默默守护的骑士，陪在顾茜茜身边。

王子跟骑士，都可以是公主的选择，但却不是顾茜茜的选择。顾茜茜清楚网络虚拟世界的王子，有太多不靠谱，也知道游戏一旦认真，便会输得一塌糊涂。可是，顾茜茜没有别的更好的选择，顾茜茜不敢跟现实里的林浩走得太近，因为怕伤害，所以，她选择了逃避现实，回到网游虚幻的世界去。

顾茜茜打算把情感转移到网游世界，那么现实里，她对林浩那一丝丝刚燃起的火苗，就能生生地掐灭在摇篮里了。

有时候，两个人相处的时间越久，越不敢轻易去改变这样的关系，因为两个人一旦改变了，除了更好的一条路外，还有一条，那就是彻底连朋友都做不成了。

顾茜茜本来就少朋友，她赌不起，也输不起。

第二天，顾茜茜醒来第一件事就是开电脑，上游戏。

【好友】我是暖宝宝：亲亲，你来了？

顾茜茜忙回了个消息过去："暖宝，你该不会又熬夜了吧？"

【好友】我是暖宝宝：没啊，刚起来呢！

"刚起？你在哪里玩，我过去找你！"顾茜茜忙问。

【好友】我是暖宝宝：小云在带我刷任务呢。你别做灯泡，也别来蹭我经验。

"小云？你跟小云发展到什么地步了？"顾茜茜忙八卦地问。

【好友】我是暖宝宝：我不告诉你。

"切，不说拉倒。"顾茜茜忙回了个鄙视的表情，"有异性，没人性。"

【好友】我是暖宝宝：拜托，有异性没人性的是你好不好？

顾茜茜也懒得跟暖宝宝胡扯，忙敷衍了句："随便你怎么说吧，我先刷牙洗脸去，你慢慢做任务。"

【好友】我是暖宝宝：7878，我挂机码字去了。

接下来几天，顾茜茜都会在早上第一时间开电脑挂机，跟暖宝宝唠上两句，暖宝宝忙着跟惊云培养感情，敷衍顾茜茜几句，就常常消失不见人影。

顾茜茜对着电脑深深地叹了口气，这个时间点，熬夜的刚睡，上班的刚走，帮里又少了红豆、惊云他们几个聊得熟的话痨，显得有些冷清。

顾茜茜不升级，不打怪，不做任务，就一个人站在游戏里看风景，对着自己的好友列表发呆。她的好友人数并不多，但她还是为大神跟暖宝宝罗列了一个特别分组，拉在第一排，组名叫作：茜茜的宝。

暖宝宝挂机，人不在，大神的头像是黑的，顾茜茜突然就变得烦躁起来。

因为大神已经三天没有上线了。

本来顾茜茜也没觉得什么，大神之前就交代有事忙，上线时间不稳定，甚至把帮主都丢给她了。可是，眼下顾茜茜真的很想跟大神培养网恋的感情，这样痴痴地等，等得顾茜茜都快要抓狂了。

顾茜茜不止一次地抓着手机，想给大神发消息，让他上线陪自己。可短信编好了，发的时候却犹豫地删掉，毕竟大神有自己的现实生活。

等大神上线，让大神陪着自己，无意识地成为顾茜茜脑海里的一道执念。人一旦有了执念和感情的走向，理智便再也克制不住情感。

顾茜茜看着大神灰色的 ID，明知道他不在线，还是给他发了留言："你最近忙什么呢？怎么一直都不在？"

顾茜茜其实很想说，我有点想你了，没你带，我对这个游戏依旧无所适从。

发完留言，顾茜茜对着游戏里的天空发了会儿呆，莫名地舍不得下线，偏执地挂着号，因为，顾茜茜想等大神。

最终，顾茜茜把游戏窗口关小，才开了 Word 文档出来码字，当她的指尖不断地在键盘上敲击出优美的文字，制造出欢快的故事，她那些郁结才稍稍地有所舒缓。

晚上的时候，她的手机收到大神的短信："笨妞，你人呢？我在游戏。"

顾茜茜忙关了文档，将游戏窗口重新打开，看着大神站在她的身边，嘴角不自觉地勾出一抹笑，在普通频道打："你上了？"

大神发了个组队邀请，等顾茜茜进组，才在队伍里回："是啊，这几天太忙了。老婆，你是不是想我了？"

【队伍】小囧：嗯，有点吧。

大神沉默了半晌都没有接话，让顾茜茜的心跟着纠结起来，忙补充了句："大神，没你带着，我挂着游戏很闲，都不知道该干吗！"

【队伍】小囤：因为这，你才想我？

【队伍】小囤：要不然，你以为呢。

【队伍】小囤：我以为，你爱上我了，我不在你很想我。

【队伍】小囤：……

【队伍】小囤：是我想多了吗？

【队伍】小囤：……

顾茜茜真不知道该怎么回，她或许是想承认她有那么一点喜欢上大神了，毕竟游戏里的大神，是那么英勇神武，完美无缺。但是，话到嘴边，却怎么也说不出口。

顾茜茜时刻提醒自己说，只是一场游戏而已，别太认真。可每到关键时刻，顾茜茜就忍不住会较真，好像在游戏里承认爱上大神，是一件比现实还真的事。

【队伍】小囤：好了，我知道你爱上我了，只是羞涩不好意思承认。

【队伍】小囤：呵呵！

【队伍】小囤：老婆，我带你去看风景。

【队伍】小囤：好。

大神带着顾茜茜一路直飞杏子林的忘情湖，然后将她轻轻地从坐骑上放了下来，自己收了坐骑，也挨着顾茜茜的身边坐了下来。

【队伍】小囤：老婆，这里的风景美吧？

【队伍】小囤：是啊，这么美的地方，为什么叫忘情湖呢？

既然是看风景的，顾茜茜就调动了一下画面，她的眼前只一片温和的湖，背着湖面的是一处山，远远地望过去，山峰连绵，若隐若现，时而清晰时而模糊，而湖面上，波光粼粼，飘着白白的雾气，散着一种朦胧的梦幻美。

【队伍】小囤：我觉得忘情湖也是个很美的名字。

【队伍】小囡：你玩武林多久了？

【队伍】小囡：好多年了呢，数数，2007 年到现在了。

【队伍】小囡：2007 年？刚开这个新区的时候，你就玩了吗？

顾茜茜心里颤了下，如果大神是那么久的资深玩家的话，那么当初小囡、小乖和拾荒之间的各种恩怨他知道多少呢？

【队伍】小囡：嗯，那时候菜鸟什么都不会，全靠一个朋友教我的。

【队伍】小囡：你朋友叫什么呀？

【队伍】小囡：说了你也不认识的，她后来就没玩了。

顾茜茜腹诽道：切，资深级的老玩家，指不定三年前还跟我一起组队任务过，或许我也认识呢！

【队伍】小囡：那小囡这个号，是你练的吗？你为什么练个人妖号？

顾茜茜试探地问大神。

【队伍】小囡：这是我后来买的号，我原来的号等级太低，朋友走后，经常被欺负，所以，才买个大号来保护自己。

【队伍】小囡：哦，这样啊！

【队伍】小囡：是啊，当初只是想买来保护自己，谁知道我对这个号就玩上瘾了。原来的号就没再练了。

【队伍】小囡：这样啊！

【队伍】小囡：我其实对这号的原主人很好奇呢！

顾茜茜愣了一下，随即在队伍里打了个问号去："好奇什么？"

【队伍】小囡：听说，这号原来的主人是跟好朋友、男朋友一起玩的游戏，结果，却被他们两个给抛弃了，伤心之际才卖号的，号的价格也卖得出奇低。当时很多人以为是假的，不敢下手买，就我捞了个大便宜。

【队伍】小囡：哦，这样啊！那后来呢？

顾茜茜敷衍地听着大神说，嘴里一阵苦笑。当初她卖号根本就没按照市场价卖，她只是赌气不想上游戏，随便标了个最低价。

【队伍】小囡：我买号之后，第一次上游戏，帮里的人都很热情地跟我说话，我知道这号原来的主人，人缘一定很好。

【队伍】小囡：嗯，你现在的人缘也很好。

【队伍】小囡：那不一样。

【队伍】小囡：当初，小囡是帮里的主攻战将，算核心人物，她的离开，直接导致了帮派的分崩离析，我回来之后，帮她一点一点地凝聚，重组了战歌这个帮派。他们刚开始跟着我，是因为小囡这号，后来才真的打出来了革命的情谊。

【队伍】小囡：那也是因为你领导有方嘛！

顾茜茜继续拍着大神的马屁，随即话题一转，八卦道："那战歌跟荣耀之间，到底是你跟拾荒的私人恩怨导致的水火不容，还是本来就有帮派嫌隙？"

【队伍】小囡：都有吧。

【队伍】小囡：具体怎么说？

【队伍】小囡：战歌的主攻队员跟原来小囡这号是很好的朋友。我建立战歌的时候，都跟了过来。后来拾荒跟小乖建立了荣耀，两个帮当时抢城，就打了起来。荣耀打不过，拾荒私底下还密我说，茜茜，做不成情侣，我们也还算是朋友，你就非得要在游戏里闹得水火不容吗？

大神说道，连发了几个鄙视的表情，继续道："我跟他说，不是本人了，结果拾荒又上世界喊：小囡，我知道你恨我跟菲菲，但是，我们真的缘尽了，你何必在游戏里赶尽杀绝，纠缠不休呢？"

顾茜茜听到这里，气得磨牙："拾荒怎么能这样说呢？"

【队伍】小囡：对啊，我当时看了就很气愤。因为那个茜茜确实卖号不玩了，而且抢城，打帮战，都是这个游戏的乐趣所在，怎么在他嘴里就变成赶尽杀绝，纠缠不休了？

【队伍】小困：对啊对啊，谁对他赶尽杀绝，纠缠不休了？真是不要脸。

顾茜茜这一刻庆幸当初伤心欲绝之际直接卖号没再上，要不然，她要看到拾荒全世界刷着他们三个人之间的私人恩怨，一定会被气得吐血身亡。

明明不要脸地劈腿、红杏出墙的是王子华，结果这么一说，仿佛受委屈的是他，顾茜茜是那种蛮不讲理的坏姑娘了。

【队伍】小困：老婆淡定！

【队伍】小困：后来怎么样了？

【队伍】小困：后来战歌抢了荣耀的城，拾荒又在世界上刷，茜茜，是我跟菲菲对不起你，所以这个城，就当送给你赔礼道歉了。

【队伍】小困：这太不要脸了吧，明明就是自己打不过。

顾茜茜气得想摔鼠标，摔电脑，她以前怎么就没发现王子华是这样厚颜无耻的人？顾茜茜都退出游戏，退出他们三个人之间的纠葛了，为什么事事还要扯上顾茜茜？别说一个游戏里的破城，就算王子华捧着现实里的真金白银给自己赔礼道歉，顾茜茜都不会原谅他的。

【队伍】小困：就是啊，随后几次帮战，他们荣耀只要输了，就会上世界说，赔礼道歉，故意让给我们战歌的。

【队伍】小困：太无耻了！

顾茜茜已经找不到什么合适的词来形容这前男友了，果然很奇葩。

【队伍】小困：不过那时候的小乖倒是没现在这样讨厌。

【队伍】小困：？

【队伍】小困：当时小乖也密语问过我是不是茜茜，我说不是，她就跟我说，虽然你不是茜茜，但这号是茜茜一手练起来的，你别糟蹋了。

顾茜茜的脑海里不知不觉想到叶菲菲，这个初中、高中时代最好的闺密。曾经，顾茜茜跟她无话不谈，可是到最后，却变得无话可谈。

【队伍】小囡：老婆，还在吗？

大神半晌不见顾茜茜回话，忙打了几个问号过来。

【队伍】小囡：嗯，在呢。你接着说。

【队伍】小囡：那个小乖后来在一次我跟拾荒开黄打架中，救了我一次，拾荒就跟她吵架了，之后很长一段时间都没见她再上。

【队伍】小囡：晕！

【队伍】小囡：后来拾荒身边一直跟了个小号，小洁，那小乖就彻底不上了。我估摸着，她也不玩了。

【队伍】小囡：应该是吧！

顾茜茜看着小洁这几个字，嘴角抽了抽，虽然只是一场游戏，可真的是很精彩的一段江湖路。

【队伍】小囡：拾荒把他老婆不玩的仇，也记到我身上，于是，他见我就跟我打。

【队伍】小囡：拾荒还以为你是那个原主人茜茜吗？

【队伍】小囡：当然不是，后来我们帮都知道我是男的，拾荒有小号在我们帮里，当然也知道。

【队伍】小囡：知道后，他应该就没再找你打了吧？

【队伍】小囡：打得更猛。

【队伍】小囡：……

【队伍】小囡：不说这个扫兴的人了。老婆，说说你吧！

【队伍】小囡：我？我有什么好说的！

【队伍】小囡：你为什么取这个名字？

【队伍】小囡：随便瞎取的。

【队伍】小囡：老婆，你知道吗，看到你名字的时候，我以为这号的原主人回来了。我当时心里一阵激动，就想跟你在一起。

【队伍】小困：……

原来大神真的是有预谋地想跟顾茜茜在一起，原来男人的直觉，也可以这样敏感的。

【队伍】小困：可是你说你不是，那我信了，就是巧合。就算你不是原主人，我依旧还是想跟你在一起。

顾茜茜看着大神在队伍信息里打的话，心里好像被电流穿过，暖暖的，她跟大神自然是有缘分的。

【队伍】小困：我这么笨，你不嫌弃吗？

【队伍】小困：你太聪明了，我怎么骗回家？

【队伍】小困：如果，我不是这个名字，你还会娶我吗？

【队伍】小困：好像是我下嫁给你的吧！

【队伍】小困：我说正经的，你会不会娶我？

【队伍】小困：那得看缘分了，如果注定遇到你，不管你叫什么，我都会娶你。

顾茜茜又是看得眼睛一阵酸涩，心里暖暖的。她本来想靠着游戏里的感情，来转移现实里的注意力，本来只当虚拟世界中的一种慰藉，可是，看到大神这些话，她真的被感动了。网络之中的感情，如果动了，也是真的，因为心动就是心动，没有真假之分。

【队伍】小困：老婆，我爱你。

【队伍】小困：我很笨。

【队伍】小困：我不管你笨不笨，你只要学会爱我就行。

【队伍】小困：我想在游戏里，我应该爱上你了。

【队伍】小困：真的？

【队伍】小困：我不确定，但是，感觉好像是。

【队伍】小困：老婆，我想告诉你一个秘密。

【队伍】小团：什么秘密？

顾茜茜的心，莫名地揪紧，紧张地问。

【队伍】小团：我原来的号叫作幕夜幽灵。

【队伍】小团：是你？

顾茜茜惊讶地脱口而出，随即意识到自己反应过激了，忙讪讪道："这以前是一个红号吧？我好像被杀过。"

【队伍】小团：老婆，幕夜幽灵只是个 65 级的小号，不是红号。

【队伍】小团：哦，不好意思，我记错了，我记得有个叫幽灵的红号杀过我。

顾茜茜假意地解释了一句，心里却被排山倒海的回忆压得喘不过气来。

幕夜幽灵，顾茜茜当然是记得的。那时候，她刚进新区，他们组队一起打过抱抱兔，后来，她都 60 级了，幕夜幽灵还是 10 级的菜鸟。

顾茜茜 100 级以后，在五霸岗遇到 25 级的幕夜幽灵刷副本 BOSS 喊组队，她看着可怜，组了他，然后带他进副本，刷完了任务，从此，幕夜幽灵就成了顾茜茜的小跟班。他虽然等级不高，但却是财富排行榜的首富，一出什么好的东西，都会先拿给顾茜茜享用，这也是顾茜茜当时为什么能砸出最好的装备，跟他贡献的 F 有密切的关系。

顾茜茜当时带小团号的时候，要把幕夜幽灵的等级一起带上去，可他不愿意升级，他说等级升高，装备好了，就要被拖出去做主力，打架帮战，什么都躲不了，他玩游戏，只想开心地按照自己的方式玩。

顾茜茜看他的兴趣爱好是经商，也不再勉强他，反正在安全区别人也欺负不了他，要真被欺负了，顾茜茜保护他就是。

幕夜幽灵跟顾茜茜之间的关系，曾经让拾荒很吃醋，但是碍于幕夜幽灵真的只是个 30 级的小号，他的醋也就只能干吃了。

顾茜茜真的没有想到，她的号竟然被幕夜幽灵买了，实在是太意外了。

而且，当初那个不爱升级，不爱 PK，不爱打架，不爱混帮派的家伙，不但把她的号给练起来了，并且还稳坐在 PK 榜上，实在是让她不得不惊讶。

【队伍】小囡：其实，我一点也不爱升级。

【队伍】小囡：你玩得挺好的。

【队伍】小囡：我只是想让小囡的神话继续保持，才逼自己练级的。

【队伍】小囡：什么逻辑啊！

【队伍】小囡：老婆，我跟你说实话吧，我买这个号是因为我喜欢这个号的主人。

【队伍】小囡：你就不怕我吃醋？

顾茜茜的心情，顿时激动得无法言语，连打字的手都带着颤抖。

【队伍】小囡：如果，她回来玩，你吃醋，就吃醋吧！

【队伍】小囡：什么意思嘛你！

【队伍】小囡：笨妞，她号都卖了，当然不回了，你还吃什么醋？

【队伍】小囡：你想过她用别的号重回这个游戏吗？

【队伍】小囡：那又怎么样？

【队伍】小囡：她如果回来了，你还会跟我在一起吗？

【队伍】小囡：我不回答假设性问题。

顾茜茜的手指在电脑上飞快地打了句：如果，我说我是原号主人，你会怎么样？在按发送的时候，犹豫了，她又一个字一个字地删掉。

【队伍】小囡：老婆，时间不早了，你睡吧。

【队伍】小囡：知道了。

【队伍】小囡：老婆，我会想你的。

【队伍】小囡：ME TOO。

顾茜茜打完，顿时感觉自己的脸颊热热的，心跳亦加速了起来，是世界太小，还是缘分太奇妙？当顾茜茜知道幕夜幽灵是因为喜欢小囡而买了她的号，并且为了保持神话而练上了级，顿时被感动了。原来在这个世界上，曾经有那么一个人那么在乎自己，喜欢自己，而她却一点都不知道。

顾茜茜兴奋地点开好友暖宝宝的头像，想张口说几句，手指却在键盘上顿住了。因为如果跟暖宝宝说的话，势必要将曾经的故事全盘跟暖宝宝说下，可是三年前的那些往事，顾茜茜真的不想再重提了。于是，她退出游戏，关闭了电脑，一个人躺到床上兴奋去。

顾茜茜揪着被子，辗转难眠，最终鬼使神差地拨通了叶菲菲的电话。

"茜茜？"叶菲菲的声音透着浓浓的惊喜，顾茜茜倒是有些不好意思了。

"嗯，菲菲，不好意思，现在还打扰你。睡了吗？"

"没事，我还没睡，在玩游戏呢！"叶菲菲的声音透着欢快，"你怎么想到给我打电话了？"

"我只是突然睡不着。"顾茜茜犹豫了一下，咬着唇道，"就想跟你随便聊聊。"

以前，顾茜茜跟叶菲菲无论何时何地通电话都不会这样拘谨，可见时光流逝，生生地在两个人之间划下了不可磨灭的距离。

"好啊，你想跟我聊什么呢？"

"你现在在黑木崖玩游戏？"顾茜茜不会绕弯说话，所以很直接地问。

"是啊。"叶菲菲爽朗地承认，"我跟我老公也是在游戏里认识的。"

"哦。"顾茜茜应了一声，张了张口，几次想问小乖那号你什么时候不玩的，可是话到嘴边，就是问不出口，只能讪讪道，"你结婚的时候，我会上去看你的。"

"好啊，我等你。"叶菲菲笑着说，"BOSS刷了，我先忙，回头给你打电话。"

"嗯。"顾茜茜挂断了电话，咬着唇，看着手机时间，十一点半，她的心情很激动，激动得睡不着，所以她很想打电话跟人倾诉，可是，暖宝宝不是适合的人，连叶菲菲也不是，那她唯一能够想到的就是林浩。

等顾茜茜反应过来的时候，她已经给林浩拨出号码了，林浩欣喜地接起电话："喂，亲爱的学姐，你怎么想到给我打电话了？"

"学弟，我想问你，你相信网恋吗？"

"网恋？"林浩惊诧地大呼道，"学姐，你网恋了？你是不是恋上你游戏的老公了？"

"好像是吧。"顾茜茜嘟囔着回了句，在她不知道大神是原来的幕夜幽灵之前，她的感觉没那么强烈，只是懵懂，可是当她知道大神是幕夜幽灵的时候，她真的没有办法让自己淡定下来。

"学姐，你没开玩笑？"林浩的声音正经起来，"你想过他现实里是个什么样的人吗？你就恋上他？"

"我没准备跟他现实，我只是喜欢游戏里的感觉。"顾茜茜弱弱地辩解了一句。

"你是说，你只要这样网恋的感觉，现实不要？"

"嗯。"顾茜茜果断地应了一声。

"那你现实想要什么样的恋爱？"林浩追着问顾茜茜。

"我不知道。"其实，顾茜茜知道她现实里想要的感情，只是不敢确定勇敢去爱，否则她也不会卑微地退到游戏里去转移情感了。

"学姐，你真的从来没考虑过我吗？"林浩的语气有些淡淡的哀伤，"我陪在你身边这么久，你一点感觉都没有吗？"

"林浩，我跟你不可能的。"顾茜茜刚说完，"砰"的一声之后，电话传来断线的嘟嘟声。

顾茜茜茫然地瞪着手机看了一会儿，林浩却再也没有打给她，她其实想回个电话给林浩的，但又不知道自己该说什么，最终潸然地挂了电话，睡觉去了。

第十一章
好马不吃回头草

林浩很少对顾茜茜发这样大的火，顾茜茜心里其实很难过，但她知道，林浩已经不想暧昧了，想要顾茜茜正面给他结果。顾茜茜不是没想过跟林浩在一起，只是，光是想想就很没骨气地退缩了，更别说现实里真来这么一段姐弟恋。

挂着游戏的窗口，顾茜茜依旧不知道该做什么，再美的风景，每天这样无所事事地看，也会腻。

顾茜茜之所以挂着游戏，其实只是留恋游戏里那个陪自己玩的人。顾茜茜回游戏二十三天，其中十八天就跟大神腻歪在一起，很轻易地就习惯了两个人的感觉。可大神这几天行踪不定，让顾茜茜心里顿感失落。但是，在知道大神就是幕夜幽灵后，顾茜茜原本失落的心情又变得雀跃了，不知不觉中，她就会开着游戏的画面，等待着大神。

【系统】提示，您的娘子小囡已上线。

顾茜茜忙点开好友，给他发了条信息："你上了？"

【系统】玩家小囡已经离开帮派。

顾茜茜盯着屏幕，看着那行字，忙又给大神发消息："你怎么离帮了？"

大神依旧没有回她话，顾茜茜心里郁闷了。

【帮派】筱柒：老大，咋了？

【帮派】我是暖宝宝：不清楚。

暖宝宝忙给顾茜茜发消息来："亲亲，大神这是怎么了？"

顾茜茜无辜地回："我也不知道啊！"

【队伍】我是暖宝宝：你跟大神吵架了？

【队伍】小囡：没有。

【队伍】我是暖宝宝：那大神怎么退帮了？

【队伍】小囡：可能去帮情谊城战吧。

顾茜茜试探地解释了一句，然后看着大神的头像，犹豫再三，还是再发了条消息去："大神，你到底在干吗？"

大神没有回答顾茜茜的话，倒是上世界说话了："刚才欺负●巫毒℃娃娃的，来给老子操练操练。"

【世界】商人1号：●巫毒℃娃娃你回来玩了？

【世界】天剑一：娃娃，谁欺负你了，我帮你去。

【世界】垃圾小号：●巫毒℃娃娃不就是传说中大神的……

【队伍】我是暖宝宝：亲亲，●巫毒℃娃娃是谁？

【队伍】小囡：我不知道。

顾茜茜心里别提多郁闷了，她比暖宝宝有更多的疑问要问，可大神偏偏不理她。更憋屈的是，顾茜茜根本就不知道哪里得罪了大神。

【世界】小囡：●巫毒℃娃娃是我的人，以后谁要欺负她，先找我练练！

【世界】我是暖宝宝：大神，●巫毒℃娃娃到底是谁啊？

【世界】●巫毒℃娃娃：大家好，我是●巫毒℃娃娃，我想你们了。

【世界】天剑一：娃娃，我也想你了。

【世界】●巫毒℃娃娃：小囡我爱你！

【世界】●巫毒℃娃娃：小囡我爱你！

【世界】小囡：我也爱你，亲亲！

【队伍】我是暖宝宝：顾茜茜，这到底怎么回事？●巫毒℃娃娃到底是哪里冒出来的？

【队伍】小囡：我也很想知道。

顾茜茜深呼吸了一口气，耐着性子给大神继续发消息去："大神，●巫毒℃娃娃是谁？"一看就是个姑娘的号，大神跟个姑娘上世界这样亲热，而且看着天剑一他们的反应，这个姑娘应该曾经是很熟的人物，那该不会是大神的……

【密语】小囡：娃娃是我以前的老婆。

【密语】小囡：……

顾茜茜怒了，大神竟然当着她的面，就跟以前的老婆这样卿卿我我，当顾茜茜是什么了？

【密语】小囡：既然你以前老婆回来了，那我们离婚吧。

【密语】小囡：……

【系统】您的娘子小囡已下线。

顾茜茜看着大神的头像黑了，头脑顿时一阵发热，毫不犹豫地辞去了帮主的职务，退出帮派，直接飞京城，点NPC强制离婚。

由于是强制离婚，没有得到对方同意，婚姻关系还能维持七天，等七天之后，自动生效。

【队伍】我是暖宝宝：顾茜茜，你干吗？

【世界】天剑一：大姐夫，你怎么了？

顾茜茜突然觉得看着这个游戏画面很刺眼，刺得她的眼泪克制不住地往下流。她甚至等不及退出游戏，猛地一下子合上了电脑，强制退出，这才趴在电脑上，委屈地哭起来。

原来这一场被顾茜茜当作游戏的婚姻，她再一次不自觉地当真了，原来虚拟世界里的情感，在失去的时候，现实里的心，一样会感觉难堪与疼痛。

男人果然是无情的动物，新欢旧爱，一个都不愿意落下！

哭累了，顾茜茜才发觉自己有些可笑，她竟然为了个游戏里的破人，哭得这样撕心裂肺，简直太不争气了。

暖宝宝给顾茜茜打电话，都被顾茜茜挂断了，最后只回了一条信息：暖宝宝，我想一个人静静。暖宝宝就没继续再打了，顾茜茜一个人躺在床上迷迷糊糊地睡了好几个小时，梦里是大神带着●巫毒￠娃娃在顾茜茜面前亲昵地走过，顾茜茜抱着自己，一个人哭得撕心裂肺。

原来游戏里的爱情，也同样能够把人伤得肝肠寸断，泪流满面。

顾妈妈给顾茜茜打电话的时候，她的情绪已经恢复了不少："喂，妈啊！"

顾妈妈先是表达了一下对顾茜茜的思念之情，絮絮叨叨地要她常回家看看，最后才表明来意，要顾茜茜明天去相亲。

"妈，我不想去相亲。"顾茜茜的心刚被游戏里的一个破人给伤着，她可没有力气马上就开始新的恋情。

"茜茜，你的年纪也不小了。"顾妈妈深深吸了口气，"妈都这把岁数了，什么都不求了，就指望你能够有个安稳的归宿。"

"妈，你说的什么话！"顾茜茜忙打断顾妈妈的煽情，"好了，我明天抽时间去见见总行了吧？"顾茜茜了解顾妈妈，她要不松口，只怕顾妈妈威逼利诱，各种方法手段都会用尽，也一定会让顾茜茜答应去相亲的。

"明天记得好好打扮呀！"顾妈妈挂电话前又补充了一句。

"嗯，知道了。"顾茜茜无奈地回答。

虽然顾茜茜是一万个心不想去相亲，可是，第二天太阳刚升起，顾妈妈不放心的电话催促，还是将心不甘情不愿的她催到了约好的那家咖啡店。

顾茜茜顺着服务生的指引，走到 028 号的包厢前，先稳了稳心神，才推开门，见到一张正低着脑袋在看菜单的侧脸，微微错愕了一下，怎么有一种熟悉而又陌生的感觉？

当那张侧脸从菜单上抬起看向门口的顾茜茜时，顾茜茜的脑袋彻底短路了。

这是怎么回事？为什么她的相亲对象是王子华？顾茜茜猛地揉了揉自己的眼睛，真希望是幻觉，可事实上，他并不是幻觉。

王子华对着顾茜茜勾着嘴角微笑了一下，语调温和地开口招呼："茜茜，你来了？"

这一句语调温和的招呼，将顾茜茜本来就短路的大脑更是抽离得一片空白。顾茜茜已经将这个人归结为陌生的存在，甚至在游戏里遇到，她都能够当作从未认识过一样，可是，再一次见到他本人，那些早已丢弃的回忆，瞬间便犹如涨潮似的，排山倒海地汹涌而来，将顾茜茜的理智给淹没，顾茜茜空白的脑海中，浮现着曾经那一幕幕的往事……

不行，顾茜茜你不能这样不争气，面对这样的路人甲，你就该像游戏里遇到那样，完全当作陌生人。顾茜茜心里给自己打气，接着深呼吸了一口气，然后嘴角扯着一抹公式化的微笑，看着王子华，优雅地抬脚走进了包厢："你好。"

王子华有些愕然顾茜茜这样礼貌、生疏地打招呼，但是还是嘴角勾着浅淡的笑意，招呼顾茜茜坐下："茜茜，坐吧。"

顾茜茜坐了下来，稳了稳心神，淡然地看着王子华，这张脸，还是跟三年前一样俊逸，只不过宅着打游戏，久不见阳光，让他的皮肤比原来更为白皙了。

"这三年，你过得好吗？"王子华给顾茜茜一边倒水，一边客套地问。

"挺好的。"顾茜茜道了一声谢谢，然后接过水，轻轻地喝了两口，初见王子华的震惊渐渐淡去，她的心也渐渐平稳了下来。

"听说你现在在写书？"王子华勾着嘴角笑了笑，轻轻地感慨，"真没有想到，你竟然成了作家。"

顾茜茜只是淡然地看着他那幽暗深邃的黑眸，见他眼里闪着一丝隐晦，他的眼睛不再像当初那样干净透彻了，说出来的话，也变得虚伪跟客套。看来，这三年改变的不止顾茜茜一个人。她习惯性地扯着嘴角，勾出一抹淡笑来，虚应道："什么作家不作家的，不过就是一个苦逼的网络写手而已。"

"你是不是没有想到今天的相亲对象会是我？"王子华看着顾茜茜，"我的出现是不是让你很意外？"

顾茜茜点了点头："是有点意外。"

"其实，我上门拜访过伯母。"王子华不动声色地叹了口气，眸光恳切地看着顾茜茜，"茜茜，我知道，以前是我不好，我想请你原谅我，我很对不起你。"

"哼！"顾茜茜忍不住从鼻子里哼了哼，冷笑道，"王子华，你不觉得，你的道歉太晚了吗？"

三年，这个家伙，竟然隔了三年，一千个日夜的时光流转，顾茜茜都快要忘记那些不堪的往事时，王子华才跟顾茜茜道歉，这不是一件很可笑的事吗？而且更可笑的是，王子华凭什么去拜访顾茜茜的妈妈，要她安排两个人相亲见面呢？他以为自己是谁啊？

"茜茜，对不起。"王子华语气恳切，眸光真诚。

顾茜茜咬着唇，对上王子华黝黯深邃的眸光，半晌才道："王子华，不是每一句对不起都可以换来没关系的。"

"茜茜，我知道，你没办法原谅我，但是，我想请你给我个机会，让我能够对你做一些弥补！"王子华认真地看着顾茜茜，"我不求你重新爱上我，只求你让我好好照顾你。"

"谢谢你的好意，但是，我不需要你的照顾。"顾茜茜耸了下肩膀，摊了摊手，语气拿捏适当地回答，"王子华，我们已经是过去时了，不过再见面还能点头问好，其他的那些，你还是不要再想了。"初见时的震惊退去，顾茜茜的脑袋开始恢复清明，她清楚自己的个性，好马不吃回头草，而且王子华根本就不是什么好草。

"茜茜，当初的事，是我一时糊涂。"王子华懊悔地看着顾茜茜，"我跟叶菲菲交往不到一个月就分手了。"

顾茜茜看着王子华："你跟叶菲菲分手也好，跟其他女人分手也好，都跟我没关系。"说着，顾茜茜嘲讽地笑了笑，"因为，我在你跟她们开始之前，就已经跟你分手了。"

"茜茜，你听我说。"王子华眉峰轻微耸动，神色恳切，"我是真心想跟你重头来过。"

"可是，我不想。"顾茜茜毫不犹豫地摇头，"王子华，我一点也不想跟你重新来过。"顾茜茜甚至在后悔，她当初怎么会看上王子华，跟他开始的。

"茜茜，这三年来，你一直没有交别的男朋友，你家里也在催你相亲找对象，你为什么就不能给我次机会呢？"王子华一把抓着顾茜茜的手，"因为失去过，所以我现在已经更懂得如何珍惜你，茜茜，给我一个机会好不好？"

"王子华，当你跟叶菲菲选择在一起，背叛我的时候，你可曾想过给我们的爱情生还的机会？"顾茜茜没好气地挣开王子华的手，接着低着脑袋，讪讪道，"我这三年没有交别的男友，并不是对你旧情难忘，而是，我根本不想谈恋爱。"

"你根本不想谈恋爱？为什么？"王子华惊诧地问，他的视线紧紧地锁着顾茜茜，见她低着脑袋，从他的角度，清楚地看到顾茜茜轮廓俏美的侧脸，她那翘挺的鼻子，黑溜溜的大眼，眨巴了下，睫毛弯弯地卷着，漂亮的嘴巴里，才不急不缓地开口。

"很多女生，选择大学毕业后就结婚生子，接着整个人生就围绕着家庭孩子转悠，根本就没有属于自己的自由。"顾茜茜说到这儿，抬脸看着王子华，"我并不是说这样的生活不好，这样的选择不对，如果没有发生那件事，我们没有分手，这一样也会成为我的选择。"顾茜茜说到这儿，语气缓了缓，接着道，"可是，偏偏发生了，我们分手了，我也想明白很多。"

顾茜茜的心，带着自己也说不清楚的莫名疼痛，隐隐抑郁着难过："感情既然靠不住，男人既然靠不住，那还不如为自己多精彩几年。结婚生娃的事，我会做，但是，不一定非要现在做。"说到这儿，顾茜茜看了看王子华，见他正眸光灼灼地看着她，不由得淡淡地撤开视线，"就算要做，也一定不会是你！"

三年来，顾茜茜从来没有想过，她还能够这样心平气和地跟王子华聊天，说自己对待感情的看法。

"王子华，我跟你的事，结局早在三年前就已经尘埃落定了，现在已经没有必要再纠缠下去了。"

王子华没有想到，顾茜茜会如此心平气和地拒绝他："茜茜，我希望你不要那么快拒绝我，考虑考虑好吗？"

"不用考虑了。"顾茜茜摇头，毫不犹豫道，"王子华，我跟你不可能了。所以请你以后不要再去拜访我的家人。"

王子华深邃的眸光，带着几分哀伤地看着顾茜茜："茜茜，你还是那么果断。"

"不果断怎么办？"顾茜茜嘴角勾着自嘲的笑，"难道跟你藕断丝连才是好的？"

"茜茜，你不要把话说得那么难听。"王子华忍不住打断，"我跟你本来就是一对——"

"王子华，请你说这话的时候，带上过去，或者曾经。"顾茜茜再一次忍不住打断，俏脸冷了几分，"还有，我真的很想问，你怎么还有脸来找我？"

顾茜茜永远清楚地记得，那一天的那一幕。她敲开门，撞见了自己爱的男人跟死党背叛自己的难堪画面，就算时间过去了三年之久，就算顾茜茜很努力地去遗忘，但是，午夜梦回，她总会在不经意间，被这样的噩梦惊醒，伸手擦拭，才发现自己已是泪流满面。

这个场景的画面，就好像是上了魔咒似的，深深地印在了顾茜茜的心底。那是顾茜茜最害怕面对却又最无法忘记的恐惧画面，比任何一部恐怖片都要恐怖得多。当然，随着时间的消逝，这样的恐惧会变得渐渐释然，但曾经留下的伤痕，却无法再抹去。

三年了，顾茜茜经历了时光打磨的改变，曾经张牙舞爪的她，已经习惯性地保护自己。轻扯了下嘴角，顾茜茜对着王子华客气地笑了笑，礼貌疏远道："王子华，我想今天既然已经说清楚了，那么以后我们没有必要再见了。"

"难道我们不能做朋友吗？"王子华拧着剑眉，问得小心翼翼。

顾茜茜淡扫了一眼王子华，撇嘴道："那就再见的时候还是朋友吧！"随即笑着补充了一句，"当然，也只是朋友。"

王子华神情颓然地望着顾茜茜，一脸的欲言又止。

"今天谢谢你的招待，我有事，先走了。"顾茜茜抓着自己的包包，礼貌地告辞，转身留给王子华一个潇洒的背影。

回到家的顾茜茜，整个人才犹如虚脱了似的，依靠着门，缓缓地倒了下去，眼睛一阵酸涩，她缓缓地闭上眼，用手捂着脸颊，感受着温热的泪滴落在掌心，顺着指尖慢慢滑落，用手背去擦泪水，却越擦越多……

顾茜茜在王子华面前能够伪装得那么潇洒，可事实上，她根本就没有那么洒脱，最傻的始终是女人！

顾茜茜清楚地知道自己对王子华三年前就已经绝望，并且也肯定自己已经放下了对他的感情，甚至，还远远地离开了他。可是，这样的顾茜茜却始终没有勇气重新开始新的恋情，她依旧把自己锁在一座孤独的城里，一个人对着回忆，跟自己苦苦较着劲。

伤害自己的，不是过去，而是残忍的回忆，不敢让自己重新开始感情的，不是王子华，也不是叶菲菲，而是害怕背叛！

暖宝宝给她打电话的时候，顾茜茜正哭得歇斯底里，沙哑着嗓子接起了电话："喂，暖宝，什么事？"

"茜茜，你怎么了？声音怎么那么怪怪的？"暖宝宝本来想说的话，立马就吞咽了下去，关切地问，"茜茜，你是不是哭了？"

"没有，我只是感冒了。"顾茜茜逞强地回答，还配合着自己的谎言，故意地吸了吸鼻子，"呵呵，声音很难听吧？"

"你跟大神昨天到底怎么回事？"暖宝宝都憋了一个晚上了，再不问，她自己都觉得要憋死了。

"我也不知道。"

"顾茜茜，你是要我去你家问你，你才说实话吗？"暖宝宝恼怒地磨了磨牙。

"其实也没什么事，就是大神以前的老婆回来了。"顾茜茜知道糊弄不过暖宝宝，只能坦白地回答，"●巫毒₵娃娃。"

"那大神想怎么样？"暖宝宝追着问。

"我哪知道他想怎么样？"顾茜茜没好气地回，"前妻一回来，他就不理我，也没必要自讨没趣厚着脸皮跟着他吧？"

"大神不理你？"暖宝宝不解，"怎么回事呢？"

"暖宝，亲爱的暖宝，这些问题，你问大神行不行？我又不是他肚子里的蛔虫，我哪知道为什么。"顾茜茜语气不耐烦，说完又觉得自己脾气有点过了，忙补充了一句，"反正不管为什么，我跟大神是没关系了。"

"什么意思啊？"

"我昨天跟他点离婚了。"顾茜茜深呼吸了一口气，稳了稳心神，缓缓道，"以后，我跟他没有任何关系。"

"什么？"暖宝宝不淡定了，"你跟大神点离婚？你傻啊你！"

"我不点，难道等他点了抛弃我？"顾茜茜嘲讽地反问，冷笑一声道，"他都跟前妻上世界那么恩爱了，我占着夫妻位置，多碍眼不是！"

"可大神是女号，那●巫毒℃娃娃也是女号，她们的婚姻关系是得不到承认的！"暖宝宝沉默了半晌，才丢了这么句话出来，"茜茜，别忘记，你占的是大神夫君的头衔。"

"扑哧——"顾茜茜被暖宝宝这话给逗乐了，"暖宝，我知道你担心我，才想着笑话来安慰我，可是，既然大神都承认●巫毒℃娃娃是他老婆了，那我顶着大神夫君的头衔一点意义也没有。"

"茜茜，我也不知道该说什么安慰你。"暖宝宝幽幽地叹了口气，"反正只是个游戏，要玩得不开心了，咱们大不了删掉不玩呗，没必要搞得自己不开心。"

"嗯，我知道。"顾茜茜点了点头，"暖宝，我真的没事了。"

昨天之前的顾茜茜确实很伤心，很难过，很委屈，但见到王子华之后，她突然就释怀了。连现实的感情分开了，陌路了，曾经放不下的都可以放下，更别说是一场游戏，一堆数据，退出游戏，关闭电脑，什么都不存在的人物，这样虚拟的感情，顾茜茜也一定能够拿得起放得下。

"那你今天还上游戏吗？"暖宝宝问得有些小心翼翼。

"一会儿会上的。"顾茜茜犹豫了一下，还是说会上游戏。当初她下这个游戏，就是想知道自己是不是真的已经放下王子华了，对于这游戏的爱恨是不是能够平息了？事实上，她确实放下王子华了，除了三年的时间，或许，还因为游戏里的大神。果然，放弃一段感情最好的方法是时间跟新欢，有了时间跟新欢，王子华彻底成为顾茜茜放弃的对象。

那么对待游戏里的大神？顾茜茜想，新欢她是不敢再找了，怕被伤。可是，随着时间推移，她还是能够忘记大神的，毕竟，大神只是虚拟世界的一款人物。

"那我在游戏里等你。"暖宝宝说完，挂断了电话，抬起脸，看着眼前清秀俊逸的沈晨风，嘴角抽了一下，"我说小云啊，你们到底在搞什么啊？"

"我只是气愤学姐，宁愿喜欢一个游戏里的虚拟人物，也不愿意接受现实里真实的林浩。"沈晨风愤愤不平道，"林浩对她多好啊，结果她却视而不见。"

"茜茜不是看不到林浩的好。"暖宝宝忍不住插话，"她只是不敢接受那么好的林浩。"

虽然顾茜茜一直没有跟暖宝宝说过去的事，但是林浩对顾茜茜的好，暖宝宝是看在眼里的，她唯一能够猜测到的是，顾茜茜曾经被爱伤过，并且伤得很深，所以才会变得这么小心翼翼，不敢轻易接受新一段恋情。

事实上，随着暖宝宝一时兴起跟顾茜茜玩了《桃花奇缘》这个游戏，暖宝宝的猜测，在众多的八卦传闻中得到证实，她也越来越迫切希望顾茜茜能够找到属于自己的幸福。

过去并不可怕，过去的伤害也不可怕，可怕的是自己放不下。只要顾茜茜放下了，转个身，就能看到林浩那个温柔帅气的小伙子，一直紧紧地跟随在她身边，等待着她的回眸。

"学姐干吗不敢接受啊？林浩又没有伤害过她。"沈晨风不解地问。

"你们男人单细胞，我们女人多细胞嘛！"暖宝宝嘴角扯着笑，"林浩是没有伤害过她，可是，王子华有啊！"

"不懂。"沈晨风摇头，"王子华都过去了这么久了，学姐还念念不忘？"

"茜茜不是念念不忘，而是念念不忘背叛的伤害。"暖宝宝幽幽地叹了口气，"一朝被蛇咬，十年怕草绳，她曾经被背叛过，自然对待爱情会比别人多一点戒备。"

"林浩这三年也做得够多了，再多的戒备，也应该被打动了吧？"沈晨风愤愤不平，"顾茜茜就是铁石心肠。"

"你错了，茜茜不是铁石心肠，只怕是她早就被林浩给打动了。"暖宝宝打断沈晨风，"因为茜茜习惯了林浩，所以她就害怕接受林浩的感情。只有跟林浩维持现状，最后才不会失去林浩。"

"因为在乎，所以害怕失去。"暖宝宝见沈晨风茫然地挠着脑袋，不由得笑着摇头，"你呀，承不承认自己是单细胞了？"

"你们女人就是喜欢想太多。"沈晨风撇了撇嘴，"就算你分析得对，顾茜茜对林浩有感觉的，因为害怕，所以不敢开始，那她跟游戏里的大神，又是怎么回事？"沈晨风不满道，"学什么不好，竟然学网恋，把我家小林子置于何地？"

暖宝宝嘴角抽搐了一下："你家小林子，不就是大神吗？茜茜爱上他，他不是该偷着乐吗？"

沈晨风嘴角抽了一下，没有接暖宝宝的话。

暖宝宝无奈地摇了摇头："没偷着乐就算了，竟然还开个●巫毒℃娃娃的号，故意气她？"暖宝宝说着，伸手戳了戳沈晨风的脑袋，"你们这不是没事找事故意瞎折腾吗？"

"你以为我想折腾？还不是林浩要我开的。"沈晨风无奈道，"我才没他那爱好，喜欢玩女号。"

"那他到底是想闹哪出？"暖宝宝嘴角抽了抽，"茜茜现在跟大神号离

175

婚了！"

"离不成的。"沈晨风嘴角扯着邪魅的笑，"昨天林浩上她的号，把强制离婚给取消了！"

沉默半晌，暖宝宝才对林浩竖着拇指夸了句："你们俩有才，有基情！"随即茫然地问，"那你们现在到底想干吗？麻烦给一点指示。"

要不是看着林浩痴心一片，要不是希望顾茜茜幸福，暖宝宝才不会被沈晨风和林浩拉上贼船。对了，沈晨风就是游戏里的惊云。

"小林子的意思是，让咱们在游戏里故意冷落学姐，让她明白网恋是不靠谱的。"沈晨风一本正经地传达着林浩的意思，"最好气得学姐从此以后不玩游戏。"

"气得茜茜不玩游戏？这也太狠了吧！"暖宝宝鄙夷地看着沈晨风，"我知道最毒妇人心，你们男人毒起来，也不差嘛！"

"学姐这次恋上的是小林子，你说，万一学姐恋上的不是小林子，那小林子还不得气得吐血身亡啊？"沈晨风笑吟吟地看着暖宝宝，"为了杜绝学姐以后有任何网恋倾向，必须要下手狠一点！"说完，又正色地看着暖宝宝，"暖宝，这次事情成功了之后，你也不许再玩网游了。"

"关我什么事呀？我一打酱油的配角！"暖宝宝无辜道。

"万一你在游戏里跟人网恋跑了，那我怎么办？"沈晨风含情脉脉地看着暖宝宝，"你是我媳妇，我能不看紧点？"

"得得得，你少贫嘴！"暖宝宝没好气地打断沈晨风，"小林子到底想怎么样？"

"先让学姐对网游网恋绝望，然后现实里用最温柔的心去安抚她。"沈晨风嬉皮笑脸道，"这样学姐一定会被感动的，然后投入小林子的怀抱。"

"虽然，你们的计策听上去挺完美的！"暖宝宝中肯地发表意见道，"但是，计划永远赶不上变化，你们还是别抱着太乐观的心理。"说到这儿，暖宝宝缓了缓气，"我了解茜茜，她不是一个随便就能进入恋爱的人，当她说喜欢大神，除了大神在游戏里对她好之外，肯定有细节打动她的，如果你们用这样卑劣的方法让她对游戏、对大神绝望了，闹不好她会偏激地删号，现实生活也会很消极，封闭自己的话，可能对林浩的温柔就真的视而不见了。"

"暖宝，你不要这么打击人嘛！"沈晨风讪讪道，"我们这个计划很周全的。"从发帖子到顾茜茜回归游戏，再到跟大神结婚，培养感情，这一路走得非常顺利，也算在计划内的。

"算了，我也不打击你们了，配合就是。"暖宝宝本来还想说一些意外的事件，但想想还是算了，像她跟顾茜茜这样自由的全宅作家，还是不要接触网游的好，因为自由时间太多，打着打着一天就过去了，她这一个月总共码了两万字，真心对不起读者。

第十二章
大神只是个传说

　　顾茜茜打开游戏的时候，心情是非常复杂的，她有一股自己也说不清楚的失落感，她不知道上线后该怎么去面对大神。可是，尽管顾茜茜心里矛盾，但她还是打开了游戏。刚上线，暖宝宝就发来组队邀请。

　　顾茜茜进了队伍，暖宝宝便欢喜地发了个帮派邀请来。

　　【队伍】小团：我不想进帮。

　　【队伍】我是暖宝宝：战歌现在是我的，又没有大神，也没有●巫毒Ⓒ娃娃，你怕什么？

　　【队伍】小团：……

　　顾茜茜看了一下自己好友分组里大神灰色的名字，犹豫了一下，还是接受了暖宝宝的帮派邀请，回到了帮里。

　　【帮派】我是暖宝宝：欢迎我们家小团回战歌。

　　没人说话，帮里安安静静的。

　　【帮派】我是暖宝宝：欢迎我们家小团回战歌。

　　依旧没有人说话。

　　【帮派】我是暖宝宝：欢迎我们家小团回战歌。

　　暖宝宝在刷了第三遍的时候，总算有了一个欢迎的人。

【帮派】筱柒：欢迎，欢迎，热烈欢迎！

顾茜茜看着冷冷清清的帮派，脑海里还清楚地记着她第一次来战歌的时候，那些火热的场面，不过是过眼云烟。原来没有了大神的光环，她只不过是一个小号，一个没人搭理没人在意的小号而已。

【帮派】⌒彼年☆豆蔻：战歌现在到底是谁管？荣耀的都欺负上门了，也没主持公道的。

【帮派】我是暖宝宝：什么事？

【帮派】⌒彼年☆豆蔻：我在副本刷BOSS任务，荣耀的抢BOSS不说，还把我武器给爆了。

【帮派】筱柒：荣耀太过分了，开打。

【帮派】我是暖宝宝：可是现在帮里一组人都不到，打不过啊！

【帮派】⌒彼年☆豆蔻：打不过就不帮我讨公道了吗？

【帮派】我是暖宝宝：我不是这个意思，我是说，我们先叫点人，然后商量一下怎么帮你。豆子，你先不要急呀！

【帮派】筱柒：他们出去打城战的昨晚打完了吧？

【帮派】我是暖宝宝：嗯，昨晚打完了，后来荣耀被抢城不服气，开了黄战，打了几乎一通宵，今天都上游戏论坛了。

【帮派】筱柒：打完一会儿就能回来了，豆蔻你别急，回来会帮你讨回公道的。

【帮派】⌒彼年☆豆蔻：嗯！

【帮派】我是暖宝宝：乖，我们战歌的，谁都不能欺负，一定帮你出气。

顾茜茜看着暖宝宝一副战歌主事人的模样，突然觉得有些陌生，她不过才退出帮派一天一夜，可怎么感觉战歌这样陌生了？

【世界】惊云：战歌的，拉我回帮。

【世界】红豆：老大，拉我回帮！

顾茜茜看着暖宝宝把红豆、惊云、一刀切他们几个去情谊帮忙城战的人加回了帮派，又把帮主的位置传给了惊云。

【帮派】惊云：还是咱们战歌舒服。

【帮派】红豆：回家的感觉真好。

【帮派】我是暖宝宝：你们回来了，我终于可以安心地睡一觉了，困死了！

【帮派】红豆：我们去了情谊，也不敢在帮里多说话，免得人家觉得我们战歌是话痨，生生憋死我了。

【帮派】小小妹：就是，就是，我都不敢跟我老公在帮里秀恩爱。

【帮派】我是打酱油的：我最惨，他们都当我打酱油的使唤。

【帮派】惊云：刚谁欺负豆蔻了，我们虐回来。

【帮派】红豆：就是就是，好久没顶着战歌去虐荣耀了！

顾茜茜本来想跟惊云、红豆打个招呼的，但是看他们聊得热火朝天，她根本就插不上话，于是安静地看着帮派聊天。除了大神，出去的那组人，都回归了。

帮派信息，玩家惊云将●巫毒℃娃娃加入本帮派。

【帮派】天剑一：娃娃，欢迎你回战歌。

【帮派】小小妹：娃娃，真的是你？想死我了！

【帮派】红豆：娃娃，好久不见了，你好吗？

【帮派】筱柒：娃娃是WHO？

【帮派】惊云：娃娃是我们老大以前的老婆。

【帮派】筱柒：老大的老婆？

【帮派】我是暖宝宝：……

【帮派】●巫毒℃娃娃：大家好，我是娃娃。

【帮派】小小妹：娃娃想死我了！

【帮派】红豆：娃娃！

【帮派】我是打酱油的：娃娃，你这次要回来玩了吗？

【帮派】●巫毒ℂ娃娃：嗯，我决定跟大神大叔在这《桃花奇缘》继续相亲相爱下去。

【帮派】我是打酱油的：哇！真好，哥带你升级。

【帮派】惊云：娃娃有大神带着，需要你操心吗？滚一边去。

【帮派】我是打酱油的：也是，大神一定会帮娃娃练级的。

【密语】我是暖宝宝：亲亲，我不知道这个娃娃会来战歌。对不起！

【密语】小团：我知道，没关系。

【密语】我是暖宝宝：亲亲，要不然，我们退帮吧。

【密语】小团：不用，待着吧！

顾茜茜其实真的想退帮，一点也不想看到这样的刺眼画面，可是，她觉得自己退了也改变不了什么，还不如就这样装死，安静地待着，等她看腻了大神的虚伪，对他死心绝望了，就删掉这个游戏，再也不玩了。

【帮派】●巫毒ℂ娃娃：小团是大神新练的小号吗？

顾茜茜想装死，可是●巫毒ℂ娃娃却把她给扒了出来，顿时让顾茜茜尴尬得说话也不是，不说话也不是。

【帮派】惊云：大姐夫是大神下嫁的老公。娃娃是大神的老婆，你们是一家人。

【帮派】我是打酱油的：是啊，大姐夫，你在吗，出来给娃娃打个招呼。

【帮派】●巫毒ℂ娃娃：大姐夫？哈哈，大神大叔还有好基友啊！

【帮派】惊云：是啊，好基友！

顾茜茜满脸黑线，硬着头皮打了个表情，能不要把她看得那么透明吗？

【帮派】●巫毒ℂ娃娃：小团，我以后也叫你大姐夫好不好？

【帮派】小团：你想怎么叫随便吧！

【帮派】●巫毒℃娃娃：大姐夫，你110级？以后跟我一起升级。

【帮派】小囝：我不升级的。

顾茜茜才不想跟大神的前妻一起组队升级呢！

【帮派】●巫毒℃娃娃：大姐夫，你是不是不想跟我一起组队升级呀？

【帮派】小囝：不是，我不想升级而已。

【帮派】●巫毒℃娃娃：大姐夫，你就给我个面子，跟我一起升级吧！

其实顾茜茜真的很想回，你是谁啊？我干吗要给你面子跟你一起升级？可是顾茜茜看到暖宝宝在帮里说："大姐夫，●巫毒℃娃娃和我们的等级差不多，一起组队升级肯定很好玩。"

【帮派】●巫毒℃娃娃：是呀，暖宝宝，我们三个正好都是110级呢！

【密语】小囝：暖宝，你啥意思啊？

【密语】我是暖宝宝：亲亲，我知道你不喜欢这个娃娃，但是一起组队升级能知己知彼嘛！

【密语】小囝：我又不要对她知己知彼。

【密语】我是暖宝宝：可她知道你是大神下嫁的老公，大姐夫了，还要跟你组队升级，你如果拒绝，好像有点小家子气。

顾茜茜虽然满脸黑线，但还是觉得暖宝宝的话好像有那么点道理，隐忍着心里的不快，在帮派信息里打了句："那好吧，一起组队升级去。"

除了顾茜茜、暖宝宝和●巫毒℃娃娃外，自然有惊云、小小妹、红豆三个大号带着，不过红豆跟小小妹一个接电话，一个打电话去了。

【队伍】惊云：娃娃，你考完试了？

【队伍】●巫毒℃娃娃：对啊，我都高中毕业了。

暖宝宝的嘴角抽了抽，随手在队伍里打："娃娃，你啥时候玩的游戏？"

【队伍】●巫毒℃娃娃：我初二刚玩的时候，就做了大神的老婆。

【队伍】惊云：娃娃，听说你跟大神现实见过面呀？

【队伍】●巫毒ℂ娃娃：是啊，情人节的时候，大神大叔来学校看过我呢，我们还一起过了浪漫的情人节。

【队伍】我是暖宝宝：你口口声声叫大神大叔，大神很老吗？

【队伍】●巫毒ℂ娃娃：那年我十六岁，大神三十五岁，对我来说，算很老了。

【队伍】我是暖宝宝：大神三十五了？

【队伍】●巫毒ℂ娃娃：嫩嫩的老男人，才最有魅力嘛！我很喜欢大叔这款的。

【队伍】我是暖宝宝：那大叔对你呢？

【队伍】●巫毒ℂ娃娃：当然是疼爱有加。要不是我十六岁没成年，早跟大叔奔现实了。

【队伍】我是暖宝宝：奔现实？

【队伍】●巫毒ℂ娃娃：对啊，因为我现在成年了，可以跟大叔奔现实了，所以我才回游戏的。（羞涩）我爱大叔，大叔也爱我！

【密语】我是暖宝宝：亲亲，这大神可真重口味，娃娃才这么小。

【密语】小困：大叔爱上萝莉，不是很正常的吗？

顾茜茜虽然云淡风轻地打出了这句话，心里却顿时像吞了好几只苍蝇那样恶心。她从来没想象过大神的现实，觉得游戏里的他霸气、温柔，对自己又处处用心，是跟童话里一样完美的王子。可是听着●巫毒ℂ娃娃这一番的描述，顾茜茜对大神的印象彻底颠覆了。一个中年大叔不务正业，天天沉迷游戏不说，竟然还去泡十六岁的未成年少女，简直让人恶心。更让顾茜茜恶心的是，她竟然会喜欢上这样的一个男人，实在是太丢品位了，即便那只是在游戏里。

【队伍】惊云：大姐夫，你别站着不动，过来跟我一起打。

【队伍】小困：你让我一起打？

顾茜茜看着那庞然的大 BOSS，不可思议地问。以往大神跟惊云带她做任务的时候，她就挂着不动，等打完捡东西就行，有时候顾茜茜手痒想打，惊云都会讨好地说，姑奶奶，这么点恼人厌的怪，哪用得着您出手呢，我们来，您休息去。

大神也会附和地说，就是，老婆，你这小医生，细皮嫩肉的，站着帮我们加 GF 就行，哪用得着你上前去砍怪呀，你又不是战士。

【队伍】惊云：对啊，大姐夫，你跟暖宝宝都有武器，一起帮着砍吧！

【队伍】●巫毒℃娃娃：我也来帮忙砍！

【队伍】惊云：娃娃，你这细皮嫩肉的小医生，就乖乖站着别动，你要挂了，大神还不把我给活剥了呀！

顾茜茜一听这话，猛地冲上前给那怪一个"九阴"，丢完，不跑不躲，就直接站着给怪秒杀在地，这一刻，她真的很想死。

什么叫三十年河东，三十年河西？

曾经，顾茜茜这位大姐夫是战歌人人缠着献媚的宝，就算没有大神护着，帮里的人也对她点头哈腰。可是，眼下大神要奔现实的前妻一回游戏，大神对顾茜茜爱理不理就算了，竟然连帮里的人也跟着一并对顾茜茜转变态度。

所有讨好顾茜茜的人，都对●巫毒℃娃娃百般谄媚，彻底无视顾茜茜这个头上还顶着小图相公的顾茜茜，她的心里真的很失落，好像原本属于自己的东西被别人抢了一样。

虽然，大神那样的大叔不是顾茜茜的菜，虽然顾茜茜在战歌也没待多久，但是，顾茜茜对战歌这帮派还是很有感情的，对游戏里这些曾经对她好的玩家，也真心地把他们当作朋友，可现在看着这群人突然转变态度了，她的心，有些承受不住地疼。

都说网络是虚拟的，是假的，可是，投入网络的感情是真的，所以，心真的会很疼。

【队伍】●巫毒ℂ娃娃：大姐夫，你怎么不起来呀？

【队伍】惊云：大姐夫，你起来再丢个大招。

顾茜茜点了原地复活，动作利索地给自己打上状态，然后朝着怪奔过去，丢了个大招，被怪秒的时候，她扛着血没挂，于是她这个小医生就像个英勇的战士一样，拎着小棍子，跟那大 BOSS 对砍。

【队伍】●巫毒ℂ娃娃：大姐夫，怎么了？

【队伍】惊云：大姐夫，大英雄！

【队伍】我是暖宝宝：我去，顾茜茜你是个傻 × 吗，你回来！

顾茜茜却好像没有听到一样，只顾着跟大 BOSS 对砍，没几下，大 BOSS 一个暴击，她就被秒杀在地。

是啊，一个小医生单挑打 BOSS，还是对砍，顾茜茜确实疯了。她心里郁闷，她觉得自己要被气疯了，如果不这样发泄一下她的不满，她真的会疯了。

【队伍】●巫毒ℂ娃娃：大姐夫，又牺牲了。

【队伍】惊云：大姐夫，我只是要你丢大招，没要你跟它单挑啊！

【队伍】我是暖宝宝：傻 ×，大傻 ×！

【队伍】●巫毒ℂ娃娃：大姐夫，我救你了哦！起来吧。

顾茜茜稳了稳心神，刚要点复活，系统好友上线提示，您的娘子小囡已上线，她的心怔了下，一时便愣在那里。

【帮派】●巫毒ℂ娃娃：老公，亲亲！

【帮派】小囡：在哪儿呢？

【帮派】●巫毒ℂ娃娃：老公，我在打 BOSS，你来不？

【帮派】小囡：当然陪你。

【帮派】红豆：老大，大姐夫也在呢。

【帮派】●巫毒Ⓒ娃娃：老公，大姐夫好厉害的，一个人跟 BOSS 单挑呢！

【帮派】红豆：大姐夫刚跟 BOSS 单挑了？

【帮派】小小妹：我怎么没看到这么神奇的画面。

【密语】小团：我下线了，你自己玩吧。

顾茜茜对暖宝宝发完这条消息，便等不及暖宝宝回话，直接退出游戏，关掉了窗口。

曾经，顾茜茜鄙视过小乖单挑大 BOSS 的傻 × 行为，却没有想到，今日她也会这样情绪失控，暴躁地去单挑 BOSS。

顾茜茜看着电脑屏幕，感觉自己的心里有一种说不出来的难受，就好像被一只黑手紧紧地拽着，撕扯出一阵一阵的疼痛。

顾茜茜选择用游戏里的感情来逃避现实的时候，一直在心里告诫自己，只是游戏，不能当真，可是，她偏偏又当真了。知道大神是个三十五岁的中年大叔后，顾茜茜的心里很恶心，可是恶心过后，是一阵一阵的心痛，她把大神想得那么完美，现实却残忍地戳破了这个梦，让顾茜茜真的很难接受，她为了这么一个人难过成这样。

连游戏里的爱情都能这样伤了顾茜茜，她这一刻又庆幸，始终没有接受林浩，不然现实里的感情受挫折的话，只怕顾茜茜会哭得更伤心欲绝。

顾茜茜真的觉得自己的胸口好像被塞了沾水的棉花，沉闷得透不过气，她神色恍惚地爬到床上，用被子蒙着头，哭得稀里哗啦。

游戏，真的只是游戏，不是所有的人都跟自己想象中那么完美的。网络世界的虚拟跟现实生活的残酷，还是有那么漫长的距离。

顾茜茜太傻，因为，她不管网络还是现实，都太爱较真。有时候，真相往往让人无路可退，也充满了丑陋。

"繁华声 遁入空门 折杀了世人 梦偏冷 辗转一生 情债又几本 如你默认 生死枯等 枯等一圈 又一圈的年轮……"顾茜茜看着手机来电，大神的号码，顿时毫不犹豫地挂断了。

没一会儿，她的手机又响了起来，顾茜茜烦躁地看了一眼，是林浩的，她咬着唇，看着手机屏幕闪动，却迟迟没有按下去接通。

顾茜茜不是不想接林浩的电话，而是她不知道接了电话该跟林浩说什么。还记得上次打电话，她兴奋地告诉林浩她网恋了，爱上了游戏里的大神，可转眼不过几天的时间，她不但经历了被大神抛弃，而且在知道了大神是一位三十五岁的中年大叔后，那种爱顿时变成了对自己的怨念跟恶心。

是的，顾茜茜原谅了游戏里大神跟前妻的亲亲爱爱，但是，她没有办法原谅自己这么轻易就喜欢上游戏里的大神，最后，还落了这么一个凄凉哀婉的结局。

林浩又打了很多电话，顾茜茜不厌其烦地挂断，最后终于恼怒地关机。

世界一下子变得清冷起来，顾茜茜无助地抱着自己的身子，这一刻，她的脑海乱如麻，根本没有任何思考的能力，只是她的心里有一种强烈的感觉，就是头痛欲裂得很累，不想说话也不想动，不需要安慰和陪伴，只想要一个人待着。

第二天，顾茜茜被家里催命的门铃声给吵醒，她打着慵懒的哈欠，睡眼惺忪地跑去开门，看到风尘仆仆的林浩，顿时惊诧地张着嘴巴，呆住了："你怎么回来了？"

不是要出差一个月的吗？顾茜茜虽然没什么时间概念，但是她可以肯定林浩没走几天。

"学姐，你这是要给我惊喜，还是要给我惊吓？"林浩上上下下打量了一遍顾茜茜，憋着笑意开口。

顾茜茜顺着他的视线往下一看，顿时失控地惊叫了起来："啊！"

她的头发乱得跟鸟窝似的，在林浩面前反正也没什么形象可言，但是，顾茜茜她穿着一件大的男款 T 恤，两条腿光溜溜地在衣摆下晃悠，这春光乍泄，怎么能让她不失控？

"好了，学姐，你别叫了，赶紧进去换衣服吧！"林浩边说边进屋子，推着顾茜茜到了卧室门口。

"你等我会儿。"顾茜茜忙甩上了卧室的门，麻利地穿了内衣，又套了一条连衣裙，伸手将乱糟糟的头发理了理，才打开门，看向跷着二郎腿，大大咧咧坐在沙发上的林浩，"学弟，你怎么回来了？"

"昨晚为什么不接我电话？"

顾茜茜心虚地撇开视线，淡定地回："不想接。"

"为什么不想接？"林浩追着问。

"不想接就是不想接。"顾茜茜的语气变得有些不耐烦，她讨厌林浩这样质问的口气。

"你知不知道我会担心你？"林浩意识到自己的语气让顾茜茜不悦了，忙焦急地看着顾茜茜，"打不通你的电话，我连夜赶火车回来的。"

"你……"顾茜茜无奈地看着林浩，"对不起。"

林浩张了张嘴，见顾茜茜神色漠然，他欲言又止，似乎想说点什么，最终还是化作了一声叹息："学姐，我坐了一夜火车，饿了！"

顾茜茜还以为林浩又要说出什么让她揪心难以回答的话来，没有想到，他却丢了这么句，意外地问："那你想吃什么？"

"学姐，你这儿有什么早餐，先给我来点吧！"林浩轻扯着嘴角，笑吟吟地说。其实，他是想说感情的问题，但看着顾茜茜那红肿的眼睛，以及漠然避让的态度，林浩清楚，如果他今天说了，只怕心情不佳的顾茜茜又会再一次拒绝他，并且将两个人之间暧昧的关系彻底画上句号。

林浩努力了这么久，等了这么久，自然不愿意功亏一篑，所以，话到嘴边的时候，他又生生地吞咽了进去，毕竟逼得太急，不是什么好事。

"我看看。"顾茜茜的心里顿时松了口气。她昨晚在游戏里刚失恋，可不想现实里再面对林浩，因为她此时此刻最不想面对的就是林浩的深情。

顾茜茜贪恋林浩的温暖，但她又没有办法给予林浩回应，因为她不敢。顾茜茜一开始就承认自己对待爱情的胆怯，她向来都不是一个勇敢的人，也没有那些对待爱情敢赌的决心，她只是想安安心心地守着自己简简单单的生活。

"我家好像没有早餐，对不起啊！"顾茜茜翻了翻冰箱，抱歉地看着林浩，随即提议道，"要不我们出去吃吧！"

"学姐我好累，一点也不想动了。"林浩疲倦地说着，"要不然，你随便给我弄点什么都行。"

顾茜茜回头看了一眼林浩，又为难地看了看手里的泡面，讪讪地问："泡面你吃吗？"

"除了泡面，还有别的选择吗？"林浩幽幽地问。

"要不就喝酸奶，吃吐司？"顾茜茜试探地问。

"算了，那我还是吃泡面吧！"林浩不喜欢喝酸奶。

"你要啥口味的？"顾茜茜讨好地问。

"学姐，你家除了酸菜还有别的口味吗？"林浩笑着反问。只怕这些泡面还是上次林浩陪顾茜茜去超市采购的。

"也是，那就酸菜的吧。"顾茜茜抓了两袋泡面，便拿锅，倒水，开火，一气呵成。

"学姐，给我加个鸡蛋。"林浩笑嘻嘻地喊。

"我家鸡蛋没了，还有根香肠，你要不要？"顾茜茜手里拿着香肠对着林浩摇了摇问。

"要要要。"林浩忙点头，看着顾茜茜动作麻利地将面倒入烧开的水中，然后撕了香肠整根丢了进去。

"学姐，不要把面煮太烂。"林浩闻着泡面的香味，终于从沙发上起身，走去厨房。

"知道，我过下水就 OK 了。"顾茜茜回过身，对着林浩扯着嘴角笑了下，又转过身麻利地关上火，将面盛了出来，"给，去吃吧。"

林浩接过面，拿着筷子挑了几根，尝了尝，笑盈盈地看着顾茜茜："嗯，学姐煮泡面还是很有心得的！"

"你这是夸我呢还是在损我呢？"顾茜茜没好气地赏了个大白眼给林浩。

"当然是夸你贤惠啊！"林浩大口吞着面，嘴里含糊不清地说，"虽然，你也就煮泡面拿得出手。"

"林浩……"顾茜茜目瞪口呆地看着他大口大口地吃着面，好像真的很美味似的，可是她手里的调料包还没拆，"你不觉得少了这个吗？"

林浩傻眼："我还真饿昏头了。"自嘲了一句，忙从顾茜茜的手里接过调料包，拆了倒进面里，"学姐，我吃完了在你家睡会儿，我下午一点的飞机回去。"

顾茜茜咬着唇，犹豫了一下，点点头："你睡我房间吧！"这一室一厅，也就只有顾茜茜的房间有床，林浩赶了一夜的火车，顾茜茜开不了口让他睡沙发，因为太不人道了。

"嗯，那麻烦学姐收拾了，我去眯会儿。"林浩心里一阵窃喜，他从来没有进过顾茜茜的卧室，没想到，今天不但能进入，而且还能堂而皇之地躺在她的床上。

顾茜茜点点头，目送着林浩进了她的房间，心里竟然有一丝说不清楚的紧张，忙深呼吸了一口气，稳了稳心神，跑回厨房，把锅碗都洗了，又重新把冰箱里的东西整理了一下，最后，还非常勤劳地拖地，将家里打扫了一遍。

尽管身体上做着劳动，可是思想上，顾茜茜却有种说不清楚的怪异在心底流淌，她越是希望时间快点过去，但是时间却偏偏慢得很。看着时间一分一秒地过去，顾茜茜的心都被揪慢了半拍。

从顾茜茜家到机场，打车需要一个小时，林浩起床收拾出门拦车应该要半个小时吧！顾茜茜眼瞅着十一点半了，林浩却一点动静都没有，心里犹豫该不该叫他起来。

可是，当顾茜茜真要去叫的时候，她又矛盾了，她不知道该敲门还是直接开门进去。顾茜茜正徘徊着，门却突然打开了，顾茜茜愣了一下，看着林浩，他冲着顾茜茜张嘴笑了一下，眼睛深陷，有着明显的血丝："学姐，你的床睡着太舒服了，我根本就不想起。"

顾茜茜嘴角抽搐了一下，林浩这话实在暧昧得让她接不上话，于是讪讪道："洗手间里有备用牙刷，毛巾都在下面的橱柜里。"

林浩熟门熟路地进去，不一会儿便出来，走到顾茜茜面前，正色地盯着她看了会儿："学姐，不管你网恋也好，真的交男朋友也罢，请不要不接我电话又关机，我会担心你的。"

"对不起。"顾茜茜心虚地道歉，目送着林浩匆匆离去的背影，她的心顿时就像被打翻了五味瓶一般，各种滋味都有。

第十三章
酒不醉人人自伤

暖宝宝过来的时候，顾茜茜刚开了电脑文档准备码字，她忙招呼暖宝宝："暖宝宝，进来吧。"

"亲亲，我不是一个人来的，我还带了一个朋友来！"暖宝宝对着顾茜茜扯着嘴角笑了笑，"是个帅哥哦！"

"啊？"顾茜茜站在门口愣了半天都没想到该把人请进屋，因为她看着这帅哥貌似有点眼熟。

暖宝宝打过招呼后，倒是一点也不客气，大大咧咧地推开充当门神的顾茜茜，拉着帅哥进屋。顾茜茜回过神来，冲着他们两个咧了咧嘴，傻笑了一下，才转身关门进屋。

"茜茜，我来介绍一下，这是沈晨风，我朋友！"暖宝宝说完，转过身子，亲昵地挽着沈晨风笑眯眯道，"这个就是我的好姐妹，顾茜茜！"

"你好，我是沈晨风！"沈晨风礼貌地冲着顾茜茜伸出手，他的手很漂亮、洁白、修长、方方正正的指甲修得很干净，"久仰你的大名了！"

"哪里，哪里！"顾茜茜客套地伸手跟他握了一下。心里猜测，这是不是暖宝宝的菜？听她的介绍方式，应该还不算，但他们互动得这样亲昵，应该是有后续发展的。

"没有想到，昨天单挑 BOSS 的大姐夫，竟然是如此温婉的俏佳人。"沈晨风松开顾茜茜的手，感慨了一句，顿时把顾茜茜雷得里嫩外焦的。

单挑 BOSS？游戏里的人？暖宝宝的这位男友是网游里的？顾茜茜的脑袋里顿时布满了问号，张口就问："你是？"

"沈晨风，别告诉她你是谁。"暖宝宝快一步打断沈晨风，笑吟吟地看着顾茜茜，"茜茜，要告诉你了，可就没神秘感了！"

"对，小团，大姐夫，你猜吧！"沈晨风扯着一口白牙灿烂地笑笑。

"你们两个要不要这样恶趣味。"顾茜茜不满地嘟囔，"我哪能猜出是谁。"

"亲亲，其实很好猜的！"暖宝宝俏皮地眨巴了一下溜溜的黑眸。

"惊云？"顾茜茜随口问。

沈晨风面不改色地摇头："不是。"

暖宝宝也跟着丢了句："不对，你猜，你再猜。"

"天剑一？老衲是和尚……"顾茜茜连续报了几个人的名字，但是他们两个都摇头了，最后把一刀切什么的有妇之夫也都报上了，他们还是摇头。

顾茜茜无奈了："战歌我认识的就这些了，你们都说不是，难道是战歌之外的？"随即顾茜茜忙摇摇头，"那我就一个人也不认识了。"

"拾荒，你不认识吗？"沈晨风嘴角勾着温和的笑意，深邃的眸子闪闪发光。

"拾荒？拾荒？"顾茜茜惊讶得张大了嘴巴，不确定地问，"你是拾荒？"

"难道我不像吗？"沈晨风无辜地反问道。

顾茜茜上上下下仔细打量着沈晨风，半晌问："你玩拾荒这个号多久了？"

"好多年了吧！"沈晨风淡定地回答，"从开区第一天我就玩了。"

就这句话，顾茜茜断定这个家伙是个骗子，脸上却不便表露，淡定地笑了笑："那确实很久了。"

"上次误杀过你，真不好意思。"沈晨风抱歉道，"我不知道你是暖宝的姐妹，对不起。"

"没关系，你跟暖宝是什么关系？"顾茜茜本来不想当着沈晨风的面这样直接问，但是，他的谎言让顾茜茜心里很不舒服，所以顾不得礼貌不礼貌，就问了出来。

"我跟暖宝啊……"沈晨风暧昧地朝着暖宝宝一笑，"这得问暖宝了！"

"亲亲，你别看我，我跟他只是朋友关系。"暖宝宝忙摇手，"要不是看他是我学弟的表弟，我还真一点也不想搭理他呢！"

"你学弟的表弟？"顾茜茜拧着秀眉，"关系挺复杂的。"

"也没那么复杂。"暖宝宝笑着接话，"要不是听他说自己是拾荒，我才懒得带他来见你。"

"你带拾荒来见我干吗？"顾茜茜心里戒备地问。

"你没看八卦帖吗？"暖宝宝没有回答顾茜茜，笑吟吟地反问。

"什么东西？"顾茜茜茫然地反问，"什么八卦帖？"

"小乖写的姐妹反目，只为拾荒君故！"暖宝宝笑着对顾茜茜眨眼，"小囡，就是你的大神老公，竟然是个女的。"

"什么？"顾茜茜惊诧地看着暖宝宝，"那个●巫毒℃娃娃不是说大神是个三十五岁的大叔吗？怎么变成女的了？"这●巫毒℃娃娃还要跟大叔奔现实呢，怎么转眼是女的了？而且跟小乖又什么时候姐妹反目为拾荒君故？什么什么乱七八糟的玩意啊！顾茜茜只觉得自己的世界再一次被颠覆了。

"你问他吧！"暖宝宝伸手戳了戳沈晨风，"他可是八卦帖的男主，拾荒大神耶！"暖宝宝摆出一副事不关己的态度来。

"咳咳！"沈晨风轻咳了下嗓子，正色地看着顾茜茜道，"其实，小囡一开始就是个女玩家。"

"哦？"顾茜茜看着这个冒牌的拾荒，微微挑了下秀眉，试探地问。她想知道，这个沈晨风到底知道多少内幕。

"小囡从开区就是拾荒的老婆。"沈晨风淡淡地述说道，"小乖是她的好姐妹。"

"你们三个现实认识的？"暖宝宝好奇地打断。

沈晨风摇摇头："只是游戏里的相爱，但现实是拾荒跟小乖好上了，所以，小囡就卖号不玩游戏了。"

顾茜茜的心里怔了一下，虽然对沈晨风是拾荒依旧怀疑，但是这一刻她肯定，这个家伙是个资深的老玩家，至少是知道当初那段"八卦"的玩家。可是，他为什么要冒充拾荒呢？

"那现在的姐妹反目又是怎么回事？"顾茜茜八卦地问。如果她不是曾经的当事人，只怕沈晨风这样半真半假的谎话，她都要相信了。可惜，沈晨风不是王子华，也不是拾荒，顾茜茜却是小囡，那个原始女号的主人。

"小囡的号曾经卖过，后来原主人又重新买回了。"沈晨风面不改色地看了一眼顾茜茜，"原主人，就是现在的大神，她一直跟我和小乖过不去，就是故意报复！"

顾茜茜嘴角抽了一下："哦，这件事游戏里有人说过，但是没闹到要爆帖子那么严重呀！"

"今天小乖找小囡现实 PK 去了。"暖宝宝插话进来，"两个姑娘打得都上新闻了。"

"啊？"顾茜茜傻眼了，接着看向沈晨风，"两姑娘都为你现实 PK 打架了，你怎么不去劝劝，竟然还有心思跟我闲聊？"

"游戏只是游戏，我压根没想跟两个姑娘现实呀！"沈晨风无奈地摇头，"我跟她们说得很清楚，退出游戏，我们就什么都不是，我哪知道她们两个会闹成这样！"

顾茜茜嘴角抽了一下："那你来见我的目的是？"

"我本来也不想来见你的，但是偶然跟暖宝宝聊天，知道你们在玩游戏，而且，还正好是认识的，所以过来跟你说一下，那个小囡你最好离她远一点，她人如其名，是个疯子！"沈晨风严词厉色地说，"有几次，她故意发城战、发帮战要跟我们荣耀打，结果我想接的时候，她就故意 T 我下线，然后锁定我账号，说我怕事，我都快被气死了！"

"是吗？"顾茜茜问得疑惑，"她怎么会有你账号？"

"她是我以前的老婆啊，我的账号密保是她给弄的，我想改也改不了。"沈晨风憋屈道。

"那你不怕她盗你号？"顾茜茜随口问。

"不怕，因为她的密保在我手里。"沈晨风嘴角挂着得意的笑，"她要盗我号，我也盗她的！"

"那她 T 你的时候，你怎么不 T 她？"顾茜茜对沈晨风的话产生了强烈的怀疑，因为他说得太假了。

"我是个男人，不能做这么没品的事。"沈晨风回答得坦荡，"我看你好像不太相信我的话，那咱们试试？"

"试什么？"顾茜茜确实不相信，因为沈晨风不是王子华，他说的这些就都不存在。

"我上小囡的号给你看呀！"沈晨风勾着嘴角邪魅地一笑，挪过身子，坐到了顾茜茜的电脑前，打开了游戏端口，然后输入了账号密码。

顾茜茜不可置信地望着小囡的人物界面出现，正含情脉脉地看着她，羞涩地在原地转了个圈："你……真的是拾荒？"

"当然。"沈晨风正色地点头，"拾荒原来跟这两姐妹现实认识的，后来嫌这两个都太笨，又不能不带，所以把号送给我了，我跟他一起练的。"

顾茜茜嘴角抽搐了一下："你说，拾荒的号从一开始就是你跟他一起练的？"

"对，只是他不让我说，我偷偷帮着练的。后来，拾荒跟小乖现实里好上之后，把游戏里的账号都送给我了。"沈晨风勾着嘴角笑了笑，"我同时把这两姐妹都当作老婆了。"

这就是真相吗？顾茜茜突然觉得有些可悲，这游戏的世界，真真假假，真相到底是怎样的？

"哎哟，我都被搞糊涂了，大神到底是男还是女啊？"暖宝宝拍着自己的脑袋，头疼地问。

"当然是女的。"沈晨风果断地说，"现在还想着要跟我奔现实。"

"可大神昨儿说要跟●巫毒℃娃娃奔现实，两女的？"暖宝宝拧着秀眉，强调道，"两女的啊！"

"忘了说，小囡是个双性恋，男女通吃。"沈晨风叹了口气，同情地看着顾茜茜，"茜茜，你自己小心点。"

顾茜茜茫然地点点头，接下来闲聊了些什么，她完全没印象了，脑海里不断地闪现一句话：大神是个双性恋，男女通吃！

天哪！顾茜茜觉得自己快要疯掉了，昨天有人说，大神是一个没品、没谱的中年大叔，今天又有人说她是个双性恋女人……

这天以后，顾茜茜再也没有上过游戏，她只是给暖宝宝提了个醒："暖宝，你不要太相信沈晨风的话，也不要随便就跟他打得火热，这个家伙说话真真假假，有点不靠谱。"

"他说什么假话了吗？"暖宝宝好奇地问。

"没有，反正你自己注意点就是。"顾茜茜总觉得沈晨风哪里不对劲，但是，他那天说的，顾茜茜又找不出漏洞，拾荒跟人悄悄合练号不是不可能，而且，他还真的上了小囡的号，这个号的密码虽然简单，但是顾茜茜知道，也不是人人都可以上的。

但是，如果沈晨风真的跟拾荒合练过号，他不会不知道顾茜茜就是小图本尊。拾荒可以大方地将游戏里的号、游戏里的老婆送人共享，但是他不可能连现实的女朋友都肯共享吧？合练的时候，有些事情应该交代清楚的。

顾茜茜不想上游戏，只是懒得去理会游戏里的那些八卦，因为想到大神是大叔，顾茜茜的心里便添堵，想到大神是女人，顾茜茜的心里堵得更厉害了。

大神到底是男是女，是大叔还是大婶，已经跟顾茜茜半毛线关系都没有了，因为那只是一场游戏，顾茜茜玩不起，她躲得起！

“学姐，明天就是校庆了，你别忘记。”林浩临睡前打电话给顾茜茜提醒。

“哦，对了，校庆了。”顾茜茜拍了拍自己的脑袋，“我这日子过得……糊涂呀！”

“呵呵，你糊涂没事，我给你记着就行。”林浩笑着接话，又跟顾茜茜道，“我中午是赶不回去了，晚上的时候，我给你安排了惊喜的生日派对，你一定要赏脸哦。”

“我能说不赏脸吗？”顾茜茜笑着调侃，“不过学弟，我提醒你，惊喜是可以有的，但是一些不该出现的惊吓，你不要给我折腾出来。”

“学姐，你放心吧，我不会在你的生日宴上捣乱的。”林浩心里微微有些失落，他确实想过要求爱，但顾茜茜这句话已经委婉地拒绝他了，他只能继续曲线救国。

“那好，我先睡了，免得明天起不来。”顾茜茜打着哈欠，挂断了电话，睁着眼睛看着白白的天花板。没有游戏的日子，开始几天很不习惯，顾茜茜看着客户端，总是想点开上去看看，但是想着大神那些乱七八糟的事，乱七八糟的身份，她顿时打消了这个念头。因为网络的那一头，顾茜茜真的不知道大神是个什么样的人。

或许是好人？或许是坏人？或许真的是英俊的男人，也或许是粗暴的女人？但是，无论大神是什么样的人，都不是顾吉茜所要等的那个人。

大神带着顾茜茜的菜鸟号一点一点升级的时候，顾茜茜感动过；大神护着顾茜茜的菜鸟号，加倍加倍地帮她讨回公道的时候，顾茜茜感动过；大神带着顾茜茜看风景，聊情话的时候，顾茜茜温暖过；在知道大神是幕夜幽灵，并且特意买了顾茜茜的号，帮她将神话延续的时候，她的感情彻底萌芽了，那一刻，顾茜茜觉得自己已经爱上大神了。但是，这样的感情，这样的温暖，这样的爱恋，是在虚拟世界里产生的，朦胧而梦幻，经不起现实的残酷。

当大神的前妻回来，当大神的各种不完美打破了顾茜茜对大神的所有幻想，她那朦胧而又梦幻的感情也犹如易碎的泡沫一样，碎裂了。虚拟世界的想象很美好，但是现实世界却是残酷的，顾茜茜想明白了这些，心里也不那么堵了。或者说，随着时间的沉淀，顾茜茜的成长，她对待爱情的治愈能力也更强了。

第二天一大早，顾茜茜就好好地收拾了一下自己，然后公交、地铁的绕了大半个城市，回到了自己的母校。先是在校体育馆开了一个大会，接着跟各个领导寒暄后，他们告诉顾茜茜文学社的成员被安排到了行政楼的一个自助餐厅里相聚。

顾茜茜深呼吸了一口气，稳了稳心神，才推开了那餐厅的门。走进去之后，环顾着四周，宾客云集的大厅中，俊男美女都穿着极其漂亮、奢华跟正规的礼服，举着酒杯，不断来回地穿梭着、交谈着。顾茜茜脸上挂着礼貌的微笑，应对着一片虚伪的客套跟相互问好，听着各自的吹捧。

这里的人，曾经都是文学社的骨干，他们颇有才华跟文笔，可是毕业之后，多少人被磨平了棱角，放弃了写作，放弃了那一身才华，然后在各行各业中，拼搏奋斗，最终带着功成名就，回到这个文学社的聚会厅，却不再是展示才华或文学，而是成了个人秀场。

男人秀权力、财富、美人以及辛苦所得的社会地位，女人秀名牌包包、首饰、优秀的男人跟聪明的孩子。

这个世界，我们没有办法去改变，我们能做的事，只是尽全力去适应。

"茜茜，你来了？"叶菲菲带着惊喜奔跑了过来。

"菲菲？"顾茜茜愣了一下，她不是这个学校的吧？随即看到她身后跟着位斯文俊秀的男人，顿时释然，"你们好。"

"顾茜茜，你记得我吗？"叶菲菲的老公问。

"朱俊彦是吧？"顾茜茜笑着问，朱俊彦点头确认后，她才正色道，"恭喜你们。"

"我要祝你生日快乐。"叶菲菲端着酒杯，神色恳切。

"谢谢。"顾茜茜跟她碰了碰，爽快地喝了。如果，叶菲菲要嫁的对象是王子华，那顾茜茜是没办法勉强自己说出恭喜之类的祝福的，但是，叶菲菲跟王子华没有在一起，顾茜茜对过去也就没那么耿耿于怀了。

"茜茜，菲菲，你们都在？"

王子华的出现顿时让顾茜茜跟叶菲菲都傻眼了，他们不约而同地转过脸，看了一眼王子华，然后又相互对视了一眼，异口同声地问："你怎么来了？"

"你们两个还是那么默契。"王子华勾着嘴角笑了笑。

"这位是？"朱俊彦好奇地问。

"王子华，茜茜的同学。"

叶菲菲抢先出声，对着顾茜茜勾着嘴角笑了笑。顾茜茜配合地点点头：

"嗯，同学。"

王子华的神色微微有些不自在，但还是扯着一贯的温柔，微笑了一下，跟朱俊彦礼貌地握了握手："您好，我是王子华。"这一刻，或许只有他心里最清楚，到底有多苦涩，他的前女友，前前女友，竟然能这样默契地给他冠一个同学的名。

"不好意思，我接个电话！"顾茜茜打了个招呼，便接起林浩的电话，"喂，学弟怎么了？"

"我友情提醒你，不要喝酒，要不然晚上的活动，你肯定会晕。"林浩温润的声音，透过话筒清晰地传来。

"嗯，知道了。"顾茜茜一本正经地保证，"我只喝了一点点，保证没问题。"

"那行，好好玩着，我晚上争取早一点赶回来。"林浩说完，又补充了句，"对了，我订的是金色天堂的VIP808，晚上八点开始，你有想叫的朋友，一起喊过去。"

"我想喊的你肯定都帮我喊了。"顾茜茜放心地说，因为这几年，在她身边能够称得上是好朋友的，并且能陪她庆祝生日的，也就那么几个，大学室友三枚，拖家带口地来，外加一个单枪赴会的暖宝宝，加上顾茜茜跟林浩，撑死也就九个人。

顾茜茜挂断了林浩的电话，迎上叶菲菲暧昧的眸光审视，忙头脑一热，讪讪地解释了一句："我学弟，给我安排晚上生日的事。"

这不解释还好，解释完了，顾茜茜顿时有种此地无银三百两的感觉，俏脸不自觉地带着绯红。

"安排在哪里？"叶菲菲眨巴了一下溜溜的眼眸问，"几点开始呀？"

"金色天堂的VIP808，晚上八点。"顾茜茜一五一十地回答叶菲菲，反正也不是什么不能说的秘密。

"茜茜，能捎带我吗？"叶菲菲正色地问，"本来我想跟你聚的单身派对，你不来我就取消了，还想早点回去上游戏等你，可现在你既然有生日聚会，那正好捎带我俩吧！"

"啊？"顾茜茜愣住了，但她又不能开口说拒绝，只能笑着点点头，"非常欢迎！"

"那我跟朱俊彦先去那边跟同学聊聊，晚上再帮你好好庆祝。"叶菲菲笑吟吟地挽着朱俊彦走去另外一边，自始至终，她的视线都没在王子华身上停留半分。

"茜茜，不知道你欢迎我去不？"王子华眸光灼灼地盯着她问。

"啊？你也要来？"顾茜茜再次傻眼，这都什么事啊？她暧昧的学弟给她安排一次惊喜的生日宴，结果前男友跟前闺密都兴致勃勃地要来，让她拒绝也拒绝不掉，只能硬着头皮答应，反正林浩说了，她再喊几个都没问题，就算这几个不请自来的都是顾茜茜主动喊的吧。

"你要有时间就来呗。"

"那好，晚上我一定去。"王子华正色地说。

"哎哟，我们的大作家啊！来，喝一杯。"一个咋咋呼呼的声音传来的同时，一个长相富态的青年男子挨着顾茜茜站定，手里递来一杯红酒，"顾茜茜，还记得我不？"

"记得，矮胖嘛！"顾茜茜笑吟吟地接过酒杯，跟他碰了碰，"听说，您现在混娱乐圈了？"前段时间，矮胖跟某某模特铺天盖地的花边新闻，让顾茜茜这个不八卦的人都忍不住八一八了。

"瞎混混的。"矮胖端着酒杯又跟顾茜茜干了一杯，眼神看向站在顾茜茜旁边沉默的王子华，试探地问，"这位是？"

顾茜茜还以为王子华已经走了，被矮胖这一提醒，忙侧过身子看了一眼，接着道："哦，王子华，我以前的同学。"

"不是男朋友？"矮胖凑在顾茜茜的耳边压低声音，八卦地问。

"当然不是。"顾茜茜忙摇头，否认。

"您好，您好。"矮胖殷勤地伸出手跟王子华握了握，"我叫唐逸俊，绰号矮胖，很高兴认识您！"

王子华对矮胖的热情有点招架不住，忙伸手跟他握了握："我叫王子华，幸会幸会。"

顾茜茜笑着摇了摇头，目送着矮胖跟王子华相谈甚欢地从她身边离开。她优雅地走到自助餐前，刚想拿几块精致的糕点吃，结果一个红酒杯又飞到了她的眼前："茜茜学姐！总算被我逮到你了！"

顾茜茜嘴角含笑地看着眼前的女孩，惊喜道："蘑菇豆，你还是老样子！"

"是啊，是啊，看着还是老样子。"蘑菇豆笑嘻嘻地接话，"实际上我都是孩子他妈啦！"

"什么？你结婚了？"顾茜茜惊讶地问。

"对啊，我结婚了，去年生了宝宝。"蘑菇豆笑嘻嘻地看着顾茜茜，"我结婚的时候，给你打过电话，发请帖，可是你都没有给我回应！"说到最后，神色变得委屈起来，"茜茜学姐，你没有来，我很失望的！"

"对不起啊，我换电话号码了，地址也换了。"顾茜茜忙解释，"你当初怎么就没想着给我QQ留言呢？"

"我公司都用MSN的，我根本没上过QQ，再说原来的QQ密码都忘了，新申请的，又没有你。"蘑菇豆撇了撇嘴，"我留个你号码，改天跟你好好聚聚。"

"好。"顾茜茜忙跟蘑菇豆互换了号码，又边喝边聊了许久，又遇上别的同学，大家边喝边哈拉了会儿。

散场的时候，顾茜茜的胃里有些承受不住地翻涌，忙一个人奔去厕所，吐了个昏天暗地。她的脑袋很晕，身子有些无力地靠着厕所冰凉的瓷砖，缓缓地坐了下来，很无助地用双手抱着自己。这一刻，她觉得自己很孤单，孤单得忍不住掉眼泪。

一个人来参加聚会，一个人喝得在厕所狂吐，一个人等着酒精清醒，再一个人回家……一个人，为什么她一直会这样形单影只的一个人呢？顾茜茜吸了吸鼻子，想把那些酸涩给吞咽进去，可是，流出的眼泪，却收不回去。

正当顾茜茜想不明白为什么她一直是一个人的时候，她的手机响了起来。顾茜茜颤抖着手，从包包里摸出电话，看着手机来电，打了个酒嗝，大着舌头接起来："喂……"

"学姐，你怎么还没出来？"林浩的声音透着关切，"你是不是喝多了？"

"没喝多。"顾茜茜拍了拍自己的脑袋，努力让自己清醒过来，"我马上就出去了。"接着小心翼翼地撑起身子，打开厕所门，歪歪斜斜地扭着八字步走到小厅的玻璃门前，伸手胡乱抓了几次，才好不容易拉开门，迎头撞进一个宽阔的怀里。

"哎哟。"顾茜茜摸着被撞疼的鼻子，惊叫了一声。

"你怎么喝这么多？"林浩将顾茜茜扶正，拧着剑眉严肃地问。

顾茜茜抬脸，望着俊眉拧成八字的林浩，本来就昏沉的脑袋，瞬间好像被冻结了似的，傻乎乎地向四周观望了一下，又伸手捏了捏林浩的脸颊，喃喃自语道："我喝多了？出现幻觉了？"要不然，林浩怎么会黑着一张脸在她面前呢！

"我一定是喝多了。"顾茜茜松开林浩，打了个酒嗝，摇了摇昏沉的脑袋，绕过林浩这个障碍物，歪歪斜斜地便下意识地朝着学校大门口走去。

林浩则是黑着脸，无语地抽了抽嘴角，好气又好笑地跟了上去，他倒是想看看顾茜茜这只"小醉猫"想折腾啥。

顾茜茜歪歪斜斜地走到马路边，微眯着无神的眼睛，仔细地看着是不是有车路过，也不管什么车，看到有车开过来，忙伸出手奔过去拦，刺耳的刹车声在她耳边响起，顺带着飘出一句谩骂："是不是找死啊？怎么走路的？"

顾茜茜茫然地转过脸望着那刺眼的灯光，不舒服地伸手遮着眼睛，突然感觉到腰肢上有一双大手搂抱住，然后将她的身子半搂半抱地带着走了几步，才听到林浩温润的抱歉声在她的耳边响起："对不起，她喝多了。"

"喝多了就快点带回家，还乱跑，要是给撞了，这不是害人吗！"那个被吓到的司机，有些愤愤不平地说，"你怎么照顾的！"

"嗯，我的错，对不起！"林浩忙不迭地赔不是，然后半搂半抱地把身体不听使唤的顾茜茜带到路边，无奈地叹了口气，轻轻地摇晃着叫了几声，"学姐？学姐？"

顾茜茜弯腰又打了个酒嗝，想吐，却吐不出来，她难过地摇了摇头，眼神迷离地看着街道，将全身的力量都依靠到了林浩的身上，蹭着他的胸膛："学弟，我是不是喝多了？"

林浩的表情愣了一下，知道顾茜茜醉了，随即抱着她，轻柔地道："还好我赶回来了，要不然，你就丢人了！"

"我没丢人啊！"顾茜茜没有城府地对着林浩咧嘴笑了笑，"我才没丢人呢！"

"是啊，都醉得把人都丢了，还叫不丢人？"林浩拧着俊眉，没好气地嘲讽。

"我没醉，我没喝多，我要回家！"顾茜茜胡乱地挣脱了林浩的怀抱，"我可以打车回家的。"说着又要探出身子，去马路上拦车。

林浩拧着俊眉，一把扣住顾茜茜的手腕："好了，学姐，别闹了，我送你回家。"

"不用，我自己回家。"顾茜茜脑袋昏昏的，胡乱挣脱着林浩的钳制，吐着舌头，结结巴巴地说着，身子又无力地歪歪斜斜地晃，"学弟，这地怎么一直在晃啊？"

林浩顿时又好气又好笑，再一次伸手拽过顾茜茜，拉着她走到车前，开了副驾的门："走吧，我送你回去。"

"不要！"顾茜茜抠着车顶，不肯坐进去，嘴里更是不满地嘟囔着，"你放开我，我不回去。"眼瞅着林浩不肯松手，顾茜茜有点气恼，松开抠着车顶的手，一根一根去掰握住她的手指，耍着酒疯道，"叫你不松，我就咬你！"刚弯下身子，结果胃里一阵倒腾。

林浩心疼地看着顾茜茜蹲着身子，不停地在车边呕吐，等她吐完，拿着面纸帮她擦了擦嘴："学姐，你真的喝多了，醉了。"林浩固执地拉着她的手，然后一把推着她的肩膀，把她半推半扔地丢进了车里，关门，上锁。

"我没喝多，没喝多。"顾茜茜嘟着嘴，气恼地捶着玻璃车窗，大声地喊着，"你放我出去，你放我出去。"

林浩坐进车子，系上安全带，有些头疼地看着顾茜茜，犹豫半晌突然朝顾茜茜贴了过来。顾茜茜瞪大了黑眸，眼看着林浩的俊脸靠她越来越近，怔了半晌，眨着溜溜的黑眼，傻乎乎地开口："林浩？你回来了？"绝对口齿清楚。

林浩一愣，有点搞不明白顾茜茜到底是醉了，还是没醉，但还是勾着嘴角浅笑了一下："是啊，学姐，我回来了！"

"我有点困了。"顾茜茜打了个哈欠，放心地任由林浩贴近身子，伸过手，绕着她的腰，转到后面拉了安全带给顾茜茜系上。

"你困了就先睡一会儿，我送你回去。"林浩说着伸手亲昵地捏了捏顾茜茜微微发烫的脸颊，见她溜溜的黑眸盯着自己，忙安抚了一句，"乖，睡吧。"

顾茜茜听话地点点头："那我先眯一会儿。"说完，真的就这样侧蜷着身子靠着副驾驶座，闭起了眼睛。

林浩看了一眼顾茜茜那泛着潮红色的脸蛋，无奈地摇了摇头，启动了车子，疾驰而去。

从车里抱着沉睡的顾茜茜下车，上楼，回家，直到安稳地放到床上，林浩累得出了一身的大汗。倒不是顾茜茜的体重问题，而是，这孤男寡女，干柴烈火地紧紧抱着，不烧出火才怪了。

林浩闻了闻身上一股子的汗味，俊眉不自觉地微拧了起来，犹豫了一下，还是奔去顾茜茜家的洗手间，匆忙地洗了个澡，将衣服搓洗，晾了，才围着她的粉色卡通浴巾，大摇大摆地坐在客厅里，用她的笔记本上网，打游戏。

【帮派】小囡：晚上八点，金色天堂，VIP808，在 S 城的玩家，都可以来参加线下聚会哦。

【帮派】红豆：老大，你怎么不早点说？早说我今天飞机过去。

【帮派】筱柒：老大，我是 N 城的，我现在动车过去行不行？晚上八点之前肯定到。

【帮派】小囡：可以，记得准备生日礼物，今天是你们大姐夫生日。

【帮派】筱柒：哇哇！老大，你帮大姐夫过生日？你们奔现实了？

【帮派】●巫毒℃娃娃：老公，那我怎么办，你不要我了吗？

【帮派】小囡：小云你滚一边去。

【帮派】●巫毒℃娃娃：老大，为了你，我才扮演这第三者不要脸的狐狸精的，你怎么一下子就抛弃我了？有异性，没人性。

【帮派】红豆：●巫毒℃娃娃，你不是原来的娃娃？

【帮派】我是打酱油的：同问。

【帮派】●巫毒℃娃娃：我去，我是惊云！

【帮派】红豆：惊云？晕，你为什么骗我们你是娃娃！

【帮派】惊云：唉，这个说来话长了，都是老大要求的。我一点也不想上●巫毒Ⓒ娃娃的号。

【帮派】红豆：老大，到底什么情况？

【帮派】小囡：说来真的话很长……

【帮派】红豆：老大，你就长话短说！

【帮派】小囡：不知道该怎么说。

【帮派】红豆：惊云你开了娃娃号，要我们这么多天了，你不给我们个解释，我们轮了你！

【帮派】我是打酱油的：惊云你不交代清楚，我们跟你没完。

【帮派】惊云：喂，你们不敢对老大发火，也不能把火气冲着我来呀，我也只是个打酱油的配角。

【帮派】我是暖宝宝：哎呀，你们婆婆妈妈烦死了，我来说吧！

【帮派】惊云：暖宝，我就知道，你对我最好。

【帮派】红豆：惊云让暖宝说，谁都不许说话，禁频，谁说，T谁！

【帮派】绵绵是菜鸟：发生什么事了？

玩家绵绵是菜鸟被帮主红豆禁言警告。

【帮派】我是暖宝宝：事情是这样的，老大现实里喜欢的姑娘，就是游戏里的大姐夫，但是大姐夫却不知道老大就是现实里喜欢她的追求者。老大想跟大姐夫玩点刺激的，故意要小云假扮第三者，然后在大姐夫生日的时候，联络我们S城的玩家线下聚会，想给大姐夫一个惊喜，时机成熟的话就表白，不成熟，就当给我们线下聚会，大家凑着热闹热闹。

【帮派】红豆：虽然我听得有点晕，但是大概明白了，老大要追求大姐夫。

【帮派】绵绵是菜鸟：我终于能说话了。老大，你好浪漫。

【帮派】小小妹：老大，你好浪漫，好用心，我爱你！

【帮派】残月舞会：老婆，你能不能不要当着我的面爬墙？

【帮会】小小妹：当着你的面红杏出墙，说明我根本就不想出墙嘛，等你剪断嘛！笨蛋。

【帮派】小囡：你们在 S 城的玩家都可以来参加，其他附近城市，要没事有空的也可以来，晚上赶不及回去的，我给你们订房间……

【帮派】小小妹：哇，老大你太好了，我现在订票去，我是 NT 的。

【帮派】残月舞会：老婆你去了，那我也得跟着去了，我是 H 市的。

【帮派】小囡：那什么，因为想给大姐夫一个惊喜，所以一开始你们说真名，等气氛嗨皮了，我们再说游戏里的名字。

【帮派】红豆：我现在订不到机票了。

【帮派】我是暖宝宝：大家别忙着兴奋，听我说一句。

【帮派】小囡：暖宝你说。

【帮派】我是暖宝宝：茜茜的脾气你比我了解，你们出现的惊喜是不错，但要是惊吓到她，林浩你就完蛋了。

【帮派】小囡：这个线下聚会应该是惊喜，不算惊吓吧？

【帮派】我是暖宝宝：帮里所有人都能算惊喜，但是老大，您的出现就是惊吓。

【帮派】惊云：我觉得暖宝说得有道理，要是被茜茜学姐知道，你是小囡，你还故意让我们折腾那些乱七八糟的，她一定会生气的。

【帮派】我是暖宝宝：是的，茜茜生气了，林浩你就完蛋了。

【帮派】小囡：那我该怎么办？好不容易能见大家一回了，还不能露脸啊！

【帮派】我是暖宝宝：也不是不能露脸，你愿不愿意听我的？

【帮派】小囡：听啊，暖宝大人，您的指示，我什么时候敢不听？

【帮派】小小妹：暖宝，你别卖关子了，告诉老大要怎么做，还有我们该怎么做，才能帮老大抱得美人归？

【帮派】残月舞会：就是就是，你说，我们照做。

【帮派】我是暖宝宝：在老大跟大姐夫来之前，我们提前入场，游戏里的名字，现实里的名字，我们可以先对上号，等他们来了之后，我们就不能说游戏里的任何事，就当普通生日宴会过，这个没问题吧？

【帮派】小小妹：这个没问题。

【帮派】小囧：嗯，没问题，跟我原来设想的差不多。

【帮派】我是暖宝宝：我要说的是接下来的事，我们想办法让他们两个摩擦点火花，搞点活动。

【帮派】小小妹：这个我在行，我来出主意。

【帮派】小小妹：老大，你有办法迟到一会儿吗？

【帮派】小囧：我本来还想说，我们会晚点到，我学姐喝多了，睡着呢！

【帮派】我是暖宝宝：林浩，你在茜茜家？

【帮派】小囧：嗯。

【帮派】小小妹：老大，你是不是把大姐夫吃抹干净了？

【帮派】惊云：老大要有那个出息，还需要我们这么卖力给他撮合吗？

【帮派】小囧：沈晨风，你再说，我跟你急！

【帮派】惊云：好了好了，言归正传，咱们听从暖宝宝的安排，先来普通的生日聚会。

【帮派】我是暖宝宝：嗯，在生日宴会玩到嗨点的时候，我们就爆惊喜，说自己游戏里的名字，给大姐夫送祝福。

【帮派】小小妹：那弄个暗号吧，啥时候能说？不然惊吓到大姐夫就不好了。

【帮派】我是暖宝宝：吹完蜡烛的时候，小小妹，你第一个说，你是小小妹。

【帮派】小小妹：OK！

【帮派】小囡：暖宝，那我怎么办？

【帮派】我是暖宝宝：我正想说你呢，你随便找个不去的人的名字顶着吧！

【帮派】惊云：要不然，你说你是小乖好了，反正在茜茜学姐那里，我是拾荒。

【帮派】残月舞会：小云，你说你是拾荒？太衰了！

【帮派】惊云：还不是老大逼的。

【帮派】我是暖宝宝：好了，都别卖萌了，大家注意点，晚上见机行事，不要把惊喜搞成惊吓。

【帮派】小小妹：放心吧，我跟我老公的演技一级棒。

【帮派】惊云：我在茜茜姐面前，都能面不改色地装拾荒不露馅，我演技绝对杠杠滴棒。

【帮派】小囡：我的幸福，靠大家伙帮忙了，拜托！

【帮派】我是暖宝宝：林浩，我们这些都是辅助作用，茜茜接受不接受你，关键还得要靠你自己。

【帮派】惊云：就是，我们合伙只是给学姐下了个圈套，至于你能不能成功捕获她的芳心，就得要看你的诚意了。

【帮派】小囡：我会努力的。

【帮派】●巫毒©娃娃：要不成功，你就跟我好基友吧！

【帮派】小囡：滚！

【帮派】●巫毒©娃娃：我滚了，一会儿滚远了，你别哭着求我。

很快大家都下线准备忙活了，林浩也顺势在顾茜茜沙发上眯了一会。

林浩是听到顾茜茜房间里打翻东西的声音才猛然惊醒，急急忙忙地奔了进去，问道："学姐，你怎么了？"

顾茜茜头疼欲裂，睁着酸涩的黑眸，眯着揉了揉："我有点渴。"

"好，我给你倒水去。"林浩忙殷勤地跑去客厅给顾茜茜倒水。

顾茜茜眯着眼睛看了看头顶上熟悉的天花板，再看了看熟悉的屋子，黑漆漆的，忙抬手拉开了屋内的灯，昏黄色的灯光柔和地布满室内，林浩上身光着膀子，下身围了一条粉色的浴巾，双手端着水正好走进来。

"啊！"顾茜茜忙伸手捂着自己的眼睛，失声惊叫了起来，"林浩，你耍流氓！"

"我……我怎么了啊？"林浩满脸无辜地将杯子放在顾茜茜的床头，"你先喝点水。"

"你对我做了什么？"顾茜茜的双手忙从眼睛上移开，紧紧地护着自己，紧张地问。

"我什么都没做，"林浩神色淡定地扫了一眼顾茜茜，"你中午喝多了，我送你回家而已。"

顾茜茜忙下意识地看了看自己身上，衣衫完整，就是脏得有点皱巴巴，才暗自松了口气："你送我回家，那你为什么要穿成这样？"要知道顾茜茜刚才还以为她跟林浩那什么了，毕竟喝醉酒醒过来，在自己熟悉的屋里，突然发现一个接近半裸的美男在眼前晃悠，正常人第一反应都会是，会不会酒后乱性了？

"学姐，你把我吐了一身，还不让我洗澡换衣服啊？"林浩理直气壮地反问，他当然不会说，他是烧出满身大汗才洗的，而是把责任推到顾茜茜身上，反正她喝醉了，酒品一样不咋滴。

"啊？我吐你身上了？"顾茜茜的俏脸顿时挂着内疚，"不好意思啊！"

"没事，咱俩谁跟谁。"林浩勾着嘴角灿烂一笑，关切地问，"你现在有没有好点了？"

"嗯，好点了。"顾茜茜接过林浩递给她的水，小口喝了一口，放下

212

杯子，看着林浩，不放心地再次确认，"学弟，你真的什么都没做？"

"听你的口气，好像不满意我什么都没做？"林浩痞气地勾着嘴角笑了一下，邪魅道，"那我不介意现在做点什么的！"

"做你个头！"顾茜茜没好气地把枕头朝着林浩身上扔去，遮掩她的恼羞成怒。

"好了，学姐，你醒了，就收拾收拾自己，咱们的聚会快开始了。"林浩抓着顾茜茜丢的枕头，紧紧地抱在怀里，笑着说。

"对哦，现在几点？"顾茜茜忙紧张地问。本来她对这聚会没什么期待的，可是，既然约了别人，自己迟到就不好了。还别说，叶菲菲和王子华都要去，没顾茜茜在场，他们两个的身份应该挺尴尬的。

"八点整。"林浩抬手看了看手表，给顾茜茜报时。

"学弟，你约的时间是八点吧？"顾茜茜试探地问。

林浩点点头："是啊，八点。"不过，某些人要林浩故意迟到，所以，他很放心地让顾茜茜睡到八点才醒。从这里开车过去半个小时就够了，迟到半个小时应该刚刚好。

"那你为什么不叫我？"顾茜茜挫败地喊，"你不叫就算了，为什么还擅自挂断我的电话？"说着顾茜茜扬了扬手机，"叶菲菲都打了三个电话了。"

"叶菲菲？"林浩茫然地眨巴了一下黝黯的黑眸，"叶菲菲她打你电话干吗？"

"我没跟你说吗？叶菲菲跟王子华都要去参加我的生日宴会。"顾茜茜一脸纯真地看着林浩，无辜地挠了挠脑袋，"我应该有跟你说吧？"

"你说什么？"林浩惊诧地看着顾茜茜，"你说，叶菲菲跟王子华都要去？"林浩喜欢顾茜茜这么久，对他们三人之间的爱恨情仇自然清楚得很，早就出局的两个人，这会儿凑什么热闹。

顾茜茜点了点头："你自己让我再叫几个人，我今天正好遇上他们了，他们要去，我也同意了。"

"靠！"林浩爆了句粗口，忙催促顾茜茜，"学姐，那你快点，让别人等久了可不好！"就怕这该死的王子华跟叶菲菲来破坏他的大事。

"你现在知道催我了，早干吗去了？"顾茜茜没好气地赏了林浩一个大白眼，然后挑了套衣服，奔去洗手间梳洗打扮起来。

林浩悄悄地给沈晨风跟暖宝宝发信息求助："SOS，茜茜的前男友跟前闺密也要来，你们先稳住，咱们的惊喜等他们滚蛋了再说。"

暖宝宝跟沈晨风都给林浩回了 OK 的信息，他这受惊的心，才稍微稳了点回去，但还是心急如焚地赶了过去。

第十四章
线下聚会的真相

当他们赶到"金色天堂"时，包厢里已经热火朝天地开闹起来了。众人看到推门而入的顾茜茜跟林浩时，有一瞬间的惊诧，静得出奇。当然，顾茜茜也是彻底傻眼，除了靠着门边的暖宝宝，还有她身边的那个有过一面之缘的沈晨风外，包厢里的其他几对男女，并不是她原来宿舍的那几个，而是完全不认识的陌生人。

顾茜茜眸光茫然地看着林浩："学弟？"她想问，这些陌生人是谁啊？但是，当着人家的面她又问不出口。

林浩的眸光迅速地在包厢里扫了一圈，并没有看到顾茜茜说的叶菲菲跟王子华，但为了保险起见，还是跟沈晨风交视了一下，见他不动声色比画了OK、一切安心的手势后，这才微笑着拉着顾茜茜进包厢，热情地介绍道："学姐，我给你介绍一下，这几个人呢，都是你的铁杆粉丝团骨干。"

"啊？"顾茜茜傻眼，她压根不知道自己还有铁杆粉丝团。

"茜茜，我爱你，给我签个名吧！"小小妹从身后拿了块板，上面写着：I LOVE茜茜，便朝她递过来。

林浩忙讨好地递过一支沈晨风给他准备好的大号签字笔给顾茜茜，见她接过笔，一脸茫然，但还是在小小妹的板上签上了自己的大名，心里悄然地松了口气，这第一步，成功将这些陌生人用合理的粉丝身份陪顾茜茜过生日算是成功了。

"茜茜，我也要。"残月舞会从桌上拿起一本顾茜茜的书，"你的每一本书，我都有看，一会儿帮我都签。"

"我可喜欢你的书了，给我也签个。"筱柒也拿了本书，挨着顾茜茜要签名。

"我也要，我也要。"我是打酱油的叫唤了起来，看了看身边的道具都被抢光了，没啥可拿，忙把自己白T恤一脱，往顾茜茜面前递过来，"茜茜，给我签在衣服上吧！"

顾茜茜第一次遇到这样热情的粉丝，有些招架不住，但还是欢快地在我是打酱油的白T恤上签下了自己的大名。

"我这个衣服大，正反都要。"我是打酱油的翻了一面，笑着说。

暖宝宝嘴角抽了一下，背着顾茜茜对沈晨风竖起了手指，这剧情安排得实在太合理了，而且看着顾茜茜脸上的笑容，应该是真开心的。

也是，对于一个写书的人来说，她不像明星那样生活在闪光灯下，会有很多的粉丝追随者，写书的人，面对得最多的是电脑屏幕，写了书，能够获得读者喜爱，就是一件非常开心的事了，还别说有这样热切的书迷能够跟自己一起过生日。顾茜茜第一次跟粉丝亲密接触，异常开心。

"学弟，谢谢你，这惊喜我很喜欢。"顾茜茜拉了拉林浩的手臂，真诚地说。

"学姐，你开心就好。"林浩讨好地笑笑。

"咳咳咳。"暖宝宝轻咳了一下嗓子，往顾茜茜跟林浩中间大大咧咧地一插，将他们两个人分开道，"我说寿星，虽然，今儿是你最大，可是，你也不能迟到半个多小时吧？"

"就是，你不能仗着人家粉丝喜欢你就摆谱，迟到这么久。"沈晨风忙附和着暖宝宝，神色哀怨地看着顾茜茜。

"对不起啊。"顾茜茜抱歉道，"我不是故意迟到的。"

"亲亲，你就一句对不起，太没诚意了！"暖宝宝鄙夷地看着顾茜茜，"啤酒一支，洋酒半瓶，自己选吧！"手指朝着桌子上指过去。

"暖宝，你不是开玩笑吧？"顾茜茜很努力地挤出一抹自然的微笑，看着暖宝宝。

"谁跟你开玩笑啊？"暖宝宝正色地看着顾茜茜，"本来吧，咱们自家姐妹，你迟到惯了，我也懒得跟你较真，可是今儿来了这么多你的粉丝，你还迟到，必须要罚了。"

"对，必须要罚。"沈晨风附和道，"茜茜姐，你可别怪暖宝心狠，只是在场这几个人，你总得要交代一下不是？"

"好好好，就知道你们不打算放过我，得，我很自觉的，自罚三杯！"顾茜茜抽出手，拿起盖在桌子上备用的杯子，迅速地倒满三杯啤酒，一口气灌了下去，喉咙有些难受得发堵，直冲鼻子，缓了缓气，才稍微好了那么点。

"学姐，你没事吧？"林浩凑在顾茜茜的耳边关切地轻声问，毕竟她中午才大醉过，这样喝伤身体。

顾茜茜回了个安心的笑容给他，摇了摇头，她中午喝那么醉是因为喝了红酒，顾茜茜的酒量其实不差的，啤酒能喝个七八瓶，白酒也能干上个五六两，唯一沾不得的是红酒，逢喝必醉。

"哇，茜茜好酒量啊！"小小妹带头鼓掌，跟着响起一片浓烈的掌声。

"可是，茜茜，又不是你一个人迟到的，为什么就你喝，他不喝呢？"小小妹纯真无害地伸手指着林浩，"你们一起迟到的吧？应该一起罚。"

"好，那罚他的酒，我一起喝了。"顾茜茜笑着解释，"他一会儿要开车的，不能喝。"

说完，手里快速地又倒满酒，刚要拿起杯子，林浩便快一步接了过去，一口气喝掉了三杯，一语双关道："很高兴认识你们！"

"哇！这哥哥也是好酒量！"小小妹再一次带头鼓掌，一屋子的人都顺着起哄，掌声不断，小小妹挥挥手，大家奇迹般地安静了下来。

看来，这位看着纯真无害的姑娘是这几个人的中心，顾茜茜微笑地看着小小妹，不知道这个粉丝想折腾啥。但是，难得这么开心，她不会扫兴。

"现在好了吧，罚都罚过了，今天大家这么开心，也不能就我一个人喝酒啊！"毕竟顾茜茜是这个宴会的主角，她得招呼大家一起乐。

"今天大家能跟茜茜一起过生日，非常开心，所以一定不醉不归！"小小妹刚说完，又赢得一片附和声跟浓烈的掌声。

"既然这样，那大家一起来举杯。"顾茜茜第一个抓着酒杯，笑着扬了扬。

"NO，NO！"小小妹摇摇手，纯真地看着顾茜茜，"暖宝宝姐说了，罚酒是啤酒一支，洋酒半瓶的！"说完转过脸，看着暖宝宝问，"刚才不能算罚酒吧！"

暖宝宝为难地看了一眼顾茜茜，转过身问众人："你们觉得算罚过了吗？"

众人都很有默契地摇了摇头："不算，不算！"

暖宝宝无奈地耸了下肩膀，看着顾茜茜，无辜道："大家都觉得不算，那我也只能说不算。"

"可是，我刚不是喝了三杯了吗？"顾茜茜伸手又指了指林浩，"他也主动喝了三杯了。"

"那是你们自己口渴贪杯，不算。"小小妹忙跳出来推得一干二净，"我们从头到尾可都没让你们这么喝啊！"

"这……"顾茜茜嘴角抽了抽，好像是她自罚的，他们确实没说怎么罚，无奈地赔了个笑问："那，请问，到底想怎么罚我呢？"

"我刚才就说了，你们两个一起迟到的，不能只罚一个。"

小小妹刚说完，众人猛地点头，七嘴八舌道："是啊，刚就说了要一起罚。"

"那你说怎么罚？"顾茜茜认真地问。

"暖宝宝姐说了呀，茜茜自己选吧。"小小妹说完又扯了个无害的笑容来，"茜茜的酒量这么好，一定可以的。"

顾茜茜抬眼看了看，桌子上一堆开了瓶的啤酒，还有洋酒，嘴角抽搐了一下："这太多了吧？"喝下去，就算不醉死，肚子也涨满水啊。

"可以跟哥哥分着喝嘛！"小小妹笑了笑，"主要看你选什么酒了。"

顾茜茜在啤酒跟洋酒之间来回扫视了几圈，心里权衡了一下，啤酒量多，洋酒度高，看着今天不醉不归的样子，反正要醉倒，还不如喝洋酒，至少肚子不用那么多水，也不用猛跑WC："我喝洋酒。"

"好，那就给茜茜洋酒。"小小妹笑着接过残月舞会递过来的洋酒，小心翼翼地在两个杯子里倒上，嘴里道，"你是跟哥哥分着喝哦！"

"嗯。"顾茜茜应声。

"那大家给点掌声，看他们分着喝！"

小小妹带头鼓掌，众人忙起哄道："来一个，来一个。"

顾茜茜对于大家的兴奋，感觉莫名其妙，茫然地看着林浩，压低声音问："我们被罚酒，他们那么兴奋干吗？"

"你知道她的分着喝什么意思吗？"林浩笑着问顾茜茜。

顾茜茜忙摇头："啥意思？"

"喂，你们不要无视我们这群人，交头接耳地秀恩爱！"小小妹扬了扬手里的酒杯，"我帮你们倒好酒了，等你们干杯啊！"

"就是交杯酒啊，交杯酒！"我是打酱油的兴奋地喊着，"三杯，三个不同喝法。"

"快点表演。"筱柒拍着手催促道。

"什么交杯酒？"顾茜茜求救地看向暖宝宝，"不是罚酒吗？"

"是啊，罚酒，分着喝，就得要玩花样啊！"小小妹跳出来对顾茜茜解释了一下，接着颇为识时务，马上堆出一个谄媚的笑容来，"对不起啊，茜茜，因为大家都懂了，我以为你也知道。可是我不知道你不懂我的意思。"

"我……"

"虽然你之前不懂，但是，今天既然我们好不容易相聚在一起，玩在一起，那你就顺应民意，给咱们表演表演吧！"小小妹讨好地看着顾茜茜，手里更是恭谨地端着酒杯，让顾茜茜根本无法拒绝，只能硬着头皮接过。

"欧耶！"小小妹顿时乐得眉开眼笑，"三种交杯酒的喝法，你们可以自己协商。"

"还要三种方法？"顾茜茜嘴角抽搐得更厉害了。

"必须啊，要不然怎么能叫表演嘛！"沈晨风笑着接话，眨巴了一下眼睛，耍宝道，"亲，看你们表演了哦。"

"鼓掌，鼓掌。"暖宝宝也跟着起哄。

顾茜茜撇了撇嘴角，端着杯子，很努力地装作平静，自然地看着林浩："学弟，交杯酒，你会喝吗？"

"这不是废话吗！"林浩笑嘻嘻地端起了酒杯，主动缠过顾茜茜的手臂，缓缓地端着酒杯喝，顾茜茜望着林浩近在咫尺的脸，俏脸红到了脖子，心怦怦直跳，她都不知道在紧张什么。

一杯酒其实一下子就喝光了，但顾茜茜却觉得很漫长，漫长到周遭响起了热烈的鼓掌声，她才回神，不自在地撇过视线："林浩，要不，咱们不玩了吧？"另外还要两种交杯酒的方法，让顾茜茜有些头疼。

林浩不动声色地看着顾茜茜，咬着她的耳朵，温和道："你这些粉丝都远道而来，你这样扫兴，会不会不好？"

温热的气息喷在顾茜茜敏感的耳边，引得她不自在地颤了一下，戒备地缩着身子，低低道："那好吧。"

"你们两个商量好了没？我们等着看表演呢！"暖宝宝刚问完，屋子里又是异口同声地催促，"交杯酒，交杯酒，交杯酒！"

顾茜茜跟林浩又相互换了种方式，交换喂完了手里酒，暖宝宝他们都满意地点了点头："第三种呢，第三种呢！"

"第三种怎么喝呀？"顾茜茜真不知道喝交杯酒还有这么多方式，看着小小妹，虚心地不耻下问。

"用嘴巴喝呀！"小小妹伸手指了指自己的嘴巴。

顾茜茜茫然："什么意思呀？"

小小妹深呼吸了一口气，看着林浩，笑吟吟地问："哥哥，你懂我的意思吗？需不需要找个人教你？"

"不用。"林浩嘴角勾着邪魅的笑意，对着顾茜茜眨了眨眼，然后猛地喝了口酒，接着拉过顾茜茜，毫不犹豫地俯身，嘴对着嘴，把酒渡到了顾茜茜的嘴里。

众人的掌声再次热烈地响起来，夹杂着口哨声、叫好声。

顾茜茜彻底傻掉，大脑好像死机一般，空白一片。她从没有想过，跟林浩竟然会有接吻的一天。虽然，这不算接吻，但是，从第一杯的交杯酒，到这第三杯，这嘴对嘴地相互喂酒，就好像做梦一样不真实，她怎么会跟林浩这样地荒唐跟胡闹呢？

喂完这杯酒，少量的酒渍顺着顾茜茜的唇缓缓流下，顾茜茜因为受惊过度，依旧呆傻着微张嘴。林浩邪魅地一笑，再次上前，俯身毫不犹豫地捧起顾茜茜的后脑勺，轻轻地用舌帮她将嘴边的酒渍一点点地舔干净。两唇相接后，舌头也探进顾茜茜的口腔，纠缠着她的舌，细细密密地唼吻了起来，全然不顾众人的起哄声。

这个吻，才是真的接吻。顾茜茜恼羞成怒地推开林浩，她的脸已经红到脖子了，甚至连耳朵都隐隐发烫。这一切发生得太突然了，令顾茜茜措手不及。顾茜茜一直觉得，自己对林浩是抗拒的，他们之间是不可能的，但刚才林浩吻她的时候，顾茜茜清楚地感觉到，她的心跳有那么一瞬间的呆滞，接着便是不知名的剧烈跳动，原来，她的心跳会因为林浩而加速。

有了这个认知，顾茜茜面对林浩的时候，就带着几分心虚，没有办法张牙舞爪起来了。

"好了，罚过了，我们就要开始狂欢了！"暖宝宝怕气氛冷场，忙跳出来打圆场。

"对啊，对啊，蛋糕呢，香槟呢！"沈晨风配合地一起制造气氛。

众人手脚利索地将蛋糕跟蜡烛都摆好，林浩微笑着给顾茜茜递过打火机："点蜡烛吧。"

顾茜茜眸光复杂地看了眼林浩，低着脑袋接过蜡烛，小心翼翼地点上。

"祝你生日快乐，祝你生日快乐……"林浩带头唱起歌来，最后一屋子都跟着中英文版的合唱。

"学姐，许愿吧。"

"亲亲，许完愿，我们有惊喜给你哦！"暖宝宝也跟着催促。

顾茜茜看了眼神神秘秘的林浩，又看了看暖宝宝："你们还有惊喜给我？"

"是我们。"众人异口同声。

顾茜茜环顾了一下众人，嘴角带着甜蜜的笑，闭着眼睛许愿，然后猛地吸了口气，吹掉了蜡烛。

"大姐夫，生日快乐！"小小妹拉开灯的同时，给顾茜茜送上了一束鲜花，"我是小小妹。"

顾茜茜愣住，在小小妹喊她大姐夫的时候，她的大脑轰隆了一下，好像平地炸雷似的。又恍惚听她说自己是小小妹，顿时惊得嘴巴都合不拢，惊诧地问："你说，你是小小妹？《桃花奇缘》里的小小妹？"

"对，我是小小妹。"小小妹说完，笑嘻嘻地挽着身边的男人，亲昵地偎依在他怀里，介绍道，"大姐夫，这个是我游戏里的老公，残月舞会。"

"你是残月舞会？"顾茜茜被惊得不知道该说什么了，呆呆地问。

"大姐夫，还有我，我是筱柒。"另外一个小姑娘，忙拉着顾茜茜的手，讨好地笑着，"大姐夫，你会写书，真的好厉害，我刚看了你的文章，写得真棒。"

顾茜茜把眸光看向那个刚脱了 T 恤的家伙，试探地问："那你是？"

"我是打酱油的。"

"这些是红豆他们来不了的人，叫我们给你准备的礼物。"暖宝宝伸手指了指沙发角落里，堆着的包装精美的礼盒，"还有他们让我带一句，生日快乐，大姐夫。"

顾茜茜激动地伸手捂着自己的嘴巴，她都克制不住地想尖叫了。

游戏里的大神，虽然让顾茜茜不开心，郁闷了，但是这些朋友，却能够这样想着她，让顾茜茜这样一直孤单惯了的人，真的有种被捧在手心当宝的感觉，这一刻，她真的很幸福。

"大姐夫，我就不用介绍了吧？我拾荒。"沈晨风痞气地笑了笑，引得其他几位一致地鄙视。

"学姐，你开心吗？"林浩送上礼物，"这个生日宴会，又是游戏线下聚会，这样的安排你满意不？"

"晕。"顾茜茜嘴角抽搐地看着林浩，"都是你特意安排的？"这一刻，她并没有因为这些不是她真的粉丝而迁怒林浩，相反地，看着游戏里这些战歌的朋友，她觉得异常亲切。

顾茜茜除了叶菲菲、王子华和暖宝宝之外，第一次接触到游戏里的那些人，原来，他们离开了游戏，也是这样鲜活可爱。

"我希望这是惊喜，而不是惊吓。"林浩含情脉脉地看着顾茜茜，"我希望你开心。"

"林浩，谢谢你。"顾茜茜激动地扑上去，一把狠狠地抱住了林浩，"我真的很开心。"

对顾茜茜而言，这是一个非常特别、有意义的生日，因为她第一次见到了自己热情的粉丝，虽然是假的，但是，他们却是顾茜茜战歌里真实的朋友。

暖宝宝使劲地给林浩眨眼，示意他这会儿就是天时地利人和的表白最佳时刻。沈晨风更是讨好地拿着小小妹那束玫瑰花，在林浩面前晃。

林浩伸手接过沈晨风手里的花，张嘴就要对顾茜茜表白。

"我们来晚了吗？"叶菲菲推门进来，张口就问。

"不晚，不晚，我们线下聚会才刚开始。"我是打酱油的不认识叶菲菲跟朱俊彦，还以为他们也是现在聚会的玩家，忙笑着问，"你们俩游戏里叫什么名字？"

"游戏？"叶菲菲愣了一下，随即反问，"你们在线下聚会？"

"是啊，你们难道不是我们战歌的？"

林浩这一刻真的很想掐死我是打酱油的。

"你们战歌？"叶菲菲茫然地看着顾茜茜，"你玩什么游戏线下聚会？今天不是你生日宴会吗？"

"是啊，我们大姐夫的生日宴会，又是我们《桃花奇缘》的线下聚会。"我是打酱油的笑着解释。

"《桃花奇缘》？你们几区呀？"王子华跟着进来，恰好听到这句，忙问，随即补了句，"我也玩的。"

"对啊，我们也玩的。"叶菲菲跟朱俊彦也异口同声地说。

暖宝宝跟沈晨风相互对视了一眼，心里哀叹，天时，地利，人不和啊！看来小林子的求爱之路，还要经历磨难。

"电四，聚八啊。"我是打酱油的骄傲地说，"我们是战歌的！"

"你们是战歌的？"王子华顿时激动起来，"你们老大呢？"

我是打酱油的下意识地看向林浩，暖宝宝忙挡在林浩身前，对着王子华道，"我们老大没来，我是暖宝宝，你有什么事，跟我说。"

王子华看了一眼暖宝宝，快步走到顾茜茜面前，严肃地问："茜茜，老实告诉我，你在游戏里叫什么？"

"学姐干吗要告诉你叫什么呀？"林浩一把将顾茜茜护到身后，"你是谁呀？"

"我是拾荒。"王子华口齿清楚地回答。

顾茜茜的心顿时好像被针扎了一下，拾荒的号，果然是王子华在玩，那沈晨风之前说的那些话多半是假的，他为什么要这样骗自己呢？游戏里的大神到底是一个怎样的人？顾茜茜突然有点想听听他的解释，就算他想离婚，就算他想跟娃娃奔现实，就算他人品不好，但是，这么长时间相处下来，大神确实没有伤害过顾茜茜，是顾茜茜自己想太多才会飞蛾扑火吗？

如果，顾茜茜只是抱着一场游戏的心态来玩的话，可能她就不会被这个游戏伤到，毕竟，看着游戏里战歌的这些朋友，都是不错的。能把这些人带得这么好的帮主，人品应该不会差到哪里去。

顾茜茜顿时心思万转，恨不得丢下这屋子里的人上游戏去，问问大神到底是个什么样的人。可是反过来想，问清楚了又能怎么样呢？顾茜茜难道也跟那些女孩一样，跟着大神从游戏奔现实吗？那林浩怎么办？

这一刻，顾茜茜的心里想的竟然是林浩怎么办。是的，顾茜茜从来不放在心里考虑的他，确实是顾茜茜最难割舍的。

"我靠，你就是那小兔崽子！"

我是打酱油的顿时激动了起来，猛地抽着酒瓶子便要往上砸，被沈晨风一把拽着，瞪眼道："酱油，你干吗呢？"

"我干他！"

"干你妹。"残月舞会也跟着上前拉住我是打酱油的，"大姐夫生日呢，你没喝酒，你闹毛线的事！"

我是打酱油的挣扎了一下："兄弟，你别拉着我，我不动手，不暴力，我喝酒干他！"

众人虚惊一场，沈晨风这才松开手："好吧，你们俩喝去。"

"王子华，你还在玩拾荒的号？"叶菲菲跨前了一步，站到了王子华面前。

我是打酱油的拎了两瓶酒，傻站在一旁，看着王子华点了点头，然后，叶菲菲毫不犹豫地在王子华脸上甩了一巴掌："你个浑蛋，把我骗去新区重新给你练号，你自己玩拾荒号就算了，还把我小乖的号给别人，你根本就是个人渣！"

"老婆，算了。"朱俊彦一把拉着情绪失控的叶菲菲，"小乖的事都过去了。"

"王子华，你是我见过的最卑鄙无耻的贱男！"叶菲菲咬牙切齿地说完，猛地一把推开挡道的他，然后走到顾茜茜面前，从包里拿了个礼物出来，"茜茜，我祝你生日快乐。"缓了缓气，怒瞪了一眼王子华，"对王子华这样的贱人，以后你有多远就躲多远，不要再有联络了。"

顾茜茜接过礼物，为难地看了一眼王子华，虽然她真不想多事，但嘴里还是忍不住开口道："菲菲，你跟王子华之间是不是有什么误会？"随即，顾茜茜意识到，叶菲菲的老公朱俊彦在场，忙抱歉地说，"对不起，我多事了。"

"我跟王子华没有误会。"叶菲菲深呼吸了一口气，"当初，我们去新区，你卖了小图号的时候，他就丢下我一个人回来了。回来就回来吧，还让我帮他把新区的号练着。"叶菲菲说到这儿，自嘲地笑了笑，"我是个傻×，才帮他练号，砸装备，结果，他跟我说不玩新区了，还在原来那个区。"

叶菲菲再一次深呼吸了一口气，接着说："好吧，要回来，我就想跟他回来，结果他跟我说，把小乖号送人了，要我重新练一个。"叶菲菲说着冷笑了起来，"你们知道他把号送给谁了吗？"

"这位姐姐，我想打断一下，你的小乖号是？"小小妹听得一头雾水，心里虽然隐约有猜测，但还是忍不住问，因为她想确定。

"小乖。"叶菲菲没有回答，顾茜茜抢先回答了，接着道，"菲菲，你接着说吧！"

"王子华把小乖给了一个游戏里跟她上床的女人。"叶菲菲尽可能地让语气平缓，但是，依旧遮掩不了她的愤怒，"那个脑残把我的号折腾得乱七八糟，我就不说了。最后知道我在别的区玩，也用那个账号，不但把我新区所有的装备都给卖了，还骗了我很多朋友的装备，打包卖了。"

"这么没品？"林浩都忍不住出声了。

顾茜茜嘴角抽了抽，看着王子华："菲菲说的是事实吧？"其实在顾茜茜的心里还是期待王子华说不是事实，或者有什么误会，毕竟在顾茜茜的印象里，王子华真的不是那么不堪，可是，现在的王子华，真的陌生到顾茜茜一点都不认识了。

王子华歉意地看着叶菲菲："菲菲，对不起，我真的不知道她的人品那么差，我也不知道你新区的事，不然，我一定会给你补偿的。"

"补偿？王子华，你能补偿我什么？"叶菲菲冷笑，"你不带那些脑残招惹我，我就谢天谢地了。"

"那些脑残？"小小妹再一次插话，"有很多吗？"

"当然，什么疯丫头小洁，疯丫头小烟，疯丫头小泪……"叶菲菲冷哼了哼，"只怕，王子华自己都数不过来吧！"

"好了，老婆，今天是茜茜的生日，这些乱七八糟的事就不要再说了。"

朱俊彦插话，安抚着叶菲菲，"再说，跟这种人也没什么好计较的，平白地心里添堵。"

"就是，今天大姐夫生日，咱们都敬一杯酒。"沈晨风笑着出来打圆场。

"对对，咱们敬大姐夫，祝她生日快乐。"残月舞会也跟着道贺。

"大姐夫。"王子华重复了一句，然后看着顾茜茜问，"茜茜，你玩的是小团的号？"

"嗯。"顾茜茜也不否认了，点点头。

"那上次我叫你，你为什么不理我？"王子华质问道。

"我理你做什么？"顾茜茜坦然地看着王子华，"我跟你又没什么关系，在游戏里，也只是敌对帮派，没有必要理你吧？"

"茜茜，你现在怎么变成这样了？"王子华受伤地看着顾茜茜，"你以前不是这样的。"

"时间在流逝，人也会跟着改变，这是再正常不过的事。"顾茜茜微笑地看着王子华，"以前的我很傻，很天真，但是谢谢你，教会了我成长，让我变得独立跟坚强。"自从上次相亲见到王子华，顾茜茜将曾经纠结的心结打开之后，她对王子华的感情，真的是释然了。在游戏里不屑他的人品，在现实里，顾茜茜更是没有再续前缘的可能，尤其再听到叶菲菲今日这番控诉后，顾茜茜更加坚定，原来我的前任是极品。这样的极品，离得越远越好，她甚至都在后悔了，好端端的生日宴干吗答应他来。一来就是找战歌老大的，要是找到了大神，他是不是准备跟大神现场来场 PK 呢？

"你……"王子华眸光深邃地看着顾茜茜，半晌之后，才丢一句，"你很好！"

"我家大姐夫当然好。"小小妹插了话进来，挑衅地看着王子华，"我家老大也很好，你是永远比不上滴！"

"哎哟，你不服气呀？不服气游戏单挑呀！"沈晨风也扮了个鬼脸，

228

挑衅道。

"好，你们帮我带话给小囡，我们来一次 PK，谁输了就删号走人。"

"王子华，这是我生日宴会，你要下战帖，麻烦去游戏好吧？"顾茜茜隐忍了许久，终于插话，"还有，我今天谢谢你的到来，如果没事的话，抱歉，我不招待了！"

顾茜茜逐客令一下，王子华气恼地转身就走：顾茜茜，从此以后，我们再见亦是陌路。"

王子华，我早就跟你陌路了！顾茜茜的心里淡淡地道，此生希望再也不要相见了。因为每见一次，就让顾茜茜失望一次，那些残存的爱，在这样的失望中变得支离破碎。就算结束了，顾茜茜也不想让回忆变得那么残酷，至少，她想保留一点点的美，就算是虚假的也好。

"走了个扫兴的人，心情顿时变得灿烂无比呀！"沈晨风笑着张开双臂，做了个深呼吸的动作。

"对了，小乖，你现在在什么区玩呀？"小小妹好奇地问。

"我叫叶菲菲，这是我游戏的老公，不过，十五号之后，他就是我现实的老公了！"叶菲菲幸福地挽着朱俊彦，"老公，不管游戏还是现实，你都是我的最爱。"

"哇，你们好幸福。"小小妹拍手叫了起来，随即身子朝着残月舞会靠了上去，"游戏里的老公，你想不想跟我现实呀？"

"宝贝，我以为我们早现实了呢！"残月舞会伸手抱着小小妹，"咱们又不是第一次见面了，你还装！"

"你们见过呀？"我是打酱油的惊讶地问。

"必须呀，我跟他家长都见过了。"小小妹笑着说，"现在就等我离职手续办好了，我就跟我老公现实恩爱去。"

"哇，你们太幸福了。"我是打酱油的一脸羡慕，看着暖宝宝道，"宝宝，要不然，我们也凑合现实吧？"

"滚你丫的。"暖宝宝还没开口拒绝，沈晨风已经快一步拒绝，"暖宝宝是我的。"

"没听过，朋友妻不客气嘛！"我是打酱油的痞气地笑了笑，"在你跟暖宝宝没成之前，我也是有机会滴！"

"好你个酱油，连我的女人都敢打主意，来喝酒！"沈晨风不爽道。

"沈晨风你大爷的，我什么时候成你女人了？"暖宝宝抗议道，"跟我喝酒，你喝过我，我就娶你了！"

"喝不过你，是不是你嫁我呀？"沈晨风坏笑道，"那我认输好了。"白娶一个媳妇的事，多好呀！

"废话那么多，喝吧你！"

"招呼下别区的兄弟嘛，下次打怪指不定能遇上呢！"残月舞会笑着跟叶菲菲他们夫妻两个喝上了酒。

包厢里顿时热火朝天起来，大家玩得开心，喝得尽兴，这一刻，顾茜茜真的分不清楚，到底网络跟现实的距离在哪里。

这些人，都是网络里的人，一堆数据，可是，都是用真实的情感在创造他们所扮演的角色，所以，脱离网游那个世界，回到现实里，还是这样的精彩纷呈。

第十五章
有情人终成眷属

"学姐，你相信游戏里的爱情吗？"林浩挨着顾茜茜坐了下来，将她的脑袋小心翼翼地搬到了自己的肩膀上。

顾茜茜中午喝的酒都没有彻底醒，晚上又被轮番地灌，这会儿脑袋又开始晕了，所以才找到角落的沙发，想缓缓，没有想到林浩却跟了过来。把脑袋靠在林浩的肩膀上，相对舒服一些，她也就懒得挣扎了，打了个酒嗝道："我不相信游戏里的爱情。"说完，低低地补了句，"可是，我还是爱上过游戏里的人。"

"你爱的是王子华的拾荒吗？"林浩淡淡地问。

"不是。"顾茜茜摇了摇头，眸光迷离，"我跟拾荒，也就是王子华，是现实恋着，一起去游戏的，所以在游戏里相爱结婚，我都觉得是很正常的一件事。"缓了缓气，接着说，"可是，大神给我的感觉不一样。"

"怎么不一样了？"林浩耐着性子问。

"他对我很好，只有付出，不求回报的好。"顾茜茜说到这儿，抬起脸，正色地看着林浩，"就像你对我一样。"

"嗯。"林浩应了一声，并没有打断顾茜茜，其实他想问，既然你都能爱上游戏里的大神，为什么就不能爱上我？但是他知道自己问了，顾茜茜也不会愿意回答，如果逼她，只会将她越推越远，所以林浩什么都没有问，安静地听着她说。

"我真的被大神一点一点地感动了，在听他说他是幕夜幽灵的时候，我的那些感动，顿时变成了感觉。"

"为什么？"林浩的心情跟着激动起来，但是努力克制自己，强装淡定。

"我也不知道为什么。"顾茜茜神色茫然，"幕夜幽灵是一个不爱升级的家伙，当时只是个小号，天天围着我转，我没想到，他竟然买了我的号，还成了练级狂人。当大神跟我说，他是因为爱我的号才买的，因为想维持我的神话，才努力逼自己去练级，学习PK，技术也是跟人一次一次打出来的，我真的觉得，我的心充满了幸福。"顾茜茜看着林浩，"我是个没有安全感的人，我害怕现实的失去，所以，我不敢轻易地开始感情。"

"所以，你就那么轻易地爱上了游戏的大神？"林浩不知道该气还是该笑。

"我清楚地知道，自己不会跟游戏里的大神在现实里有任何接触，所以，我放任自己的感情，放任自己去爱。"顾茜茜第一次认真地面对自己的心，"可是我没有想到，我爱的大神，其实并没有我想象中那样完美。"

"学姐，这个世界上，并没有那么多完美的人。"林浩轻柔地拍了拍顾茜茜的背，"你爱上的大神，只是虚拟世界的大神，只是你虚幻的那个人物，其实，你根本就没有爱上他。"

"我觉得也是。"顾茜茜认同地点点头，"我可能爱上的是我自己想象中的人。"随即自嘲地笑了笑，"知道大神并不是想象中那么完美的人之后，我竟然连上游戏的乐趣都没有了。"

"这样也好，这游戏不玩也罢。"林浩安抚着顾茜茜。

"可是我心里还是放不下，我还是想上游戏看看。"顾茜茜疲倦地合上了眼睛，嘴里嘟囔道，"我宁愿虚拟里受伤，也不想现实再被伤……"

"顾茜茜，我这么喜欢你，怎么可能伤害你呢？"林浩低沉地在顾茜茜耳边开口道，可是她却已经沉睡了过去。

"小林子，我觉得你得改变策略。"暖宝宝摇摇摆摆地走过来，拍着林浩的肩膀道，"我早就想说，顾茜茜爱上你了，只怕她早把你当作大神了。"

"可是她不知道我就是大神啊。"林浩茫然地看着暖宝宝，不耻下问。

"我是说，茜茜是不知道你是大神，但是，她爱上的虚拟世界的大神，就是想象成你的样子的那种。"暖宝宝喝了口水，缓缓道，"她现实里不敢跟你谈恋爱，其实就是怕你辜负、伤害她。游戏里，她放任自己爱上大神，因为虚拟世界尽在想象，大神就是你，她就爱得干脆了。"

"表哥，我觉得暖宝宝说得有道理。"沈晨风也挨过身子，插话进来。

"那怎么办？"林浩拧着飞扬的剑眉，问得恳切。

"只有一招了。"暖宝宝看了看沈晨风，对着林浩道，"明天，让茜茜知道，小囧就是沈晨风。"

"啊？"沈晨风伸手指了指自己，"为什么是我？"他已经扮演过一次●巫毒 ₵ 娃娃了，竟然连小囧都要他扮演，当他人格分裂啊！

"因为茜茜觉得你是骗子，再说了，你现在已不能装自己是拾荒了，你就做大神吧。"暖宝宝果断地说，"大神有了参照物——你，我相信茜茜就不敢再爱了，毕竟你们现实接触过。"

"暖宝姐，茜茜爱上大神这个问题好解决，可现实的我该怎么办？我又不敢逼她，怕把她惹急了，把我往死里拒绝呀！"林浩拧着俊眉，"我这求爱路，怎么就这么坎坷呢！"

"你啊，死小子，就是有贼心没贼胆！"暖宝宝没好气地白了一眼林浩，"其实你做的这些乱七八糟的事，又有风险，又累人，而且还容易出问题。"暖宝宝撇了撇嘴，"你看今天，本来计划得万无一失，结果突然冒了这两个意外出来。还好我们都是天才，以不变应了万变。"

"是是是，暖宝姐教训得是。"林浩忙恳切地认错，"我还请您老指点，指点。"

"有什么好指点的？最简单的办法就是直接扑倒。"暖宝宝做了一个扑倒的手势，"生米煮成熟饭了，顾茜茜自然就接受了。"

"不是吧？"林浩嘴角抽了抽，"学姐这招很损。"

"你管它损不损，好使就行。"暖宝宝瞪了一眼林浩，"你要这样拖下去，你跟她生米煮不成熟饭，就糊成一锅粥，那你就真的完了。"

"好吧！"林浩正色地点头。

清晨，第一缕阳光透过纱帘照射到顾茜茜的脸上，她感觉有些刺眼。大半个晚上的狂欢，一整天的醉酒，让她非常疲惫，懒洋洋地翻了个身，想继续维持好眠，一摸便警觉地发现不对劲，猛地睁开眼，正好对上林浩温柔的双眸，惊讶地忙拉开被子，忍不住失声尖叫："啊！"

"学姐，早安！"

顾茜茜闭上眼睛想装死，嘴里喃喃自语道："幻觉，一定是幻觉。"她昨天白天醉酒了，晚上又喝了很多酒，现在肯定还没清醒，不然林浩怎么可能在她床上抱着她？

太惊恐了，比噩梦还恐怖！

"啊！浑蛋，你咬我做什么？"

顾茜茜没好气地从林浩嘴里拉出被咬的手，揉着酸疼的手背，轻轻地吹了吹，好深的一个牙印，气恼道："林浩，你属狗啊？"

"我只是想告诉你，这不是幻觉，你也没做梦！"林浩侧过身子，撑着手，拨弄着顾茜茜的发丝，嘴角勾着笑意道，"你刚才疼了，那就是真的了。"

顾茜茜低头看了看身上的睡衣，又瞄了瞄林浩赤裸的胸膛，小心翼翼地往床边挪了一点点，赔了个尴尬的笑脸，问："那个，学弟，我没对你做什么吧？"

只是纯抱着睡觉而已，她没有啃窝边草，没关系，他是学弟，也算是弟弟，顾茜茜心里拼命地找理由，安慰着自己。

"都这样了，你竟然还否认？"林浩俊脸上顿时挂着一副受委屈的模样，"学姐，你就是这样逃避责任的？"

"我没逃避责任。"顾茜茜又往边上挪了挪，企图跟林浩拉远一点距离，他这样一副好像顾茜茜那啥了他的表情，让顾茜茜真的很有压迫感。

"那你是准备对我负责了？"林浩漂亮的眼眸顿时闪过一片明亮的流光。

"负责？"顾茜茜真是哭笑不得。她对昨天晚上的事情，除了喝了好多酒，其他的真没印象，可是听着林浩的话，好像她跟他……可是，顾茜茜应该不会这样酒后那啥的。

顾茜茜心虚着挪动身子，想离林浩远一点，"砰"的一声，直接掉床下去了，刚揉着屁股准备站起来，下一秒，就被林浩居高临下地压在地板上。顾茜茜只觉得脑海中"轰"的一声，心头仿佛有什么东西炸裂开来似的，讪讪道："学弟，这个事情，不用负责吧？"

顾茜茜真的不记得发生什么事情了，但即使真的有那个什么，那个负责也该是她的台词吧！

"不用负责？你不想对我负责？"林浩的眼睛有些不悦地眯了起来，"学姐，难道你经常跟人乱搞男女关系？不负责？"林浩气恼地吼完，又对着顾茜茜的脖子狠狠地咬了一口，以表示他现在的愤怒之情。

"疼！"顾茜茜推开林浩的头，可怜兮兮地摸着脖子，望着林浩暴怒的俊脸，稳了稳心神，才淡定地开口，"你先起来，我们坐下来再谈这个问题。"

"不，就这样谈，挺好的！"林浩在顾茜茜耳边轻柔地说。

一阵温柔、湿润的气息掠过顾茜茜的耳垂，让顾茜茜敏感地一颤，深呼吸了一口气，耐着性子道："林浩，我劝你最好起来，不然我生气了。"

看着顾茜茜板着脸，林浩心里还是有些发憷的，因为太在乎一个人，就会特别害怕失去。林浩就特别害怕顾茜茜生气，因为她的性格，一旦气急败坏，可能就再见，再也不见了。他犹豫了一下，还是从顾茜茜身上爬了起来。

顾茜茜的脸色缓和了点，推开林浩，站起身子，环顾了一下房间，并不是自己的，于是问："这是哪里？"

"我家！"林浩闷闷地回答，随即讪讪道，"学姐，咱们是不是跑题了？"

"林浩，昨天到底发生了什么事情，我不记得了，所以你最好也给我忘记！"顾茜茜正色地望着林浩，见他嘴角动了动，似乎想说什么，但最后还是没有开口，"林浩，我们之间的交集是朋友，如果，你连朋友都不想做的话，你可以继续逼我，让我们都难堪。反正，以后不想见你，多的是办法。"

林浩的俊脸顿时惨败地苍白起来，这一刻，他觉得自己的心，好像被人捏碎了一样地疼："顾茜茜，我们都这样了，你一句轻描淡写的忘记，难道就真的可以把这事抹干净吗？"

顾茜茜不敢面对他那眸光灼灼的黑眸，只能低着脑袋，心却狂乱了起来。她只是因为自己没有安全感，才一次次拒绝林浩，她并不是真的不喜欢林浩。

"林浩，不管我们变成什么样，我希望我们能维持原样。"

"维持原样？"林浩冷嘲着嗤笑了一声，"顾茜茜，已经发生了的事怎么可能维持原样？"

"那我们就努力恢复成原样。"顾茜茜恼怒道，"林浩，昨晚只是个意外，意外你懂吗？就是我并不想发生的。"

"你并不想发生，并不接受我是吗？"林浩忧伤地看着顾茜茜，"就算

236

生米煮成熟饭了，你还是一样拒绝我，对吗？"

"林浩，你不要逼我。"顾茜茜顿时心乱如麻，"我现在脑子很乱，根本没办法冷静思考。"

林浩深深地呼吸了一口气，鼓起勇气，猛地一把紧紧抱住顾茜茜，大力地将她扣紧在怀里："这也许是我最后一次抱你了。"

顾茜茜在林浩拥住她的时候，浑身僵硬了一下，听到这话的时候，大脑空白了："林浩，你什么意思？"

"顾茜茜，你宁愿爱上游戏里的那个我，也不愿意面对现实里的我吗？"林浩深呼吸了一口气，明亮的眸光瞬间黯淡下来，轻轻地松开了顾茜茜，"我对你的心，你早就清楚，所以，才这样肆无忌惮地伤我，是不是？"

"我……林浩，我没有想过要伤你。"顾茜茜被林浩堵得哑口无言，半晌后，惊讶道，"你果然就是小囡！"

"是的，我就是小囡，我一直在你身后守护着你，可是，你却偏偏伤害了我。"林浩嘴角勾着惨淡的笑，"顾茜茜，今天是最后一次我爱你，你不接受我也没关系了，以后，我会停止爱你，也会停止欺骗自己，在你身边，只是想跟你做普通朋友。"说到这儿，林浩再一次深呼吸了口气，"我会离开你，永远离开你，直到我自己彻底忘记你。"

"林浩……"顾茜茜看着林浩夺门而出，心跟着疼痛起来，她快步地追了上去，因为她舍不得林浩离开她，舍不得林浩彻底忘记她。

"顾茜茜，如果你不能够接受我，就请你放弃我，远离我。"林浩转过身子，从未有过的决然，"这么多年，我真的很累了。"

顾茜茜犹豫了一下，还是跨步上前，勇敢地抱住了林浩："我也很累，很累了。"顾茜茜总是害怕失去，所以不敢去拥有，一直躲着林浩，躲到最后她都没有退路，必须去勇敢爱了。

"既然那么累，就靠着我好不好？"林浩心疼地拥住顾茜茜，"相信我，我能够给你创造有安全感的世界。"

"你是说游戏的世界吗？"顾茜茜抬着脸，俏丽地问。

"你只需要游戏里的安全感吗？"林浩温和地反问。

"当然不是。"顾茜茜看着林浩，"我需要现实里实实在在的安全感，无关游戏。"

"只要你想要，我一定给你。"林浩深情地拥抱着顾茜茜，俯身温柔地吻上了她柔嫩的唇。

顾茜茜的心颤抖了一下，踮起脚尖，闭上眼睛，认真地回应着林浩的吻。这一刻，两颗不敢靠近的心，真正地融合到了一处，幸福地绽放着爱意绵绵。

良久之后，热吻结束，林浩抱着顾茜茜，含情脉脉地看着她，在她的额头温柔地亲了亲："茜茜，我爱你。"

"林浩，或许很早以前，在我自己都不知道的时候，我就爱上你了。"顾茜茜勾着嘴角，倾城一笑，"原谅我的懦弱，原谅我的逃避，原谅我不敢接受你，只是因为害怕失去你。"

"我知道。"林浩幽幽地叹了口气，"还好，你最后想通了。"

林浩也不敢去想象，他离开顾茜茜之后，自己的心是不是会缺一个口子，永远不停地流血，因为林浩是那么喜欢顾茜茜。

从第一次被顾茜茜无意救下之后，林浩就一直像个骑士一样默默地守护着她。三年前，在她跟王子华全世界昭告幸福的时候，他沉默地看着，因为才大一的他，给不了顾茜茜任何幸福的承诺，所以，他跟着顾茜茜上游戏，在游戏里尽可能地对顾茜茜好。

后来，他看到顾茜茜跟王子华在现实里决裂，在游戏里分道扬镳，林浩想要好好照顾顾茜茜。可表白之后，却被顾茜茜狠狠地拒绝了："林浩，你给不了我想要的安全感，现在一无所有的你，拿什么来爱我？"

是的，那时候的顾茜茜已经想着要结婚，想要踏踏实实过日子了，她总说，二十五岁是女孩最美好的年纪，她想要在最美的时候将自己嫁出去，可是林浩却没有到结婚年龄，也没有办法给顾茜茜实实在在的婚姻。那时候，三岁，真的是一个无法逾越的鸿沟，因为顾茜茜属于晚婚的时候，林浩连法定结婚年龄都没到。

林浩不得不放弃现实里的顾茜茜，伤心地远走。将顾茜茜游戏里的号买下来，疯狂练级，练 PK 维持大神样，也只是为了寄托自己的情感。现实里林浩做不到的事，虚拟的游戏里他可以做到。

林浩以暧昧的姿态陪着顾茜茜，等待着自己成长，等待着自己能够给她安全感的时候，大胆地表白。可是当林浩达到法定年纪了，顾茜茜却不再想着结婚了，当林浩跟她告白的时候，她却笑着拒绝了，顾茜茜的理由很奇怪，因为太熟了，兔子不吃窝边草。

"没有感觉，可以找感觉。"这是暖宝宝第一次为林浩追求顾茜茜支的招，也是被林浩一次一次软磨硬泡给打动的，她分析道，"而且看你们的样子，也不像真的没有感觉，要是我对一个人没好感，才不愿意让他在我眼前晃悠，惹我心烦呢！"

"你是说学姐对我是有感觉的？"林浩听到这话的时候，就好像在绝望的沙漠里遇到了水源一样，心底燃起了希望。

"嗯，只是她抗拒这样的感觉，不敢面对自己的心而已。"暖宝宝自信地点点头，"你一定要逼她去面对。"说道这儿，她又补充了一句，"但是，你的逼迫，不能是告白的方式，因为那样等于给她机会拒绝你。"

"那我该怎么办？"

"只要不说出口，你想怎么做都行。"暖宝宝暧昧地朝着林浩笑了笑，"你不经意的一些举动，或许比你表白的效果要好得多。"

于是，林浩按照暖宝宝的招儿开始做了。后来，就有了那些暧昧不清的举动，让顾茜茜抗拒不得，只能选择逃避，甚至将情感转移到游戏里的大神，因为就如顾茜茜所说的，她宁愿在虚拟世界受伤，也不想现实被伤。

可无巧不成书，明明拼尽全力在躲，可命运却偏偏让你躲不掉，还让你傻乎乎地送上门去。

顾茜茜真的没有想到，林浩默默守护的方式，跟她逃避现实会用同样的招数，在虚拟世界里，寄托自己的情感。

所以，当顾茜茜打开《桃花奇缘》，小囝遇上小囡时，便注定了两个人之间的纠葛，由现实走向虚拟，又从虚拟世界回归现实的玩笑生活。

因为爱情真的是一件很奇妙的事，感觉不是你想要就能有的，心动也不是你说要就能要的，可是，一旦感觉来了，心动了，人的心就会变得狭小，小到只能够容纳一个人。

顾茜茜爱上大神，是想转移情感，但大神如果没有林浩给她的那些感觉，只怕顾茜茜也不会那么容易就转移情感，所以在知道大神便是林浩的时候，她那颗摇摆不定的心，那颗懦弱不敢爱的心，顿时就勇敢了。不管现实还是游戏，逃避永远得不到幸福，只有勇敢去追，才能够有捕获爱情的希望。

"林浩，如果我想不通，你会不会真的离开我？"顾茜茜看着林浩，问得小心翼翼。

林浩的俊眉微拧了一下，神态严谨地回了一个字："会。"

顾茜茜的心抽了一下："真的会？"

林浩点点头，嘴角扯着苦笑："有时候放弃并不是不爱了，而是找不到坚持的理由了。"转过俊脸，看着顾茜茜，"茜茜，从现实到游戏，一直都是我围着你转，我在努力，我在坚持，可是时间长了，是人都会累的，都会想要放弃。"

"我知道错了，你别说了。"顾茜茜伸手捂着林浩的嘴，她真的害怕听到林浩想要放弃的话，"我知道自己很任性，我也知道坚持久了会累，可是林浩，如果没有你的坚持打动我的心，我一定不会勇敢再爱的。"顾茜茜伸手指了指自己的心，"这里，曾经被狠狠地伤过，就算现在复原了，可是在遇到爱情的时候，我还是会害怕，因为，我怕再受伤。"

"茜茜，我不会让你受伤的。"林浩认真地保证，"我一定会尽我最大的能力，踏踏实实地给你想要的安全感。"

"我虽然不敢百分之百地相信你，但是，我努力去相信。"顾茜茜看着林浩，温柔地回了他一个拥抱。

"嗯，学姐，其实有件事，我想跟你坦白一下。"林浩清咳了下嗓子道。

"什么事？"顾茜茜的脸埋在林浩的怀里，沉闷地问。

"那个，昨晚，我们……"

"说呀。"听到林浩吞吞吐吐，顾茜茜不耐烦地抬起脸催促道。

"其实昨晚我们……"林浩挠了挠脑袋，神色相当为难。

"昨晚到底怎么了？"顾茜茜恼怒了。

"昨晚我们并没有……"林浩的俊脸浮现出可疑的红晕来，咬了咬牙道，"我们没有生米煮成熟饭，我们还是米是米，水是水。"

"林浩，你又骗我。"顾茜茜气恼地打了他一下，"你怎么总喜欢骗我？"

"学姐，我冤枉，我什么时候骗过你了？"林浩无辜地抓着顾茜茜的手，"你昨晚只是把我剥光了，我坚守着底线，你才没得逞的。"

顾茜茜气得磨牙："到底谁剥光了谁？"

"好吧，是我剥了你。"林浩忙赔着笑道，"可是，我是为你好，你昨晚又吐了自己一身，你想想，那得要多脏啊。"

"林浩，你少得了便宜卖乖。"见林浩摆出一副我是为了你好的表情，顾茜茜没好气地赏了个大白眼，"还有，你别以为卖乖了，我就不会跟你算总账了。"

"算账？我没欠你银子呀？"林浩故意装傻，眼底却布满了温柔的笑意。

他喜欢顾茜茜张牙舞爪的样子，而不是她故意假装的疏远。

"林浩，你少给我装。"顾茜茜伸手掐着他的脖子，"你明明就是小团，为什么一直瞒着我。"顾茜茜恼怒地瞪着林浩，"你是故意把我耍得团团转吧？"

"如果我早告诉你了，你还会跟我在游戏里相爱吗？"林浩嘴角扯着苦涩的笑，"只怕是，你又在躲我了。"

顾茜茜心虚地低下头，半晌后，气恼道："你既然是小团，既然知道我喜欢你，为什么还要故意冷落我，故意整个前妻来气我？"

"学姐，我只是气不过，你爱上了游戏里的我。"林浩正色地看着顾茜茜，"如果小团不是我，你就爱上别人了。你怎么可以对现实里的我视而不见，而去喜欢游戏里的人呢？"

"我……"顾茜茜有些哑口无言，讪讪道："我也不知道怎么说，总觉得游戏里的大神，脾气、个性都跟你很像，对我又好，所以我当你去爱了。"

虽然这一点，暖宝宝跟林浩说过，但是亲耳听到顾茜茜说出来，林浩的心里甭提有多高兴了，笑嘻嘻地说："因为我知道小团是你，所以我才那么勇敢地去爱你的。"

"林浩！"顾茜茜叫了一声，接着咬着唇，犹豫了一下才问，"林浩，你当初怎么会想着玩幕夜幽灵这个号的？"问完又补充了一句，"就是你怎么会想到玩《桃花奇缘》的？"

"当然是因为你。"林浩撇了撇嘴，宠溺地伸手捏了一把顾茜茜的鼻尖。

"你不是先在游戏里爱上我，才现实里找我的？"顾茜茜有点傻眼，不确定地问，"你是在现实喜欢我了，才进游戏找我的？"

顾茜茜刚开始以为，幕夜幽灵喜欢小团才买了她的号，后来才喜欢顾茜茜的。可竟然不是，林浩是因为喜欢顾茜茜，才去玩网游，后来又买了顾茜茜的号。

林浩点了点头："嗯！"

"你什么时候喜欢我的？"顾茜茜茫然地问，她不记得自己曾经有这么一号追求者啊！

"学姐，我喜欢你很久很久了。"林浩含情脉脉地告白，随即正色地看着顾茜茜问，"学姐，你真的忘了我们是怎么认识的吗？"

"不记得了。"顾茜茜摇了摇头，"你告诉我呀。"

"算了，不记得就算了。"林浩温柔地笑了笑，"你只要记得，跟我在一起，我会让你幸福就好了。"

顾茜茜笑着点点头，这一刻，她相信幸福只要自己用心去把握，一定能够抓住，因为林浩是一个如此深情的男子。

番外
前妻的真相

　　顾茜茜回到家，她的电脑是开着的，她看到小囡的号挂在游戏里，这个号，顾茜茜别离了三年，再见到的时候，是那么亲切。再一次打开操作的时候，更是让顾茜茜心情雀跃起来。所有的好友都按她原来的排列方式排着，甚至连灰暗头像不玩了的那些人，林浩都给顾茜茜保留着，他说，这个号所有关于顾茜茜的记忆跟回忆，他都完完整整地保留着，只是多了一个组：老婆。

　　顾茜茜看着小囡跟●巫毒Ｃ娃娃并列地排着，心里顿时被一股子酸涩的醋意给熏到，磨了磨牙，给林浩打电话去："●巫毒Ｃ娃娃到底是谁？"

　　"沈晨风。"林浩面不改色道，"茜茜，你现在在上我的号？"

　　"惊云说了，●巫毒Ｃ娃娃是你前妻的号。"顾茜茜咬牙切齿道，"林浩，你竟然在游戏里找老婆，你太让我失望了。"

　　"茜茜，你听我解释。"林浩急切地张口想解释，顾茜茜却气急败坏地将电话挂断了，再打的时候，已是嘟嘟声了。林浩忙打开电脑，强登了游戏。

【帮派】惊云：表哥，你完了，茜茜退帮要去荣耀了。

【帮派】红豆：老大，我们在 5X 沙漠跟荣耀打架，大姐夫也在。

【帮派】暖宝宝：林浩，我也帮不了你了，你竟然真有前妻。

【帮派】小囡：●巫毒℃娃娃真的是沈晨风的号，他第一次见我玩女号漂亮，也跟着玩个，后来天天被骂人妖，就非得要嫁给我，那个分组，也是他自己拉进去的，我冤枉，我无辜！

【帮派】惊云：好吧，我承认，●巫毒℃娃娃是我的号。

【帮派】小囡：上世界认错去，哄不开心我老婆，我 P 死你！

【世界】惊云：大嫂，我承认，●巫毒℃娃娃是我的号，我骗子，我人妖，我坏蛋，你原谅我哥吧！

【世界】惊云：大嫂，我承认，●巫毒℃娃娃是我的号，我骗子，我人妖，我坏蛋，你原谅我哥吧！

【世界】商人1号：世界每天都这样混乱，我还怎么做生意啊？收完美！收补天石！

林浩忙把号开到了沙漠，点顾茜茜组队，被拒绝，继续点，边点边跑到顾茜茜身边,在普通频道里说:"茜茜,你看,沈晨风承认了,●巫毒℃娃娃真的是他的号，骗你的也是他。

【普通】小囡：老婆，原谅我吧！

顾茜茜气恼地开了所有 PK 保护,猛地丢给林浩一个"九阴""破呐",她的号跟小囡的号都黄了,小囡头顶上的血少了三分之一。

【普通】小囡：老婆，你好暴力。

顾茜茜看着林浩的血,厚得她砍上去就跟挠痒痒似的,不由怒道:"把衣服剥了。"

【普通】惊云：表哥，你被家暴了！

【普通】红豆：光天化日之下，脱衣服！

【普通】我是暖宝宝：林浩，我要帮茜茜一起教训你。

顾茜茜傻眼地看着暖宝宝也拎着武器砍上了小囡，林浩只是站着喝药，并没有还手，惊云、红豆也加入了战局，一片五光十色的技能在顾茜茜的电脑前闪过，小囡只剩下一片血皮，看得顾茜茜那个心疼啊！自家老公她打不心疼，要别人打，她就不舍得了，忙冲上去给小囡加了 GF 状态，然后又补满了血，大吼一声道："你们谁都不许打。"

战歌的一看顾茜茜出来护林浩了，知道她的气也出得差不多了，忙见好就收，站在一旁不动了，可是荣耀的见小囡跟小囝都黄了，冲了几个人出来，猛地把他们两个给打死了。

【普通】小囡：老婆，我们算殉情吗？

【普通】小囝：殉情你个头，我跟你换号。

顾茜茜说完，就退出了小囝的号，强登了林浩的号，打开了仇人名单，看了下那几个刚杀他们的人，将红跟蓝的顺序重新按照她的习惯排了下，在普通频道里喊："刚才那几个，有种的出来跟我单挑。"

林浩上了顾茜茜的号，见她在给自己加状态，忙体贴地给她加了 GF 跟状态，在帮里喊道："大家快来 5X 沙漠看，你们大姐夫要开杀戒了。"

顾茜茜一个人单挑了荣耀一组人，最后杀得他们只能躲在安全区避难。顾茜茜威风凛凛地说："跟拾荒说，我小囡回来了，要单挑，来战歌。"

"老婆，你真厉害。"林浩狗腿地夸着。

"林浩，下次打架 PK，还是你来吧！"顾茜茜含蓄道。虽然刚才她一个人对一组人，但是并没有 PK 技术可言，她完全是仗着小囡的血厚，把那几个玩家当怪砍的。新出的技能、PK 手法，顾茜茜完全不会，她还是专心做个菜鸟小医生，给林浩贴心做个保姆吧。

　　《桃花奇缘》的故事，还在继续，顾茜茜跟林浩之间的感情，从现实到游戏，从游戏到现实，越来越甜蜜，越来越幸福。

后记

写给看书的亲们：

我想我一直是个完完整整的人，我有自己的电影情结，哪怕只是在一场游戏里，我也有属于自己的精彩故事。曾经，疯狂地挂机升级，畅快地打架帮战，幸福地做个菜鸟，在那一场江湖游戏里，肆意飞扬着自己的青春。

只是，我没有在游戏里走到最后，我先一步撤离了这场游戏，因为我选择了回到现实生活。梦幻的是虚拟世界，残酷的是现实人生，但是，正因为残酷所以我们才懂得更加宽容地去对待。

写完这个故事，我看着游戏画面，眼睛不由自主地酸涩。我从来没有在哪一本书里写过后续，这是第一次，因为，这是我玩的第一个网游，也是唯一一个玩过的网游。

故事快要结束的时候，胸腔中像是突然滚进了一颗石头，滚向了某个不知名的角落，然后黑暗里传来一声微弱的声响，就像水龙头"哗哗"的声音。

突然被打开的闸门，只要没人去关，就会一直无休止地往外泄水，直到泄空里面所盛放的一切。

有些人一直没机会见，等有机会见了，却又犹豫了，相见不如不见；有些人有很多机会相见，却总找借口推托，想见的时候，却天各一方了。

有些事一直没机会做，等有机会了，却不想再做了；有些事有很多机会实现的，却一天天推迟，想做的时候却发现没那必要了。

有些话埋藏在心中好久没机会说，等有机会的时候，却说不出口了；有些话有很多机会说的，却想着以后再说，等要说的时候，已经没时间了。

有些爱一直没机会去爱，等有机会了，已经不爱了；有些爱给了你很多机会，却始终不上心，想重视的时候，已经没机会再爱了。

有时候人生真的很讽刺，一转身可能就是一辈子。说好的永远，不知怎么就散了，最后思前想去也搞不清当初是什么原因分开彼此的。而后忽然醒悟，原来感情就是这么脆弱，经得起风雨，却经不起平凡。

我们都是平凡的人，在虚拟的世界里，生死契阔，回到现实的时候，我们依旧平凡，为了平凡的生活，我们都要好好地，活出属于我们的精彩。

祝福你们，祝福我们，祝福所有看书的亲们，幸福快乐！